アルファトリアの不死鳥

異世界の乙女は炎の獅子王を導く

紅咲いつか

JN003291

22662

角川ビーンズ文庫

contents

characters［キャラクター紹介］

異世界の乙女は炎の獅子王を導く

アルファトリアの不死鳥

アスカ（紅坂飛鳥）

爆発事故に巻き込まれ、異世界・アルファトリアに転生。『光の祝福』によって類まれな「不死鳥」の炎を宿す。

カヅチ

フェルノ国の神官長。
魔人との戦いで先王を亡くした国を預かる。

ヒマリ

アスカが世話をすることになった火鼠の子。
慣れない異世界生活でのアスカの癒やし。

keywords［キーワード］

アルファトリア

…アスカが転生した異世界。

　火の民の国・フェルノ、水の民の国・カトレナ、地の民の国・イノアの３国と風の民と呼ばれる流浪の民が集まるルチアからなる。

『光の祝福』

…フェルノ国の子どもが成人を迎えるときに行う儀式。その身に魔力を注ぎ、己の肉体を魔力に応じて環境に適応した姿に変化させる。

クルス
アルファトリアで屈指の知識を持つ民・ルチアの鳥人。アスカの教育係を務めることに。
ホムラ
フェルノ国の王子。炎獅子の力を持ち、武力の要・闘騎隊の隊長として強さを誇る一方で、魔人との長い戦いに苦悩する。

本文イラスト／羽公

序章　黒い人物

西暦《せいれき》二〇XX年、東京。

喧噪《けんそう》が全身を包み込む。道行く人々が織り成す不規則な音が、東京駅の構内に満ちていた。

その中で、突如《とつじょ》として聞き慣れた通知音が耳に飛び込んでくる。

すぐさま、携帯《けいたい》電話の画面に指を滑《すべ》らせた。母からのメッセージだった。

曰《いわ》く、祖母の家に着いたら一度連絡《れんらく》を入れてくれ、とのことだ。

首に巻いたストールに口元を埋《うず》め、私――紅坂飛鳥《こうさかあすか》は携帯電話から顔を上げる。

「結局、社会人になってから一度も会わないままだったな……」

呟《つぶや》きはすぐに雑踏《ざっとう》の中へ消えた。

祖父の訃報《ふほう》がもたらされたのが、先月のことだった。

布団《ふとん》の中で、眠《ねむ》るように逝《い》ったと祖母から聞いている。

「若いもんがこんなところで何をしている！　若いんだから、こんな老いぼれの相手などしてないで遊べ遊べ！　人生はあっという間だぞ！」

学生の頃《ころ》、祖父母の家によく遊びに行った。そのたびに、祖父はそう言って顔を顰《しか》めた。

「そんなこと言ってぇ、寂《さび》しい癖《くせ》に」

寂しがり屋な癖に、そうやって照れ隠《かく》しに強がるから「頑固爺《がんこじじい》」などと言われるのだ。

「ったく、口の減らない……誰《だれ》に似たんだか」

「お母さんはおじいちゃんそっくりだって言うよ」

言葉に詰《つ》まる祖父。そんな祖父をにやにやと笑いながら見つめ返す。

「よし、勝負！」

「受けて立つ！」

「夕飯までには決着つけなさいよぉー」

祖母の声を背に、二人して争うように居間へ駆け込《こ》む。

何も言い返せなくなった祖父が勝負をもちかけ、私が応じる。

トランプ、将棋《しょうぎ》、囲碁《いご》、テレビゲーム……内容はその時々で変わった。

子どもの頃は私が勝負を仕掛《しか》ける側だったのに、いつからかそれが逆転していた。

勝敗は一進一退でなかなか決着がつかなかった。負けず嫌《ぎら》いの祖父と私は、どちらかの勝敗が決まるたびに相手へ再戦の申し込みを繰《く》り返していたからだ。

「本当に飽《あ》きないわよね、二人とも」

祖母が呆《あき》れ顔でため息をつくのも毎度のことだ。

月日が経《た》っても、私と祖父のやり取りは変わることがなかった。正直、高校に上がる頃にはそこまで勝敗にこだわってはいなかった。どちらもやめようと言い出さなかったから、続けていただけ。私だけでなく、祖父もこの勝負を通した交流が楽しかったのかもしれない。

「最後の勝負は囲碁だったっけ。結局、おじいちゃんの勝ち逃《に》げか……」


潤《うる》む目元に手をやって、軽く揉《も》んで誤魔化《ごまか》した。

携帯電話ケースのポケットに忍《しの》ばせたお守りを撫《な》でる。

「必勝祈願《きがん》」のお守り。就職祝いにもらった、祖父らしい贈《おく》り物だった。

「泣いている暇《ひま》があったらその分、前に進め。止まってちゃ、何もできんぞ」

祖父の口癖《くちぐせ》だ。たとえお芝居《しばい》であっても、祖父は誰かの泣き顔を見ることを極度に嫌《きら》っていた。だから、泣いたらダメだ。祖父と約束したではないか。

その言葉に背を押されるように、電光掲示板《けいじばん》に目を向ける。

椅子《いす》から立ち上がった。

「さて、そろそろホームに行くか」

呟いて、自分に気合を入れた。荷物を持って、待合室を出る。

目の前を真っ黒い人影《ひとかげ》が通った。

「えっ……？」

私は思わず振《ふ》り向く。

人影と呼んでみたが、その様相はあまりに異質だ。

身長は私と同じくらいだろうか。それを超《こ》えるほど長い両腕《りょううで》に、全身から黒い靄《もや》が立ち上っている。

そして何をおいても、文字通り「黒い」のだ。

まるで子どもが絵の具で黒く塗《ぬ》りたくったような姿のソレは、人々が行きかう通路に何の前《まえ》触《ぶ》れもなく現れた。長い両腕に比べ、細すぎる胴体《どうたい》をふらふらと左右に揺《ゆ》らしている。

黒い人影は頼《たよ》りない足取りで、人混《ひとご》みの中を彷徨《さまよ》っていた。

何？　あれ……。

思わず周囲を見回す。しかし、誰一人《ひとり》として、その黒い人物に目を向ける様子がない。

ハロウィンはもう終わった。何よりこんな混雑した東京駅で公然と怪《あや》しい恰好《かっこう》をするなど、テレビ番組のドッキリすら企画《きかく》しないだろう。

「まさかこの歳《とし》になって霊感《れいかん》に目覚めたとか？」

それこそ、ありえない話だ。頬《ほお》をつねる。普通《ふつう》に痛い。

なんか……気味悪い。

困惑《こんわく》しつつも、とにかく関《かか》わらない方が賢明《けんめい》だろうと判断した。

すぐに黒い人物から視線を外す。乗る予定の新幹線が到着《とうちゃく》するホームを確認《かくにん》した。

「十六番線、か……」

再び顔を上げると、目の前に黒い顔があった。

「――っ」

「ああ……見つけた」

ひどく嗄《しわが》れた声が言った。ソレは目も、口も、鼻もなく、どこまでものっぺりとしている。眼球の収まるべき場所に、ぽっかりと開いた穴だけがこちらに向けられていた。

私は浅い呼吸を繰り返した。その異様な形相を、ただ見つめることしかできなかった。

誰か、だれかっ……。

心の中で何度も助けを乞《こ》う。しかし、人々は足早に私の脇《わき》をすり抜《ぬ》けていく。その場で立ち止まっているのは、私と黒い人物だけだった。騒《さわ》がしいとさえ思った音が、波が引くように消えていく。世界から隔離《かくり》されているような錯覚《さっかく》すら感じた。

黒い人物が、小枝のような細い腕を伸《の》ばす。

そのまま、私を指し示した。

「助けて……お願い――」

黒い人物の言葉は、そこで途切《とぎ》れた。

私が最後に記憶《きおく》しているのは、耳を劈《つんざ》く爆発《ばくはつ》音と視界を覆《おお》う黒煙《こくえん》。

そして、崩落《ほうらく》してきた天井《てんじょう》が私へ覆い被《かぶ》さってくる光景だった。

それが、私――「紅坂飛鳥」の、最後の記憶だった。

第一章——炎獅子の青年

目を開けると、白い世界にいた。

一面、真っ白な雪で覆われている。遮蔽《しゃへい》物はなく、風に煽《あお》られた雪片《せっぺん》が虚空《こくう》に舞《ま》っていた。

煙《けぶ》る銀世界で、飛鳥はただ一人、ぽつねんと佇《たたず》んでいた。

「……どこ？　ここ……？」

飛鳥は周囲を見回した。

見渡《みわた》す限《かぎ》り、だだっ広い雪原が続いている。当然だが、人の姿は皆無《かいむ》だった。

飛鳥はしゃがみ込み、水気を含《ふく》んだ雪を掴《つか》もうとする。しかし、飛鳥の手は雪に触《ふ》れるどころか、そのまますり抜けてしまった。

「えっ⁉　通り抜けた⁉」

反射的に腕を引っ込め、まじまじと己《おのれ》の手を見つめる。心なしか、陽炎《かげろう》のように手の輪郭《りんかく》がぼやけている。足元に視線を落とせば、履《は》いているブーツのつま先が見えた。

「雪に埋《う》もれていないって……もしかして、浮《う》いてる？」

これではまるで幽霊《ゆうれい》みたいではないか。

呟《つぶや》いた飛鳥は、気を失う前の記憶を必死に手繰《たぐ》り寄《よ》せる。

東京駅の待合室から出たところで、黒い人物に話しかけられた。

その時の様子を思い返し、ぞくりと背筋に悪寒《おかん》が走る。

「確か……その直後にどっかで爆発が起きたんだよね？」

冷静に思い返していくと、体ががくがくと震《ふる》え出す。今更《いまさら》、その時感じた恐怖《きょうふ》や不安が、全身に伝わってきた。震える両手を見下ろし、飛鳥はポツリともらす。

「私……死んだ？」

全身をチェックするが、とくに怪我《けが》をしている様子はない。

ただ煙《けむり》のように体が揺らいでいて、飛鳥の不安は一層強くなった。

記憶では、落ちてきた天井が覆い被さってきた。

そこから先の記憶はないが、まず無傷だったとは思えない。

死んでしまった。

頭に浮かんだその言葉が、飛鳥の全身に重く伸《の》し掛《か》かってきた。

「誰かぁっ！　いませんかぁっ！　おーいっ！」

声を張り上げて叫《さけ》ぶ。吹雪《ふぶ》く風の音だけが、空《むな》しく聞こえるばかりだった。

「私、なんでこんなところに突《つ》っ立っているんだろ……？」

半ば現実逃避《とうひ》するように飛鳥は呟いた。

真っ白に吹雪く世界で呟かれた疑問に、答えてくれる者は誰《だれ》もいない。

崩落した瓦礫《がれき》が辺りに散乱しているならともかく、いきなり何もない雪原が目の前に広がるなど普通はありえない。ここは東京駅とはまったく別の場所と考えるのが妥当《だとう》だろう。

「死後にも遭難《そうなん》って……私、つくづく運がない？」

どうしたものかと思案していると、背後で雪を踏《ふ》みしめる音が耳に届いた。

「もしかして、人っ!?」

飛鳥はパッと背後を振り向いた。彼女の希望は、あっさり打ち砕《くだ》かれる。

真っ白な毛並みを持つ狼《おおかみ》が、周囲の風景と同化するように佇んでいた。

それも、飛鳥の知る普通の狼ではない。

温かそうな毛並みの間から、所々に氷柱《つらら》のようなものが生えている。全身から凶器《きょうき》が生えているようなものだ。刺《さ》さったら確実に流血ものだろう。大きさも飛鳥の身の丈《たけ》を優に超えている。こんな化け物サイズの狼など、日本ではついぞ見たことがなかった。

飛鳥は身を強張《こわば》らせた。

狼は唸《うな》り声を上げながら一歩、飛鳥に近づく。

明らかにこちらを威嚇《いかく》しているようだ。

「気のせい……じゃないよね。ばっちりこっち見てるし……すごく嬉《うれ》しくないけど」

飛鳥も狼が近づく分だけ一歩ずつ後退する。

「やだ……嘘《うそ》でしょ」

顔を上げると、雪の中から一匹《いっぴき》、二匹と似たような姿の狼たちが姿を現した。

そう言えば、狼って群れで生活していたような……。

飛鳥の脳裏《のうり》に悲しい知識の断片が過《よぎ》る。彼女が下がった分だけ、狼たちはこちらを取り囲むように近づいてきた。しっかりロックオンされたらしい。

「言っとくけど、私を食べても何の腹の足しにもならないからね！」

震える声でそう狼たちに訴《うった》える。こちらの言葉が届いているかどうかは絶望的だ。

とにかく逃《に》げなくてはならない。

飛鳥は狼たちに背を向けて逃げ出した。

訳のわからない場所で、いきなり狼と遭遇《そうぐう》して喰《く》われるなどごめんである。

狼の一匹が飛鳥の頭上を飛び越え、飛鳥の目の前に着地する。

逃がす気はないとでも言うように、低く吠《ほ》えた。

「ひっ……」

狼の開いた口から鋭《するど》い牙《きば》がこちらに向けられた。

「いやっ、誰かぁっ！」

飛鳥は頭を抱《かか》えて身を強張らせる。

「ぎゃんっ！」

目の前の狼が悲鳴を上げ、いきなり炎《ほのお》に包まれた。苦しげに絶叫《ぜっきょう》し、悶絶《もんぜつ》している。

突然《とつぜん》のことに、飛鳥は目を見開いて固まった。

狼たちは炎が飛んできた方角を警戒《けいかい》している。

飛鳥も視線をそちらに向けた。

燃え上がる炎が近づいてきた。

目を凝《こ》らすと、それは獅子《しし》のような姿をしている。

全身の毛が炎そのもので、立派な鬣《たてがみ》も橙《だいだい》から紅へと絶えず変化していた。身の丈は、三メートルを優に超《こ》えているだろうか。飛鳥を襲《おそ》う狼たちがひどく小さく見えた。

まさに炎獅子《えんじし》。ゲームやアニメで見るようなファンタジーな生き物が目の前にいた。

「あっ、終わった……私の人生」

飛鳥は絶望のあまり、へなへなとその場にへたり込む。

「せめて……痛くないといいな」

祈《いの》るような気持ちで飛鳥は固く目を閉じた。

目の前までやってきた炎獅子は、ちらりと飛鳥を一瞥《いちべつ》した。軽く鼻を鳴らしたかと思うと、炎獅子は遠巻きに威嚇する狼たちを睨《にら》み据《す》える。

いつまで経《た》っても何も起こらないので、飛鳥は恐《おそ》る恐る目を開いた。

「雪狼《ゆきおおかみ》どもが……」

炎獅子は低く唸りながら人の言葉で吐《は》き捨てた。

飛鳥は思わず息を呑《の》む。咄嗟《とっさ》に自分の耳に手をやってしまったほどだ。

「獅子がしゃべった……」

狼たちも、人語を操《あやつ》る闖入者《ちんにゅうしゃ》に対して激しい敵意を向けている。

一匹が吠えたのを合図に、狼たちが一斉《いっせい》に炎獅子へと飛びついた。

「散れっ！」

獅子の全身から炎が燃え上がる。

飛びかかった狼たちは炎をもろに浴び、雪の上を転げ回った。

それでも負けじと食《く》らいつく一匹に、炎獅子の太い前足がその胴《どう》を踏みつけて押さえ込んだ。

そのまま前足に体重をかけると、雪狼の胴が二つに割れる。

氷の残骸《ざんがい》と成り果てた仲間を見て、狼たちが炎獅子から距離《きょり》を取った。

炎獅子は口を開いて鋭い牙を見せつけ、虚空に向けて吠える。炎獅子の周囲に小さな文字や模様のようなものが浮かび上がった。映画や漫画《まんが》で見たことのある魔《ま》法陣《ほうじん》のようだ。そこから放たれた炎の塊《かたまり》が狼たちを強襲《きょうしゅう》した。

どうにか生き残った狼たちは、果てた仲間の屍《しかばね》を置いて一目散に逃げ出した。

炎獅子もそれ以上、狼たちを追う様子はない。

へたり込んだアスカの傍《そば》には炎獅子だけが、王者の風格を持ってその場に佇んでいた。

その悠然《ゆうぜん》とした佇まいに、飛鳥は自分の状況《じょうきょう》も忘れて見入ってしまった。

「おい、そこの娘《むすめ》――」

炎獅子の瞳《ひとみ》がひたりと飛鳥に向けられた。鮮《あざ》やかな深紅《しんく》の瞳に、引きつった自分の顔が映し出される。飛鳥は顔から血の気が引いたのを感じた。

「おいしくないですよ！　腹下すこと受け合いです！」

「いや、食わねぇよ！」

腕《うで》を突き出して主張する飛鳥に、炎獅子が叫び返した。

「でもでも、獅子って肉食だから……人間を食べたりしますよね？」

「確かに肉は好物だが、俺にだって好みくらいある。そもそも俺は人間《同族》を食うような趣味《しゅみ》はねぇっ！」

「人間……？」

炎獅子が纏《まと》う炎が、大きく波打った。獅子の輪郭《りんかく》が崩《くず》れ、やがて大きな炎の塊となる。

飛鳥が見守る中、炎の塊が徐々《じょじょ》に縮んでいった。

やがて、視界を覆《おお》っていた炎が掻《か》き消える。

炎獅子の立っていた場所に、一人の青年が佇《たたず》んでいた。

褐色《かっしょく》の肌《はだ》をした赤髪《あかがみ》の青年だ。

細身だが、引き締《し》まった筋肉をシャツに押し込み、脚衣《ズボン》にベストといった動きやすい服装をしている。両手足は籠手《ガントレット》と具足で武装し、宝石の埋《う》め込まれた額冠《がくかん》を戴《いただ》いていた。左肩《ひだりかた》に引っ掛《か》けている外套《マント》には獅子と剣《つるぎ》の紋章《もんしょう》が刻まれている。背には彼の身長と同じくらいの大剣を負っていた。

「すごい……変身した」

獣《けもの》から人間に姿を変える様を間近で目撃《もくげき》し、飛鳥はまじまじと青年を凝視《ぎょうし》する。

呆《ほう》ける飛鳥を、むしろ青年は奇異《きい》なものでも見るような様子だ。

「こんなことは普通《ふつう》だろ。ったく、強い魔力を感じて様子を見に来てみれば……お前、こんな

雪原のど真ん中で一体何をしていたんだ？」

青年の言葉に、飛鳥は言葉を失った。

人が獣に変身するのが普通だなどと、飛鳥の生まれ育った日本ではありえない。

否応《いやおう》無しに、それは自分が置かれた立場を無情にも突《つ》きつける。

やっぱり、死んで地獄《じごく》に来たんだ。

飛鳥は項垂《うなだ》れた。死後の世界がこんなファンタジーな場所とはさすがに予想外だったけれども、夢にしては出来過ぎている。

飛鳥は頭の中が真っ白になった。

そのせいで、青年の呼びかけに反応するのが遅《おく》れた。

「……い。おいっ、聞いてんのか？　もしかして、さっきの雪狼どももお前が呼んだのか？」

黙《だま》ったまま答えない飛鳥に、青年の目が鋭さを増す。彼は背に負った大剣の柄《つか》に手を添《そ》えていた。それを見た飛鳥は、千切れんばかりに首を横に振《ふ》る。

「違《ちが》います違います！　気づいたらこんなところにいて、私も何が何だかわからないんです！」

「なら、お前のその身体《なり》はどう説明するつもりだ？　肉体もなしにこの世に留《とど》まっているなど、普通じゃねぇ」

青年の言葉に、飛鳥はぴたりと動きを止めた。

肉体がない。

青年ははっきりとそう告げた。

動きを止めた飛鳥を警戒する青年だったが、飛鳥は彼の様子など目に入らなかった。

「本当に……死んじゃったのかぁ……」

飛鳥は自分の両手に視線を落としたまま、乾《かわ》いた笑いをもらした。

「うん、そっか……やっぱり、他人の目から見ても、私……死んじゃったんだ。そっか、そっかぁ……」

涙《なみだ》は出てこなかった。まぁ、肉体がないのなら当然とも言える。

今の飛鳥は地縛霊《じばくれい》のようなものなのだろう。


——人生はあっという間だぞ。


祖父の言葉が思い出される。当時は笑ったその言葉を、今なら素直《すなお》に受け止めただろう。

「おじいちゃんの言う通りだ……本当……死ぬって呆気《あっけ》ないんだね……」

思い返すのは家族のことだ。社会人になって家を出てから、両親にもなかなか会いに行けなかった。祖母だって、今回のことで孫まで失ったと知ればさぞ悲しむだろう。

「あぁ……せめて、家族にお別れを言いたかったな」

飛鳥は顔を両手で覆うと、身を縮ませた。

涙は流れずとも、自分の中で渦巻《うずま》く悲しみは消えてなくならない。このまま全身が膨張《ぼうちょう》して、風船が弾《はじ》けるように爆発《ばくはつ》してしまいそうな心地《ここち》だ。

肉体がなくとも、人は「痛み」を感じるのだと初めて知った。

「……家族」

飛鳥を見下ろしていた青年は、家族という単語にぴくりと反応した。

大剣の柄に添えていた手を静かに下ろす。

青年はしばらく険しい表情で飛鳥を見下ろしていた。おもむろに目の前で膝《ひざ》をつく。

「おい」

呼びかけに飛鳥は顔を上げる。

青年は真っ直《す》ぐ飛鳥の瞳を見据《みす》えた。

「お前、生きたいか？」

「え……？」

青年の問いかけに、飛鳥は間の抜《ぬ》けた声を上げた。

「今のままだと、お前は消えちまう。わかるか？　このまま何もしなければ死ぬって意味だ」

青年は飛鳥にも理解できるよう、逡巡《しゅんじゅん》しつつも真っ直ぐな言葉で事実を告げる。

飛鳥は青年に怪訝《けげん》な目を向ける。

先ほど、彼は飛鳥に「肉体がない」と告げた。それはつまり死んでいるのと変わりないのではないか。生きたいか、とは何とおかしなことを聞くのだろう。

「魂《たましい》が存在している状態の今なら、身体《からだ》を作り直すことができるかもしれない。そうすれば、お前は死なないで済む。お前は……どうしたい？」

「そんなこと、できるものなんですか？」

飛鳥は疑いの目で青年を見つめる。

「手段はある。だが、成功するかはお前次第《しだい》だな」

青年の表情はどこまでも真剣だった。こちらをからかっているわけではないらしい。むしろ真っ直ぐに向けられる双眸《そうぼう》からは、気《き》遣《づか》いすら感じられる。

「このまま消えるか？　それとも、助かる可能性を選ぶか？」

青年はそこでなぜだか、自分が傷を負ったかのように苦しそうに顔を歪《ゆが》めた。

「物事、命さえありゃ……何とでもなるもんだぞ」

飛鳥は青年の言葉に頷《うなず》いた。

青年の言葉が嘘《うそ》であろうとなかろうと、飛鳥は死んでいるのだ。

もう失うものなどない。飛鳥は半ば、考えることを放棄《ほうき》した。

「助かるのなら……」

「わかった」

青年は頷くと立ち上がった。

「お前、名前は？」

「飛鳥です。紅坂飛鳥……」

「コウサカアスカ……？　アスカってのが名前か？　変わった名前だな」

青年はやや不思議そうに首を傾《かし》げている。

「俺はホムラ。フェルノ国闘騎《とうき》隊《たい》の隊長をしている」

「ホムラ、隊長……さま、ですか？　いや、隊長さま？　フェルノ国、とーきたいさま？」

今度は飛鳥が首を傾げる番だった。

フェルノという単語に聞き覚えがない。どこかの国の名前だろうか。

「……ホムラでいい。俺もアスカって呼ばせてもらうから」

軽く肩《かた》をすくめた炎獅《えんじ》子《し》の青年、ホムラはそう言って苦笑《くしょう》した。

「この際だ、敬語もいらねぇよ。公式の場でもないし、もともと俺はそういう堅苦《かたくる》しいのは好きじゃねぇんだ」

「はい……じゃない、うん、わかった」

ややぎこちないながらも、アスカは素直に頷く。

「さて、アスカ。これからお前の魂が消耗《しょうもう》しないように術を施《ほどこ》す。窮屈《きゅうくつ》かもしれねぇが、我慢《がまん》しろよ」

ホムラがそう言うと、右手をこちらへ掲《かか》げた。彼の手のひらを中心に、虚空《こくう》に複雑な模様が浮《う》かび上がる。

アスカは息を呑《の》んで目の前の超常《ちょうじょう》現象を凝視した。

またそこから炎《ほのお》が飛び出してくるのかと身構える。

ホムラの魔《ま》法陣《ほうじん》からこぼれた光は、アスカを傷つけることなく彼女の全身を包み込む。

何やら光の球体の中で浮かんだ状態になった。

子どもの頃《ころ》に夢見た、シャボン玉の中に入ってしまったみたいだ。

「わぁっ……これは、一体？」

「そのままだと運べねぇからな」

どこかわくわくした様子のアスカに、ホムラは回答とは言えない返事を寄越《よこ》す。

アスカはホムラの意図がわからず、首を傾げた。

「運ぶ？　どこへ？」

「ここから少し行ったところにガレル要塞《ようさい》があるんだ。ひとまずそこへ行く」

ホムラの全身が炎に包まれる。吹《ふ》き上がる炎が、先程《さきほど》見た炎獅子の姿へと変わる。

炎の中から紅の両目が浮かび上がった。

「うえっ、あああ、あ、あの!?」

「暴れんなよ、魂の損耗《そんもう》が激しくなる」

炎獅子の姿に戻《もど》ったホムラが、アスカの入った球体を無造作にくわえた。

「ちょっ、えっ、やだっ！」

狼《おおかみ》たちとの戦闘《せんとう》を思い出し、アスカは恐怖《きょうふ》から身を縮ませる。そんな彼女の心情などお構いなしに、ホムラはゆっくりと顔を上げた。

アスカの視界は一気に高くなった。

辺りの景色は変わらず、白一色だったけれども。

「とばすぞ！」

言うが早いか、ホムラは駆《か》け出した。

「いやぁあああぁっ！」

目を固く閉《と》ざし、アスカの悲鳴が尾《お》を引いた。

ガレル要塞の門をくぐるまで、アスカはホムラが自分を放《ほう》り出さないことを必死に祈《いの》るばかりだった。


「着いたぞ」

ホムラの声に、アスカはそっと目を開ける。

最初に目に飛び込んできたのは、舗装《ほそう》された石畳《いしだたみ》の道だった。道を挟《はさ》んだ左右には石造りの家々が立ち並んでいる。草木はなく、むき出しの地面から湯気のようなものが立ち上っていた。

ホムラはアスカの入った球体を地面におろした。

アスカの全身を覆《おお》っていた光の球体が消え失《う》せる。

これ幸いとアスカは石畳の上でぐったりと座り込んだ。

「おいおい……大丈夫《だいじょうぶ》か？」

「だいじょばないです……」

あんな速度で運ばれて正気を保っていられるほど、アスカは絶叫《ぜっきょう》マシン系に強いわけではない。何より、獅子《しし》の口にくわえられての移動など、もはや生きた心地《ここち》がしなかった。

真っ青になったアスカを、人型に戻ったホムラが怪訝そうに見下ろしている。

「ホムラ……これは、どういった状況《じょうきょう》で？」

凛《りん》とした男性の声に、アスカは伏《ふ》せていた顔を上げた。

そこには美しい男性が立っていた。

腰《こし》まである艶《つや》やかな黒髪《くろかみ》を無造作に流し、鮮《あざ》やかな紅の両目が不可解なものを見るように細められている。透《す》けるような白い肌《はだ》をもつ貴人は無表情でアスカを見下ろした。

纏《まと》っている衣服が、アスカのいた世界の神父服とどことなく似ている。

「戻った、カヅチ」

「おかえりなさい、ホムラ」

ホムラとカヅチが親しげに挨拶《あいさつ》を交《か》わした。

「アスカ、紹介《しょうかい》する。神官長のカヅチだ。実質、現在のフェルノ国のトップだな」

「誤解を招く表現はやめてください。私はただ、先王の命に従って行動しているのみ……言わば代理です」

カヅチはジロッとホムラを横目で睨《にら》みつけると、深いため息をついた。

「ええっと……は、初めまして……アスカです」

アスカは慌《あわ》てて立ち上がり、カヅチに頭を下げた。

とりあえず偉《えら》い人、とアスカはカヅチを認識《にんしき》することにした。

「初めまして。火竜のカヅチです」

「ひりゅう……？」

首を傾げるアスカの様子に、カヅチが呆《あき》れ顔になる。

「炎のドラゴンですよ。そんな珍《めずら》しいものではないはずですが？」

「ド、ドラゴンッ!?」

アスカはひゅっと息を呑み込み、絶句する。

「アスカ、お前さっきから驚《おどろ》き過ぎだ」

呆れるホムラの横で、カヅチは疑わしそうな目でアスカを見下ろしている。その視線に怖気《おじけ》づき、アスカは余計に身を強張《こわば》らせた。

「そんなことより、カヅチ……急いでこいつに『光の祝福』を施してやってくれ」

「この娘《むすめ》さんが何者かもわからないのに、ですか？」

「おう。少しばかり気がかりでな。事情が分かる前に、こいつが消滅《しょうめつ》するのは避《さ》けたい」

ホムラが一瞬《いっしゅん》だけアスカを見た。アスカも思わずホムラを見つめ返す。

「何かあれば俺が対処する。とりあえず、事情を聞く時間だけでもほしい」

ホムラの言葉に、カヅチは露骨《ろこつ》に嫌《いや》そうな顔でため息をついた。

「……わかりました。そこまでおっしゃるのでしたら、私も反対はいたしません。とりあえず、肉体の再構築を急いで行いましょう」

「頼《たの》む」

「さ、こちらです」

カヅチはアスカとホムラを神殿《しんでん》へ招き入れた。

そこは、とにかく巨大《きょだい》、その一言に尽《つ》きる。

柱から装飾《そうしょく》、通路の幅《はば》に至るまで、すべての規格がトラックなどの大型車両が通れる規模で作られている。柱一つとっても、その太さは大人三人ほどが、両手を広げて手を繋《つな》いで輪になる必要があるほどだ。アスカの住んでいたアパートがこの廊下《ろうか》に丸々入るのではないか。

おとぎ話に登場する小人にでもなった気分である。

「すごい……人が、空を飛んでる」

アスカは周囲へ視線を投げ、そっとこぼした。

ホムラが獣《けもの》から人間の姿に変わった時も驚いたものだ。

行き交《か》う人々は本当に多種多様な姿をしている。

人間のような姿もあれば、獣耳、尻尾《しっぽ》を生やした獣人《じゅうじん》もいた。

それだけではない。

獣の姿のままの者。

炎がそのまま人の姿を象《かたど》ったような者。

竜らしき体の一部が、向かいの通路側から覗《のぞ》いている場合もあった。

神殿の巨大さとその場を行き交う多種多様な人々の姿に、アスカの目は釘付《くぎづ》けになる。

驚きのあまり、目をそらすことができなかった。

そんなアスカの様子を、カヅチがどこか探《さぐ》るように見つめている。

「こちらです」

曲がり角に差し掛《か》かった辺りで、カヅチがアスカを促《うなが》した。

そのまま神殿の廊下を進んでいくと、奥まった場所に巨大な鉄扉《てっぴ》が見えてきた。両開きの鉄扉は二階建てのアパートほどの高さがある。

アスカが呆然《ぼうぜん》と鉄扉を見上げる。その巨大さにはもう圧倒《あっとう》されっぱなしだ。

ホムラがつかつかと鉄扉へ歩み寄った。

「よっ！」

掛け声とともに、ホムラが鉄扉を軽々と手で押し開ける。細かな埃《ほこり》が床《ゆか》に落ち、鉄扉が耳障《みみざわ》りな軋《きし》みを上げた。

「すごいっ……力持ち！」

どう見ても人ひとりの腕力《わんりょく》で簡単に開くような扉《とびら》ではない。それをあまりにも平然と開けてみせる様子に、アスカは感動して拍手《はくしゅ》を送った。肉体がないのであくまでも身振りだけである。

「そりゃ、毎日鍛錬《たんれん》してんだ。とはいえ、そう素直《すなお》に誉《ほ》められんのは悪い気がしねぇな」

ありがとな、とホムラがどこかはにかんだように笑う。

それまでの厳しい表情から一変、子どものように無邪気《むじゃき》に笑う彼にアスカも目を見開いた。

ただ怖《こわ》い人だと思っていたが、こんな表情《かお》もするのか。

「ここから先が聖堂になります。私からの許可なしで、みだりに周囲の物に触《ふ》れることのないように」

「は、はい……」

カヅチの忠告に、アスカは気を引き締《し》めた。

アスカたちは扉をくぐる。その先は舗装されていない隧道《トンネル》が続いた。

天井《てんじょう》からは鍾乳石《しょうにゅうせき》が垂れ下がり、ここが洞窟《どうくつ》内に建てられていることがわかる。周囲に大小様々な石柱が並び、やがて広い空間に出た。

人工的に平らにされたらしいそこには、地面に魔法陣《まほうじん》が刻まれている。

よく映画などに出てくる生贄《いけにえ》を捧《ささ》げる場所みたいで、アスカはごくりと喉《のど》を鳴らした。

「魔法陣の中央へ行き、そこに座ってください」

「は、はい……」

カヅチの指示に従い、アスカは床に刻まれた魔法陣の中に座る。

「アスカ、そんなに緊張《きんちょう》してっと疲《つか》れるぞ？　肩《かた》の力抜《ぬ》け」

「ムリです」

呆れるホムラに、カチコチに固まったアスカは言い返した。思わずカヅチを盗《ぬす》み見るが、彼は特に表情を変えることなく床に描《えが》かれた魔法陣を入念にチェックしている。

「恐《おそ》ろしいなら、終わるまで目をつぶっていてください。下手《へた》に騒《さわ》がれても面倒《めんどう》なだけですので」

「べ、別に騒いだりは……」

「そうですか。ここに来るまで、大変落ち着かないご様子でしたので」

カヅチは表情を変えぬまま指摘《してき》した。そう言われてしまえばぐうの音も出なかった。

「では、始めます」

目を閉じたカヅチが、胸の前で両手を組んだ。何やら小さく唱え始める。

アスカも慌てて目をつぶった。

大丈夫、痛くない痛くない。

子どもの頃《ころ》に受けた予防接種を思い出しながら、アスカはひたすら胸の内で「痛くない」と唱えていた。

やがて、全身がぽかぽかと温かくなってきた。最初は指先に、そこから全身を巡《めぐ》ってじんわりと熱が体に染《し》み渡《わた》っていく。

あたたかい……。

まるで温泉に浸《つ》かっているような心地《ここち》だ。思わずホッと安堵《あんど》の息をつく。

トクッと、自分の胸の辺りが疼《うず》いた。

それまで脈打つことを忘れていた心臓が確かに動き出す。

そんな当たり前のことが、涙《なみだ》が出るほど嬉《うれ》しかった。

閉じた瞼《まぶた》の裏で、ちかりと何かが光る。

何だろう？

うっすらと目を開ける。カヅチが目を閉じて、何やら唱えている姿が見えた。足元の魔法陣が淡《あわ》く輝《かがや》いている。

魔法陣の光かな？

アスカは再び目を閉じた。しかし、暗闇《くらやみ》になるはずの視界に揺《ゆ》らめくものがある。今度はそのまま、揺らめくものを見つめた。

炎《ほのお》だ。それも黄金に輝く炎が、その勢いを増して迫《せま》ってくる。

アスカは、顔を僅《わず》かに上げた。

炎の中から、真っ黒な人影《ひとかげ》が覗き込んできていた。黒い人影は小枝のように細い腕《うで》をこちらに伸《の》ばしてくる。

黒い人影はかすれた声を発した。

助けて――。

「いやぁあああぁあああっ！」

甲高《かんだか》い悲鳴が自分の喉から迸《ほとばし》った。

「アスカ!?」

ホムラが焦《あせ》った様子で踏《ふ》み込もうとする。しかし、ホムラの行く手を魔法陣から立ち上った炎が遮《さえぎ》った。カヅチも咄嗟《とっさ》に魔法陣から離《はな》れる。

「これはっ……!?」

立ち上った炎を見たカヅチが息を呑《の》んだ。

「黄金の炎!?」

黄金の炎はアスカの全身を覆《おお》い尽くすと、巨大な鳥の姿へと変じた。

炎の鳥は甲高い声を上げ、翼《つばさ》を羽ばたかせている。

「まさか……不死鳥……」

呆然と呟《つぶや》いたカヅチを一瞥《いちべつ》し、炎の鳥は広げた翼を折りたたむ。やがて、ただの炎の塊《かたまり》へと縮小し、アスカの身体《からだ》へ吸い込まれるようにして消えた。

「アスカ！」

ホムラがすぐさま魔法陣の中へ飛び込んだ。うつむくアスカの肩を掴《つか》み、名前を呼びかける。

「黒い、人物が、来た。すぐ近く……また、私の方に……」

アスカはぽろぽろと涙をこぼし、悪夢にうなされた子どものように両腕を伸ばす。

ホムラは一瞬《いっしゅん》、アスカの行動に戸惑《とまど》った。即座《そくざ》に自分の外套《マント》を脱《ぬ》いでアスカに着せると、その上から彼女の背を軽く叩《たた》く。

「落ち着け、アスカ。まずはゆっくり深呼吸しろ」

「黒い人物……？」

カヅチが顔を顰《しか》める横で、ホムラはアスカを落ち着けようと彼女の背をひたすらさすった。

しばらくして、アスカはようやく落ち着きを取り戻《もど》した。アスカは謝罪の言葉とともに、気まずそうにホムラから身を離す。

そこで、自分の腕に目がいった。細くて白い自分の腕を見て、その視線を下へ向ける。

「えっ、嘘《うそ》……服はっ!?」

再び叫《さけ》ぶアスカに、ホムラがカヅチを振《ふ》り返った。

「カヅチ、アスカの服を――」

「神殿《しんでん》で支給している服をご用意します」

ホムラの視線を受けたカヅチが小さく頷《うなず》いた。

ひやりとする空気に身震《みぶる》いし、アスカは盛大にくしゃみをした。まるで今まで忘れていた感覚が一気に押し寄せてきたみたいだ。アスカの全身ががたがた震え出す。

「さっむい！」

「どうやら、感覚は正常に戻ったようですね。肉体の再構築に成功したようです」

ホムラから借りた外套でひとまず体を包んだアスカに、カヅチは冷静に分析《ぶんせき》した。

「それでご自身としてはいかがですか？　身体や感覚に違和感《いわかん》はありませんか？」

カヅチの問いかけに、アスカは自分の両手へ視線を落とした。

手を握《にぎ》り、広げることを繰《く》り返す。

肌《はだ》を撫《な》でれば皮膚《ひふ》がしっかりとその感触《かんしょく》を伝えてくる。床《ゆか》を撫でれば、ザラザラとした石の手触《てざわ》りがした。当然、すり抜けるようなこともない。

現状では身体に異常は感じられなかった。

「特に今のところは……」

アスカの回答に、カヅチはゆっくりと頷いた。

「いつまでもその状態ではいけません。替《か》えの衣服はこちらで用意させますから、温泉にでも浸かっていらっしゃい」

「えっ！　温泉！」

　パッと表情を輝かせたアスカに、カヅチが笑いかける。

「フェルノは国土の半分が火山地帯の国です。温泉はこの国の名物、きっと気に入っていただけますよ。ホムラ、連れていって差し上げてください」

「別にそれは構わないが……」

　ホムラが何か言いたげな様子だったが、カヅチは笑顔《えがお》で軽く首を振った。

「私は少し、調べることがあります」

「……わかった」

　ホムラがため息交じりに応じる。ホムラは無造作にアスカを横抱《よこだ》きにした。

「えっ⁉　いやいや、自分で歩けるので！」

「素足《すあし》じゃ寒《さみ》ぃだろ。いいから運ばれとけ」

　赤面して暴れるアスカを軽く受け流し、ホムラは笑った。

「それに、ここへ来るまでの様子じゃ、ぜってぇ迷子になるしな」

「……よろしくお願いします」

　ホムラの指摘に言い返せなかったアスカはただ身を縮ませた。

「おう、任せろ。カヅチ、後は頼《たの》んだ」

「ええ。後程《のちほど》、私の執務《しつむ》室にいらしてください」

軽く言葉を交《か》わすと、ホムラは駆《か》け出した。

その動作は人ひとり抱《かか》えているとは思えないほど、軽《かろ》やかだった。

まさかこの年になって異性に横抱きされるとは思わなかった。

初めての体験にアスカはすっかり混乱していた。

「しっかし、驚《おどろ》いた。炎を出すなら出すと、最初に言っといてくれればよかったんだが」

「えっ……炎？」

一体、何の話だ？

ホムラを見上げると、彼もこちらを見下ろしている。

「さっきの『光の祝福』で体を再構築した際、お前の身体が炎に包まれたんだよ。まぁ、そう珍《めずら》しい現象じゃねぇけどな」

平然と言ってのけるホムラに、アスカはギョッとした。

思わず自分の両手を見下ろして不安になる。

「火傷《やけど》とかはしてないみたいだけど……それって危なかったんじゃ？」

そもそも、人間の身体が自然発火することが普通《ふつう》の国ってどうなんだろう。

「お前、自覚してなかったのかよ」

不安そうなアスカを見下ろし、ホムラは半ば呆《あき》れたようにため息をついた。

「炎の色はその人を表す。昔、親父《おやじ》からそう聞いたことがある。お前の正体も、そのうちわかるだろうさ」

「いや、私は人間です」

「あー、はいはい。今はそういうことにしておく」

ホムラの言わんとしていることはわかる。

普通の人間が、死んでもこの世に留《とど》まっているのはおかしいと言いたいのだろう。

彼と出会ったときの様子から、それくらいのことはアスカでも察せられる。

アスカは自分の両手を見つめ、握ったり開いたりを繰り返した。

儀式《ぎしき》を受ける前と違《ちが》い、握った感触がしっかりと伝わってくる。

アスカの素足を刺《さ》す冷たい空気やホムラの肌から伝わる体温も、先ほどまで認識《にんしき》できなかった感覚だ。

今はとにかく、助かったらしいってことを喜ばなきゃ。

アスカはそう自分に言い聞かせて、自分の中で膨《ふく》れ上がる不安を無理やり押し込んだ。


神殿内に併設《へいせつ》された湯殿《ゆどの》は、一般《いっぱん》にも開放された施設《しせつ》である。

住民にとって身近な憩《いこ》いの場であると同時に、十年前までは多くの旅人がこの神殿の大浴場を目当てにこの都市を訪《おとず》れていたという。

無数の石柱が等間隔《とうかんかく》に並んだ出入り口をくぐったところで、蜥蜴《とかげ》姿の男性がホムラに駆け寄ってきた。

「隊長、待った！」

蜥蜴の男性は全身が赤い鱗《うろこ》に覆われ、どこかあどけない表情を浮《う》かべている。

手入れを欠かさず行っているのか、彼の全身を覆う滑《なめ》らかな鱗が、壁《かべ》に設置された灯火を受けてきらりと輝《かがや》いた。

「イナビ、何で止める？」

ホムラも足を止めて、イナビと呼んだ男性に問い返す。

「何でって……火鼠《ひねずみ》の子らを入浴させようとしてるんですよ！　今は危ないです！」

「あー……なるほど」

ホムラが物凄《ものすご》く嫌《いや》そうな顔をした。

そのせいで、アスカの好奇心《こうきしん》が大いに刺激《しげき》される。

「あ、あの……火鼠って何ですか？」

「えっ？　火鼠っていうのは、俺たちフェルノ国の人間が着ている衣服を作るのに飼育している家畜《かちく》だよ。こう……丸くてすばしっこくて見た目は可愛《かわい》い動物なんだけど――」

「ぜひ、見せてください！」

可愛いと聞いて、アスカは食いついた。

アスカの座右の銘《めい》は「可愛いこそ正義」である。

恐怖《きょうふ》の連続でやや感覚が麻痺《まひ》してしまったアスカは、とにかく癒《いや》しを求めていた。

「ちょっ、アスカやめとけ！　危ないから――って、おい！」

ホムラの腕《うで》の中から抜《ぬ》け出ると、アスカはパタパタと湯殿の中へ駆け込む。

「おい、アスカ！　待てって！」

「え、ちょっと、隊長!?　あのお嬢《じょう》さんは一体、何なんですか？」

慌《あわ》ててアスカの後を追うホムラに、追いすがったイナビが疑問を投げかける。

「あいつは――」

「はわぁわあぁぁああっ！」

アスカの悲鳴が響《ひび》き渡《わた》る。

「っ……アスカ！」

ホムラとイナビが大慌てで湯殿へ駆け込んだ。

そこには目の前に広がる光景に、思わず両手を頬《ほお》に当てて歓喜《かんき》しているアスカの姿があった。

彼女の視線の先には、浅瀬《あさせ》でぱちゃぱちゃ水遊びをしている小動物の姿がある。

ちょうど手のひらに乗るほどの大きさで、アスカの生まれ育った世界の動物に喩《たと》えるならハリネズミに近い。ハリネズミの針の代わりに、火鼠たちの全身を覆《おお》うものは揺《ゆ》らめく炎《ほのお》だ。

「ええっと……お嬢さん、火鼠の子を見るのは初めて？　火鼠たちは炎にも焼けない丈夫《じょうぶ》な皮を持っていて、フェルノ国の特産品なんですよ」

火鼠たちを入浴させていた蜥蜴の女性が、少し戸惑《とまど》った様子で話しかけてきた。

アスカは話しかけてくれた女性の容姿に一瞬《いっしゅん》、気後《きおく》れしてしまう。

「は、はい……可愛いですね」

いけない、人を外見で判断するなっておじいちゃんにも言われたっけ。

アスカはすぐに蜥蜴の女性へ笑いかける。

女性はおそろしげな顔つきとは裏腹に、その腕に抱《だ》いている火鼠の子を撫でる手つきは優《やさ》しい。その仕草をじぃっと見つめていたアスカは、勇気を出してそっと女性の傍《かたわ》らに座り込んだ。

「あ、あの……少しの間でいいので、見ていてもいいですか？」

女性と火鼠の子を交互《こうご》に見つめる。

その仕草が可笑《おか》しかったのか、蜥蜴の女性はくすっと小さく笑った。

「うふふ、構いません。よければ、抱っこしてあげてください」

「えっ、いいんですか⁉」

パッと表情を輝かせたアスカに、蜥蜴の女性は笑顔で頷《うなず》いた。浅瀬でじっとしていた一匹《ぴき》を両手で優しく抱え上げる。そのまま、アスカの手に乗せてくれた。

「きゅっ？」

丸くて大きな瞳《ひとみ》がアスカを見上げてくる。

火鼠の子はゆっくりと小首を傾《かし》げるような仕草をした。

自分の中で荒《あら》ぶる感動と衝動《しょうどう》を理性で必死に抑《おさ》え、火鼠が怖《こわ》がらないよう親指で優しく頭を撫《な》でてあげる。

「きゅっ、きゅうきゅっ！」

火鼠はとても気持ちよさそうに声を上げると、アスカの両手の上でお腹《なか》を見せた。

「かわいぃ～っ！　小さいぃ～っ！　神さま、ありがとうっ！」

なんて人懐《ひとなつ》っこい子なのだろう。

アスカは自分の頬がだらしなく緩《ゆる》むのを実感した。

「お、おい！　アスカ！　もうその辺でいいだろ！　戻《もど》ってこい！」

後ろの方でホムラの声が聞こえた。

なぜか湯殿の柱の陰《かげ》に隠《かく》れたホムラと、それを呆れ顔で眺《なが》めているイナビの姿があった。

「えっ、隊長さん？」

蜥蜴の女性が目を見開き、はしゃぐアスカとホムラを不思議そうに眺めている。

「ホムラもおいでよーっ！　この子たち大人しくて可愛いよーっ！」

アスカは手に抱いた火鼠の子をホムラに見せながら無邪気《むじゃき》に笑う。

「馬鹿《ばか》！　こいつらは狂暴《きょうぼう》なんだよ！」

顔を真っ青にしたホムラが、身を乗り出して必死に何か言っている。しかし、アスカは聞く耳を持たなかった。

こんなに小さくて愛らしい動物を狂暴だなどと、ホムラの感覚は絶対におかしい。

「と、とにかく、湯浴《ゆあ》みはあっちで――」

ホムラが意を決し、こちらへ歩み寄ろうとした。

その足元に、一匹の火鼠の子が通りかかった。

「げっ！」

「きゅっ！」

ホムラが驚《おどろ》いて身を引いた瞬間、火鼠の子がその場で丸くなった。光が集束し、火鼠の子の全身を覆う。

次の瞬間、火鼠の子が爆発《ばくはつ》した。

熱風を受けてアスカは浅瀬の中に倒《たお》れ込む。激しい崩落《ほうらく》音を聞いてとっさに火鼠の子を庇《かば》った。しかしいつまで経《た》っても、爆発によって飛び散ってきた破片《はへん》が当たることはなかった。

「大丈夫《だいじょうぶ》ですか？」

うっすら目を開ければ、会話していた蜥蜴の女性がアスカを庇ってくれていた。先程《さきほど》までは光沢《こうたく》を放っていた鱗の表面が、爆発によって飛散した塵《ちり》や埃《ほこり》をかぶって薄汚《うすよご》れている。

「だ、大丈夫です。ありがとうございました、えっと……」

「ヒノと申します。お怪我《けが》がないようでよかったです」

ヒノに手を借りて体を起こす。

ホムラがいた辺りの地面が大きくえぐれていた。

柱はなぎ倒され、天井《てんじょう》の一部が崩落している。

アスカの顔から一気に血の気が引いた。

「ホムラ!?」

「あー、大丈夫ですよー」

イナビが顔を真っ青にしたホムラを担《かつ》いで、瓦礫《がれき》の上からこちらへ下りてきた。何とも軽《かろ》やかな身のこなしである。

「ったく、隊長。あんた人の仕事増やさないでくださいよー」

「不《ふ》可抗力《かこうりょく》だ！」

ホムラが顔を青ざめさせたまま主張する。

「一体何が……？」

「火鼠たちは大変臆病《おくびょう》で、外敵などに襲《おそ》われると自爆して難を逃《のが》れる習性があるのです」

「じ、自爆っ!?」

先程の大爆発を引き起こした火鼠の子は、クレーターから這《は》い上がると全身を犬のように震《ふる》わせた。黒焦《くろこ》げの全身から灰や煤《すす》がこぼれ落ち、下から柔《やわ》らかな産毛《うぶげ》が姿を現す。その産毛に再びチロチロと炎が灯《とも》った。

「火鼠たちの毛皮は再生が速いから、それを衣服に利用しているんだ。なめして使えば衣服のほかに、火薬を保管する袋《ふくろ》にも打ってつけなんだよ」

イナビも人差し指を立てて得意げに説明している。

「でも、危険ですよね!?　いつ爆発するかわからないのに……」

「だから、一日に二度、こうしてお風呂《ふろ》に入れているんですよ」

ヒノが浅瀬で丸まっている大量の火鼠の子たちを振《ふ》り返る。

そういえば、先程の自爆を受けても、彼らは誘爆《ゆうばく》しなかった。アスカの腕の中にいる子もただ丸まっているだけで、爆発する様子はない。

「火鼠《ひねずみ》の自爆には皮膚《ひふ》の乾燥《かんそう》が不可欠なんです。ですから、こうしてお風呂に入れてあげれば、皮膚が湿気《しっけ》に覆われて自爆できないんですよ」

「あぁ、なるほど！」

よく考えられているものだ。とはいえ、爆発されては嫌《いや》なのであまり刺激《しげき》しないでおこう。

「さらに、一度爆発すると溜《た》めの期間が必要でさ。その間に毛皮をはがしてやれば再生にエネルギーを取られて日に何度も爆発されなくて済む。火鼠たちにとってもストレスがなくなる分、毛艶《けづや》がよくなって健康になる。まさに一石二鳥さ」

イナビがアスカを安心させるように解説した後、座り込んでいるホムラを睨《にら》んだ。

「なのに、隊長ったらなんでいつも火鼠に遭遇《そうぐう》すると、百発百中で自爆させちゃうんですか！　まーた皮一枚無駄《むだ》にして！」

「ある意味、天才とも呼べる的中率ですよね」

イナビの尻尾《しっぽ》がばしばしと床《ゆか》を叩《たた》いて不満げである。ヒノも他人事《ひとごと》のように笑っていた。

ここでは爆発が日常茶《さ》飯事《はんじ》なのだろうか。

呆《あき》れるアスカの横で、ホムラがクワッと目を怒《いか》らせた。

「俺だって好きで爆発させてるわけじゃねぇよっ！　何が気にいらないのか、俺が聞きたいくらいだっ！」

「隊長さん、顔怖いし、言動も結構ガサツだから繊細《せんさい》な火鼠たちが怯《おび》えちゃうのよ。きっと」

ヒノが朗《ほが》らかな笑顔《えがお》とともに火鼠の子を撫でている。

「おい、ヒノ。どさくさに紛《まぎ》れて俺の悪口言ってないか？」

「あら、心外です。あくまでも客観的な考察というやつですよ」

笑うヒノの横で、ホムラが不満げに口を尖《とが》らせる。

「それで、隊長たちはここへは何をしに？」

思い出したようにイナビがホムラとアスカを交互に見た。

「ああ、こいつはアスカ。雪狼《ゆきおおかみ》に襲われていたところを保護したんだ」

「雪狼に……奴《やつ》ら、ガレルの近くまで？」

イナビの警戒《けいかい》するような表情にホムラは軽く首を振った。

「ま、こちらの偵察《ていさつ》だろう。周囲に強い魔力《まりょく》の反応はなかった。念のため、ジルにはしばらく周囲の警邏《けいら》を厳にするよう指示した」

ホムラはそこまで言って、アスカを顎《あご》で示した。

「とりあえず……まぁ、そういうことだから色々と面倒《めんどう》見てやってくれ。『光の祝福』を受けて間もないから、色々と不安定なんだ」

「隊長がそうおっしゃるなら……お任せください」

ヒノが抱《だ》いていた火鼠の子を浅瀬《あさせ》に戻して立ち上がった。

「では、隊長さんは後片付けをお願いします」

「はぁっ⁉」

「爆発跡《ばくはつあと》をこのままにしておくわけにはいかないでしょう？　アスカさんは私が預かりますから。元凶《げんきょう》は黙《だま》って動く！　イナビ、手のあいている人も、手伝ってあげてちょうだい！」

「はいはーい。隊長、手伝う代わりに今日の夕飯の一杯《ぱい》、奢《おご》ってくださいねーっ！」

「わかった。なら翌日の訓練監督《かんとく》はジルにしよう。皆《みな》の訓練の成果、ぜひ見せてもらう」

「なっ、隊長そりゃないでしょう！」

ぱしんっとヒノの尻尾が床を叩き、無駄口《むだぐち》を叩くイナビたちを急《せ》かした。

「さ、アスカさんはこちらへ。お風呂へ案内します。使い方も一応、説明しましょうかね」

「あ、ありがとうございます……」

アスカは抱《かか》えていた火鼠の子を浅瀬に戻し、濡《ぬ》れた外套《マント》をしわにならない程度の力で絞《しぼ》った。

思った以上に水気を含《ふく》んでしまったせいか、外套《マント》はずっしりと重くなってしまっている。

困ったな、借り物なのに……。

瓦礫の撤去《てっきょ》作業をしているホムラの背をちらりと振り返った。

「大丈夫。撤去には夕飯までかかるでしょう。ゆっくり浸《つ》かっても問題ありません」

「あ、いえ……そうではなく――」

微笑《ほほえ》むヒノに手を引かれる。結局、ホムラに濡らしてしまった外套への謝罪もできないまま、アスカはいったん回廊《かいろう》へ出た。別棟《べつむね》に続く橋を渡《わた》ると、そこからにぎやかな声が響《ひび》いてくる。

「わぁっ！」

天井の高い石造りの空間に、いくつもの温泉が整備されていた。

はしゃぐ子どもたちを親たちが注意し、その様子を遠目に眺《なが》める老人たちの姿もあった。

皆、思い思いに湯に浸かってリラックスをしている。

まるで町中の銭湯のような居心地《いごこち》のよさだ。

「さ、外套はそちらの棚《たな》に」

石で作られた棚の一つに、アスカは借りている外套を入れる。

先程ちゃんと絞ったつもりだったが、外套は相変わらず重い。冬物のようだし、生地《きじ》もいいものを使用しているからだろうか。外套の裾《すそ》を掴《つか》み、アスカは思わず首をひねった。

「……これ、どうやって洗おう」

クリーニングってこの世界にあるのだろうか。

アスカが真剣《しんけん》に悩《なや》んでいると、ヒノに呼ばれた。

慌《あわ》てて外套を軽く畳《たた》んで棚へ置き、ヒノのところへ向かう。

アスカが立ち去った後、もぞもぞと外套が動き、小さな鼻が布の隙間《すきま》から覗《のぞ》いていた。

「さ、体を洗ってから湯船に入るのが礼儀《れいぎ》なの。道具類の説明も一緒《いっしょ》にしてしまいますね」

「お願いします」

アスカはヒノの指導の下、温泉に入る際の作法を実践《じっせん》していく。とはいえ、その内容は日本に住んでいた頃《ころ》とあまり変わらない。

違《ちが》いと言えば、体を磨《みが》くための研石や羽毛《うもう》の人用のタオルが用意されてあったくらいか。

「フェルノ国はもともと火山地帯の国で、あちこちから温泉が湧《わ》いているんです。ですから、この地に住む人々にとって温泉は身近なんです」

「きもちいい……」

ヒノとともに湯に浸かり、アスカはうとうとと舟《ふね》をこいでいた。

もしかしたら、夢を見ているのかもしれない。

そんな考えが不意に頭の中を掠《かす》めた。

そうだ。そもそも人がいきなり炎《ほのお》の獅子《しし》に変身したり、ドラゴンがその辺を歩いていたり、人間のようにしゃべったりする二足歩行の蜥蜴《とかげ》と一緒にお風呂につかったりするなど……夢以外の何物でもない。現実的ではないし、突拍子《とっぴょうし》もなさすぎる。

我《われ》ながら、なかなかファンタジックかつ壮大《そうだい》な夢を見るものだ。

ちらりと横目でヒノを見ると、彼女もこちらを見ていた。

「火蜥蜴《サラマンダー》は珍《めずら》しいですか？」

「あ、えっと……すみません。ジロジロと」

「構いません。どこからいらしたのか存じ上げませんが……すぐに慣れます」

ヒノは湯船につかったアスカの髪《かみ》をくるくると器用に巻き上げてくれた。

「でもアスカさんを追って隊長さんがいらしたのには驚《おどろ》きました。隊長さん、火鼠の子が大の苦手なんです。だからあの子たちが入浴しているってわかると絶対に湯殿《ゆどの》には近づかないんですよ」

「そうなんですね……」

まぁ、あの爆発を目《ま》の当たりにした今となっては、彼の苦手意識も頷《うなず》ける。

自分が傍《そば》にいて確実に爆発するなら、近寄りたくもないだろう。

火鼠の子は大変臆病《おくびょう》だということだし、自分たちよりもずっと大きい獅子に変身するホムラは恐怖《きょうふ》以外の何物でもない。

まさに天敵ってやつかな。

アスカは自分でそう結論付け、神妙《しんみょう》な顔で頷いた。

「ですから、どうしても気になってしまって……。アスカさん、あの隊長さんをどうしたら湯殿の中にまで誘導《ゆうどう》できたのか、ぜひお聞きしたいわ！」

「はい？」

何故《なぜ》か期待に満ちたヒノの視線に、アスカはどう返事したものか困ってしまう。ヒノは興奮気味に身を乗り出した。

「一体、どんな裏技《うらわざ》を仕掛《しか》けたのですか⁉　隊長って平然と危険に飛び込むような人ですが、火鼠に関《かか》わることだけは頑《かたく》なまでに臆病になるんです！　それを、どうやったら湯殿にまで連れて来られたんですか⁉　ぜひご教示いただきたいです！」

「えっ⁉　いや、その……特に何もしてない、はず……？」

ここに来るまでのやり取りを思い返しても、特別なことはなかったはずだ。身元の知れない人間を警戒している様子ではあったが、だからといってアスカに親身になる理由にはならない。

あとは――。

「光の……なんとかって儀式《ぎしき》みたいなのはやりましたが……それくらいです」

「ああ、『光の祝福』ですね。アスカさん、どこか怪我《けが》とかされていたんですか？」

「……そんなところです」

さすがに「死んでいて肉体がなかったんです」なんて初対面の火蜥蜴《ひと》に言うのも憚《はばか》られる。

余計なことは言うまい。

「うーん……さすがに『光の祝福』をしたからという理由だけで、闘騎隊の隊長が世話を焼くというのもおかしな話です。アスカさん、もしやあなたはルチアと関係があったりはしませんか？　アスカさん？　アスカさ――」

だんだんヒノの声が聞き取りづらくなる。目の前がチカチカした。思わず目元をこする。

温泉に浸かって気が抜《ぬ》けたせいだろうか。

アスカはそのまま重い瞼《まぶた》をおろして暗い世界へ沈《しず》んでいった。

遠くで自分の名を呼ぶ声が聞こえた気がした。

ああ、目を覚まさないと……せっかく仕事を休んだのだ。無事に祖母の家に辿《たど》り着かなくては――。

　窓から差し込む光で目を覚ました。

　アパートの白いビニールクロスの天井《てんじょう》を見慣れているせいか、ごつごつとした岩を削《けず》って作られた天井はそれだけでどことなく重苦しい。

　アスカは何度か瞬《まばた》きを繰《く》り返し、頭を動かして室内を見た。

　見知らぬ部屋のベッドに寝《ね》かされたアスカは、自分の記憶《きおく》を手繰《たぐ》り寄せる。手を動かせば清潔なシーツの肌触《はだざわ》りが心地《ここち》いい。これは羽毛だろうか。弾力《だんりょく》のある手ごたえが癖《くせ》になりそうだ。

　ここは……？　私は……。

　少しずつ覚醒《かくせい》していく頭が、意識をなくす直前の記憶をフル稼働《かどう》でかき集めていく。

　がばりと起き上がると、アスカは頭を抱えて叫《さけ》んだ。

「夢じゃないっ⁉」

　視線を下げると、無地のワンピースを着ている。着替《きが》えた記憶はまったくない。

　昨日出会った、ヒノと名乗る火蜥蜴《サラマンダー》の女性が着せてくれた寝間着だろう。

「待って、待って……落ち着いて私、これは夢の続き？　そう、そうに決まってる。あはは、私ったら最近、仕事で忙《いそが》しすぎたから疲《つか》れてんだね。うん、よし。はやく目を覚まし――」

「きゅっ」

ん？

再び布団《ふとん》に潜《もぐ》り込もうとすると、右手が何やら柔《やわ》らかいものに触《ふ》れた。

目を向ければ、火鼠《ひねずみ》の子が一匹《ぴき》、布団の中からもぞもぞと顔を覗かせた。

「きゅっ！」

火鼠の子が一声鳴き、いやでもアスカは現実を認識《にんしき》する。

これは、夢じゃない。

アスカは思わず仰《の》け反り、叫びそうになった口を両手で咄嗟《とっさ》に押さえた。下手《へた》に怯《おび》えさせて、昨日みたいに爆発《ばくはつ》されたらたまったものではない。

「ちょっ、君……どっから迷い込んできたの⁉」

アスカは火鼠の子をそっと両手で抱《かか》え上げ、その愛くるしい顔をまじまじと見つめる。

「きゅうきゅっ！」

焦《あせ》るこちらに反して、火鼠の子は四肢《しし》をパタパタさせて何やら喜んでいた。

うん、可愛《かわい》い。

「そうじゃない！」

アスカは頭を振《ふ》って脱線《だっせん》する思考を戻《もど》した。

見たところ懐《なつ》かれたようだが、この状況《じょうきょう》がまずいことに変わりはない。

「あー、お腹《なか》の毛が柔らかい……」

とにかく、この子を急いでヒノに返さなくては。

「あ、もしかしてこの子は女の子かな？」

ひとまずここがどこかわからないが、こんなところで爆発されたらひとたまりもない。

「いやん、そんな可愛い仕草で頭をこすりつけてきて……。じゃないっ、とにかくヒノさんに会わねば！」

がばりと色々な雑念を振り払《はら》ってアスカは叫んだ。

思考が脱線しきる前に、この可愛い小悪魔《こあくま》をヒノに返さなければアスカとて何をしでかすかわからない。このままでは、火鼠の子の柔らかいお腹に鼻先をツッコんで深呼吸くらいしてしまうだろう。それを嫌《いや》がられて爆発させてしまったなんてことになったら、笑えない。

アスカは片手で火鼠の子を抱《だ》くと、すぐさまベッドから下りた。

部屋の扉《とびら》を開けようと手を伸《の》ばしたところで、扉が外側から開けられる。

「あら、目が覚めたのね」

髪が燃えている、笹穂《ささほ》耳《みみ》の女性がにこやかに笑いかけてきた。

驚きのあまり固まってしまったアスカに、女性は気さくに話しかけてくる。

「体の調子はどう？　気分が悪かったり、痛みや苦しいところなどはあるかしら？」

「い、いえ、大丈夫《だいじょうぶ》です。あの……もしかして、ここは病院ですか？」

「ええ、ここは医療棟《いりょうとう》よ。昨日お風呂《ふろ》でのぼせたようだと、闘騎隊の隊長さんが駆《か》け込んできたのよ。驚いたわ、あの獅子《しし》王の異名を持つ隊長さんがあんなに慌《あわ》てるなんて」

昨日のことを思い出したのか、女性はくすくすと笑い声をこぼす。

反対に、アスカは身を縮ませて胸の内で手を合わせた。

また他人《ひと》さまに運ばせた上、心配をかけてしまった。

「私はここの医者でフレイ、炎霊《イフリート》よ。よろしくね」

フレイはそう言って手を差し出してきた。

アスカも挨拶《あいさつ》とともに彼女の手を握《にぎ》り返す。

「『光の祝福』を受けたそうね。儀式を受けてすぐの頃《ころ》は体に異常が起きたり、精神的に不安定になりやすいの。一週間ほどはここで経過観察をさせてもらう形になるわ」

「はい、お世話になりま……」

アスカのお腹が、それは盛大な音を立てた。

顔を赤らめたアスカは、手にした火鼠の子で思わず顔を隠《かく》す。

最後に食事を摂ったのって、いつだっけ……？

「うふふ、そうよね。お腹空《す》いてるわよね。もし部屋で食べるなら持ってくるけれど？」

「……皆《みな》さんは、普段《ふだん》どちらで？」

「たいていの人は大食堂ね。闘騎隊の人たちもそこで食べているわ」

「なら、大食堂で食べます！」

もしかしたらホムラやヒノたちもいるかもしれない。急いで火鼠の子を返さねばならない。

アスカは火鼠の子の脇《わき》を両手でにぎにぎしながら頷《うなず》いた。くすぐったいのか、火鼠の子が四肢をばたつかせて笑っている。

「わかったわ。私もこれからお昼だし、一緒《いっしょ》に行きましょう。もちろん、あなたも、ね」

フレイはアスカの手の中で寛《くつろ》いでいる火鼠の子を見ながら笑った。


フレイに案内された場所は、平らな岩を積み上げたような形の食堂だった。段々畑のようなそこにはテーブルと椅子《いす》が置かれ、様々な人たちがにぎやかに食事をしている。

「ちょうどお昼時だから、混雑しているわね。先に注文を済ませましょう」

フレイはそう言って、通りがかった岩人形《ゴーレム》の男性にオーダーを入れた。

メニューを聞かれたが、この世界での食事はよくわからない。無難に柔らかくて食べやすいものを、とだけ注文をつける。後は医者であるフレイに任せることにした。

ウェイターの男性は金属の板に指先を近づけて、注文をメモしていく。そして注文を確認した後、腰《こし》に下げた宝珠《ほうじゅ》を板にかざした。

男性の手の中で宝珠に何かの文字が浮《う》かび上がる。男性は文字が映し出された宝珠を、フレイに手《て》渡《わた》した。

「では、お好きな席へどうぞ」

「お待たせ、席を探しましょう」

フレイがこちらを振り返って、何故《なぜ》か笑い出した。

「ただの追尾《ついび》魔法よ。そんな珍《めずら》しいものじゃないわ」

「追尾、魔法……？」

「ええ。この宝珠を持っていれば、どの席にいてもちゃんと注文した料理が届けられるわ。範《はん》囲《い》指定もされているから、この店から出ようとすると警告されちゃうけれどね」

なんだかよくわからないが、ハイテクなんだなぁ……。

思わず感心していると、背後から名前を呼ばれた。

振り返ると、一段下がったエリアのテーブルにホムラがいた。昨日背負っていた大剣《たいけん》や外套《マント》は身に着けていないが、代わりにジャケットに似た防寒着を着こんでいる。

彼と同じ席にはイナビとヒノの姿もある。後は知らない顔ぶれで、下半身が馬の男性に、猫《ねこ》耳《みみ》に尻尾《しっぽ》が二股《ふたまた》に分かれた獣人《じゅうじん》の男性、背に翼《つばさ》を生やしている青年が食事をしていた。

「せっかくだし、お邪魔《じゃま》しちゃいましょうか！」

フレイに促《うなが》され、アスカは彼女の後について下のテーブル席へ向かう。

階段を下り切ったところで、ホムラが歩み寄ってきた。

「もう体の具合はいいのか？」

ホムラがそう言ってぴたりと足を止めた。彼の表情が強張《こわば》っている。

その視線の先には、アスカの腕《うで》に抱かれた火鼠の子の姿があった。

本当に、火鼠の子が苦手なんだなぁ。

アスカはホムラの様子に、しみじみと頷いた。

「うん、フレイさんから聞いたよ。医療棟まで運んでくれたんだよね？　ありがとう、ホムラ」

アスカは火鼠の子の頭を撫《な》でながら、ホムラに笑いかけた。

「でもせっかく貸してくれた外套《マント》をダメにしちゃって……ごめんなさい」

アスカが頭を下げると、ホムラは軽く笑って頷いた。

「そんなことか。魔法で乾《かわ》かせば問題ないから、気にすんな」

特に気にした様子もなく、ホムラは肩《かた》をすくめる。

「へぇ、あれが隊長のいい人かぁ……」

背後から好奇心《こうきしん》を丸出しにした笑い声が言った。

目を向けると、頭に獣耳《けものみみ》をつけた青年が縦に裂《さ》けた瞳孔《どうこう》をこちらへ注いでいる。

「何なにナニ？　これは明日、槍《やり》が降るのかな？」

背に翼を生やした青年も、興味深そうにホムラとアスカを交互《こうご》に見回していた。

「おい、ニビ！　クルス！　お前らはまたそうやって――」

「お嬢《じょう》さん、可愛いっすね！　名前は？」

いつの間に移動したのか、ニビと呼ばれた青年がアスカの傍《そば》から顔を覗《のぞ》き込んできた。

瞬間《しゅんかん》移動でもしたのだろうか。

アスカは一瞬で距離《きょり》を詰《つ》めてきたニビに体を震《ふる》わせる。

「えっと……アスカと言います」

「アスカちゃんって言うんだぁーっ！　名前も可愛いね！」

あ、この人ものすごくチャラい奴《やつ》だ。

アスカの中で、ニビ＝《イコール》チャラ男の方程式が即座《そくざ》に組み上がった。

「君があの大寒波の中で保護されたっていう女性か」

もう一人、下半身が馬の男性が蹄《ひづめ》で床《ゆか》を軽く蹴《け》ってこちらに近づいてくる。下半身が馬体であることもあって、顔がだいぶ上の方にある。

「上から失礼。なにぶん、この通りの身なりなので屈《かが》むのが苦手でね」

アスカの怯《おび》えた様子に、馬人の男性はわずかに上体を前屈みにした。

「初めまして、私は闘騎隊の医官ボルヴ。炎馬人《フェルタウロス》だよ。よろしく」

「こ、こちらこそ、よろしくお願いします。ボルヴさん」

アスカは差し出された手を握り返す。

訓練の際にできたと思われる肉刺《まめ》でとても硬《かた》い。まさに戦士の手だった。

「硬い……」

「医官とはいえ、戦場では一兵士として戦うからね」

アスカの呟《つぶや》きを聞いて、ボルヴはにっこりと笑った。

体の大きさもあって迫力《はくりょく》はあるが、話してみると気さくな人柄《ひとがら》のようだ。

さらによく見るとボルヴの下半身、馬の鬣《たてがみ》や尻尾もメラメラと燃える炎だった。

本人曰《いわ》く、害意のないものには燃え移ったりしないそうだ。

「あ、俺はニビね。炎猫《えんびょう》の獣人で同じく闘騎隊だよー」

普通に握手《あくしゅ》を求められたので、アスカはニビの手も握り返す。言動はチャラいが、引き締《し》めるところはしっかり締めるらしい。そこには軍人のような厳格さがあった。

「僕は闘騎隊以前に、この国の人間ではないけどね」

そう言って歩み寄ってきたのは背に翼を生やした青年だった。

羽毛《うもう》に覆《おお》われた頭や耳に、鳥類の両足を持つ青年はにこやかに笑いかけてくる。

「僕の名はクルス。かつてルチアに身を置き、今は一人で世界を旅して回る学者さ」

クルスは翼を畳《たた》み、右手を左手に添《そ》えて左脇腹の位置に両手を固定した。その独特の立礼でこちらに頭を下げてくる。

「学者さん、ですか……？」

「何を研究しているかって？　それはもちろん、この世界に満ちる魔力についての研究さ！」

アスカの呟きに、クルスがガバリと顔を上げた。ものすごく目が輝《かがや》いている。

「今、アルファトリアでは各地で起こる魔人・魔獣の襲撃《しゅうげき》と、その影響《えいきょう》を受けて起こる異常気象のせいで情勢がすこぶる不安定なんだよ。こんなことは前代未聞《ぜんだいみもん》でね。僕は原因の一端《いったん》に、アルファトリアに満ちる魔力が大いに関係しているのではないかと考えているんだ！　そもそも僕らは魔力を使って肉体を変化させ、魔法を行使して文明を発展させてきたわけなんだけど、その魔力の本質は未《いま》だにわからないことが多い。これほど身近にあるにもかかわらず、だよ！　実に興味深いとは思わないかい？」

「は、はぁ……」

一息にまくしたてたクルスに、アスカは顔を引きつらせた。

残念ながら、アスカはクルスの言っていることの半分も理解できなかった。

「クルス、病人相手に得意の魔力談義は控《ひか》えてちょうだい」

フレイがすげなく言い捨てた。

「相変わらず、クルスは変なことばかり考えるよなぁ……。魔力が何だ、魔法が何だなんて、生まれてからずっと使えるものなんだからそれでいいじゃん」

イナビもカラカラと笑いながらクルスを小突《こづ》いた。クルスは呆《あき》れ顔でイナビを小突き返す。

「はぁ、わかってないねぇ。いいかね、イナビくん。身近なものだからこそ、その本質を見極《みきわ》めたいと思うもんだろ？　学者たる者、疑問には明確なデータに基《もと》づく結論が出るまでとことん突《つ》き詰めて研究するもんなんだよ。まぁ、変人ってことは誉《ほ》め言葉として受け取るけどね」

「変人は否定しないのね……」

クルスの言いように、ヒノが笑った。

「ヒノさん、こんにちは。昨日はご迷惑《めいわく》をおかけしてすみません。服まで……」

「うふふ、大丈夫《だいじょうぶ》ですよ。確かに驚《おどろ》いたけれど……『光の祝福』を受けたばかりじゃ疲《つか》れて当然よね。あら？」

ヒノはアスカの腕の中の火鼠《ひねずみ》の子を見ると目を丸くした。

「すみません、朝起きたら布団《ふとん》にいて……どうもついてきちゃったみたいで」

「隊長、気づかなかったんですか？　あんなに火鼠を避《さ》けるくせに」

「……気が動転してた」

ヒノ同様、目を丸くしたイナビ。ホムラは渋《しぶ》い表情のまま、頭を乱暴に掻《か》いた。

「何なにナニ？　本当に明日は槍が降るみたいだね」

「クルス、お前は少し黙《だま》ってろ」

冷やかすクルスをホムラは睨《にら》んだ。

「うんうん。この子、アスカさんにだいぶ懐《なつ》いていますね。下手《へた》に引き剥《は》がすのはこの子のためにもなりませんし……」

ヒノが少し考えるような素振《そぶ》りをした。それから不意に、いい笑顔《えがお》になった。

「アスカさん、この子の面倒《めんどう》、見てみませんか？」

「え？」

「おい、ヒノ！」

ヒノの提案に、アスカは間の抜《ぬ》けた声を出した。ホムラが大いに慌《あわ》てている。

「なるほどね～。アスカちゃんに近づくには火鼠の子を克服《こくふく》しなきゃならない。ヒノ、策士～」

ニビが冷やかす横で、ヒノはホムラを正面から睨みつけた。

「隊長さんもいい加減、火鼠を怖《こわ》がるのをどうにかしてください。抱《だ》くのは無理でも、せめて傍にいて彼らを刺激《しげき》しない程度には慣れていただきませんと」

「うぐぅ……し、しかし…アスカが危険に――」

「この子は大人しいみたいだし、アスカちゃんにすごく懐いているみたいだ。問題ないと思うけど？」

アスカの腕の中に収まっている火鼠の子を、クルスがしげしげと見下ろしながら呟く。

「アスカちゃんはどうする？」

フレイに尋《たず》ねられ、アスカは腕の中の火鼠の子を見下ろした。

「きゅっきゅっ！」

はしゃいだように四肢《しし》をパタパタさせる火鼠の子に、顔の筋肉がだらしなく緩《ゆる》んだ。

「私、この子の面倒見ます！」

気づけばそう返していた。

「あ、アスカッ！　お前、勝手に――」

「決まりですね！」

ヒノが尻尾《しっぽ》で床を叩《たた》くと嬉《うれ》しそうに笑った。

「名前を決めてやらんといかんな」

ボルヴが落ち込むホムラの背を叩きながら、こちらに目を向けた。

「名前か……」

アスカは火鼠の子を見つめながら数秒黙り込む。

「……ヒマリ。丸まったとき、鞠《まり》みたいに見えるし……ヒマリ！」

「へぇ……鞠、ねぇ」

クルスが顎《あご》に手を添えると、満面に笑みを浮かべた。

「えっと……変、ですか？」

「ううん、可愛《かわい》い名前だなぁと思ってね」

不安げなアスカを安心させるように、クルスはしっかりと頷《うなず》いた。

そこへ、頭上から声をかけられた。

仰《あお》ぎ見ると炎の羽を持ったてんとう虫が、何やら箱をロープで吊《つ》り下げて滞空《たいくう》していた。

「あの～……お食事、どうされます？」

「とりあえず、食事にしましょうか」

「そうだな」

苦笑《くしょう》するフレイに、ホムラも頷いた。

アスカはてんとう虫を前にして平然と席に着く皆《みな》に倣《なら》う。

ここではしゃべる虫も珍《めずら》しくないようだ。外見でいちいち驚いていては心臓が持たない。

もう何も驚くまい、とアスカはそっと心に固く誓《ちか》ったのだった。


「ねぇねぇ、アスカちゃんってどこから来たの？　どうしてこの都市に？　好きな男性のタイプとかある？　あ、ちなみに俺はアスカちゃんみたいな子、すごく好みだよ！」

「……えっと、はぁ……その、はい、ありがとうございます？」

食事を始めるなり、ニビが好奇《こうき》心《しん》丸出しで色々と質問してくる。

その矢継《やつ》ぎ早な質問に、アスカはちらりとフレイを見た。

「ニビ、あんた少し黙んなさい。アスカちゃんが食べられないでしょ！」

「そうですよ。それに、そういう質問をこういった場で浴びせるのも失礼です」

見かねたヒノも口を挟《はさ》む。しかし、ニビは頬杖《ほおづえ》をついたまま、満面に笑みを浮かべた。

「だって、こぉんな可愛い子がいたら色々と気になるでしょ～。ましてや、このガレル要塞《ようさい》はフェルノの最前線。どうしてこんな可愛い子が、きな臭《くさ》い場所にいるのかなぁってみんなも気にならない？」

ニビの探《さぐ》るような視線がアスカに向く。それに思わずドキッと心臓が跳《は》ねた。

何故《なぜ》だか、ニビの笑顔を怖いと感じた。

「そういうことは神殿《しんでん》が判断する。この後、カヅチのところへ行く予定だ。今はあんまり絡《から》んでやるな」

ホムラがニビの頭に軽く拳《こぶし》を落とした。

「へぇ、じゃあ俺もご一緒《いっしょ》させてくださいよぉ～。なんならその後、一緒に街へ行かない？色々と案内するよぉ～」

「お前、この後雪原の警邏《けいら》任務入ってるだろ。仕事をしろ、仕事を」

にへらと笑ってアスカを口説くニビに、ホムラは呆れ顔で呟《つぶや》いた。

「えー、毎日毎日雪ン中走ってばっかだと飽《あ》きるんですよ～。隊長だけ可愛い女の子と一緒ってズルいじゃないですかぁっ！」

「俺が保護した手前、カヅチに詳細《しょうさい》報告をする義務がある。というか、ニビ……お前、そんなことばかり言ってるから彼女と長続きしないんじゃないか？」

「ちょっ、隊長！　それは言わんでくださいって！」

「あはは、今回ばかりはニビの負けだね」

　クルスは石のテーブルを叩きながら大爆笑《だいばくしょう》している。

他《ほか》の皆も下を向いたり、そっぽを向いたりして笑いをこらえていた。

「とはいえ、昨日の今日で魔獣討伐《まじゅうとうばつ》の報告が増えたのも確かだ。奴《やつ》ら、また何か企《たくら》んでいるのかもな」

　ボルヴの思案気な呟きに、ヒノも同意する。

「ヴェモルティアへ攻《せ》め入って以来、膠着《こうちゃく》状態が続いていたのに……今になって動き出したのは何故でしょうね」

「魔人が焦《じ》れたに一票」

「いや、それなら七年前に一気に攻め滅《ほろ》ぼすことができたじゃないか」

　ヒノの疑問にニビが笑いながら言い、イナビが呆《あき》れ顔で指摘《してき》する。

「……」

　部下たちのやり取りを無言で聞いていたホムラは、じっとアスカを眺《なが》めていた。

「ホムラ？　何か気がかりでも？」

黙ったままのホムラに、クルスが怪訝《けげん》な表情で尋ねた。

ホムラは静かに息を吸った後、何でもないと首を横に振《ふ》る。

「アスカ、フレイ、カヅチのところへ行こう。今後のことを相談する」

アスカが食事を終えたのを確認《かくにん》すると、ホムラがそっと席を立った。

「わかったわ」

「う、うん……」

アスカは頷き、ニビに顔を向ける。

「あの……」

「ん？」

頬杖をついてくつろいでいたニビが軽く首を傾《かし》げる。

「一緒にお買い物はできないけれど、誘《さそ》ってくれたのは嬉しかったです。ありがとう……」

アスカはそっとニビに頭を下げた。

ニビの目が大きく見開かれ、彼の耳と尻尾がピンッと立った。

「おやおや……アスカちゃんっていい子だねぇ」

クルスがニヤニヤと笑いながらホムラをちらりと盗《ぬす》み見る。

その視線に、ホムラは一瞬《いっしゅん》だけ顔を顰《しか》めた。

「……アスカ、行くぞ」

クルスの視線を無視し、ホムラは何事もなかったようにアスカを促《うなが》した。

「ではまた。神官長によろしく」

「また夕飯でも一緒に食べようなぁー」

「は、はい。ボルヴさん、イナビさん、ありがとうございます」

「アスカちゃーん、落ち着いたら今度一緒に食事しよーねっ！　絶対だよぉっ！　隊長、手出したら恨《うら》むからねっ！」

「馬鹿《ばか》なこと言ってないで仕事行けっ！」

　ニビが上機嫌《じょうきげん》に腕《うで》を振ってくるので、アスカも遠慮《えんりょ》がちに手を振り返した。

　大食堂を出ると、医療棟《いりょうとう》へ続く回廊《かいろう》に出る。

　そこから医療棟の敷地《しきち》内を北へ進んでいくと、神殿へ続く小道へ出た。

　アスカたちがいるここ――要塞都市ガレルは山の洞窟《どうくつ》を削《けず》り、そのまま都市化した街なのだという。無数の回廊が延びた要塞都市には高い城壁《じょうへき》と天然の岩が立ち並び、その間に設けられた見張り台で兵士たちが警戒《けいかい》に当たっている。

　昨日は都市の中を見回す余裕《よゆう》などなかったが、思った以上に人の出入りは多いようだ。

　見上げると上空を飛影《ひえい》が過《よぎ》っていく。空を飛んでいるのは竜《りゅう》であったり、巨大《きょだい》な鷲《わし》であったりと様々だ。時には背や腕に鳥のような翼《つばさ》を持った人々が複数人、連隊を形成して上空を警戒している。

　その物々しい雰囲気《ふんいき》もあって、アスカは傍《かたわ》らのフレイに声をかけた。

「あの、フェルノ国は……どこかの国と戦争、しているんですか？」

「国同士が争うことはフェルノ建国以来、ないわね。私たちが相手どるのは魔獣や魔人どもだけだもの」

「魔獣に……魔人？」

「この世の禁忌《きんき》に触《ふ》れ、追放された魔族の手下連中だ。必ずこの手で葬《ほうむ》り去るさ」

前を進むホムラが眉間《みけん》にしわを寄せた。

普段《ふだん》、溌剌《はつらつ》としているホムラの声が威嚇《いかく》するように低くなる。

「魔族は世界の理《ことわり》を捻《ね》じ曲げるような禁忌魔法を行い、この世を滅ぼさんとした。古い文献《ぶんけん》ではそう伝わっている。けれどフェルノ王を始めとした各国の始祖王が、魔族の王を封《ふう》じ込め、魔族たちを討伐した。俺たちには始祖王たちが守ったこの世界の秩序《ちつじょ》を、後の世代へ引き継《つ》ぐ義務がある」

ホムラの言葉に、フレイも無言で頷いていた。

魔王がいたのか、とアスカはヒマリを抱《だ》く腕に力を込めた。まったくの平和な世界、というわけではないようだ。やはり魔王や魔族という単語を耳にすると不安になる。

もしかして、私が元いた世界で出会ったあの「黒い人物」とも関係しているのではないか。

アスカがそこまで考えたところで、こちらを振り返ったホムラが呆れたようにため息をこぼした。

「そんな顔すんな。そういう連中からこのアルファトリアの地を守るために、フェルノ国が、そして俺たち闘騎隊がいるんだ。だから、そう無闇《むやみ》に不安そうにするなよ」

「あ、えっと……ごめんなさい」

ホムラの言葉に、アスカはぎこちないながらも彼に笑いかけた。

その様子を、フレイが意外そうに見つめている。

アスカたちは神殿の正門をくぐり、長い石の回廊を進む。昨日も思ったが、この広い廊下はいつ見ても荘厳《そうごん》だ。

ホムラは廊下の隅《すみ》にひっそりと設けられた扉《とびら》の前に立った。

どうやらここがカヅチの執務《しつむ》室らしい。

「カヅチ、入るぞ」

ホムラが扉をノックすると、部屋の主《あるじ》の返事を待たぬまま中へ入っていく。

「ああ……ホムラに……フレイ、アスカさんですか」

「……お前、大丈夫《だいじょうぶ》か？」

目の下に隈《くま》を作ったカヅチを前に、ホムラが目を丸くする。

傍《はた》から見ても、明らかに体調が悪そうだ。

「あなた……最後に寝《ね》たのはいつかしら？」

「……」

フレイの厳しい目を前に、カヅチがスッと視線を外す。

「少し調べものを……終わったら仮眠《かみん》をとりますよ」

「まったく、いつもそう言って、私の言うこと聞いた例《ため》しがないじゃない。あなた、いつか頭の血管、五、六本切れるわよ」

「さすがにそれは……」

「二か月前に徹夜《てつや》がたたってぶっ倒《たお》れて医療棟へ担《かつ》ぎ込まれたのはどこの誰《だれ》よ！」

まるで夫婦《ふうふ》みたいだ。

二人のやり取りを見守りながら、アスカはそんな場《ば》違《ちが》いな感想を持った。

「もう、いつまで勝負しているんですか！　夕飯が冷めちゃうでしょ！」

「今いいところなんだ。飯なら後でまた温めればいい話だろう」

「せっかく遊びに来てくれた孫に、冷めた夕食を出せますか！」

アスカが祖父と勝負事に熱中するのは、よくあることだった。

いつまでもリビングにやってこない二人を、祖母が毎回呼びに来る。そうすると決まって、祖母は祖父を叱《しか》りつけていた。

祖父は祖父で、毎回同じような小言を並べる祖母にうんざりしているようだった。

「わかったわかった。今から行くからそう目くじら立てんな」

「私だって毎回毎回小言を言いたくはありませんよ」

文句を垂れつつも、最終的には祖母の言いなりになって祖父は勝負を中断してリビングへ足を運ぶのだ。

その時の祖父や祖母のやり取りが、目の前で言い合うカヅチとフレイに重なる。

「……懐《なつ》かしいなぁ」

アスカはぽつりとこぼした。傍らに佇《たたず》んでいたホムラが無言で彼女を見下ろす。彼は咄嗟《とっさ》に口を開いたが、結局何も言わぬまま口を閉《と》ざした。

「ごほん……さぁ、そんなところにいつまでも突《つ》っ立っていないで、どうぞ中へ。アスカさん。その後、体の方はいかがですか？」

わざとらしい咳払《せきばら》いとともに、カヅチの視線がこちらに向いた。フレイはカヅチの態度が不満な様子で、まだ何か言いたそうに顔を顰《しか》めている。

「はい、特に違和感《いわかん》はありません。先ほども、昼食をいただいてきたところです」

「……おいしそうに食べていたし、感覚は正常に機能しているようよ。あとは自分の能力訓練を少しずつ始めれば問題ないと思うわ」

フレイの報告にカヅチは頷《うなず》いた。

すると不意に人差し指を立てて、それを唇《くちびる》に押し当てた。

「盗聴《とうちょう》防止」

ブンッと一瞬だけ耳鳴りのようなものに襲《おそ》われる。

アスカは耳に手を当て、戸惑《とまど》いがちに周囲を見回した。

石製の机や椅子《いす》、壁《かべ》をくり貫《ぬ》いて設けられた本棚《ほんだな》には、古めかしい分厚い書物らが整然と並んでいる。天井《てんじょう》に埋《う》め込まれた宝珠《ほうじゅ》からは煌々《こうこう》と光が漏《も》れ、室内をまんべんなく照らしていた。

室内の様子は先程《さきほど》までと変わったところはない。だが、雰囲気が明らかに変わった。まるでそれまで陸地にいたのに、いつの間にか水中に沈《しず》んだかのようなうすら寒いものを感じる。寒気が全身に広がり、アスカは鳥肌《とりはだ》の立った己《おのれ》の腕をさすった。

「さて、アスカさん。いくつか質問させていただきますが……」

こほんっと咳払いを一つ、カヅチが眉間にしわを寄せた。

「貴女《あなた》は『どこ』から『どのように』してこのアルファトリアへやってきたのですか？」

カヅチの視線が、アスカを射貫く。アスカは全身を強張《こわば》らせ、カヅチを無言で見つめていた。

「おい、カヅチ。それはどういう意味だ？」

カヅチの問いかけに困惑《こんわく》しているのは、アスカだけではなかったようだ。

ホムラとフレイも、カヅチの次の言葉を待っている。

「昨日、ホムラからアスカさんに関する報告を受けました。実際、アスカさんの行動をこの目で観察して思いましたが……行き交《か》う人々の容姿に対し、まるで珍《めずら》しいものでも見ているようでした」

カヅチの視線が、アスカを見据《みす》える。

「アスカさん。あなたはもしや、ここ とは別の世界……我々《われわれ》とは違った生活様式の世界で生まれ育ったのではありませんか？」

「……っ」

息を呑《の》んだアスカの傍らで、カヅチに異を唱えたのはホムラだった。

「おいおい、カヅチ。冗談《じょうだん》は止《よ》せよ。異世界の人間を召喚《しょうかん》できるのは魔族《まぞく》だけだ。それも数千年以上昔に、始祖王たちによって討伐され、今ではその術を知る者は皆無《かいむ》だ」

ホムラの視線を受け、アスカはうつむいて黙《だま》った。ホムラの表情が険しいものへと変わる。

「まさか……アスカは魔族の仲間なのか？」

「違います！」

ホムラの問いかけに、アスカは悲鳴を上げた。

「私はれっきとした人間です！　気づいたらあの雪原にいたんです！　東京駅の、自分が乗るはずだった新幹線のホームに行こうとして、そこで真っ黒い人に話しかけられて……」

アスカの言葉が尻《しり》すぼみしていく。

目頭《めがしら》が熱くなったと思ったら、高ぶった感情が雫《しずく》となって頰《ほお》を伝った。

「その後、爆発《ばくはつ》に巻き込まれて死んだんです……私だって、何がどうしてこうなったのか、知りたいくらいです！」

肩《かた》で息をするアスカの頰をヒマリが舐《な》めた。その仕草に、アスカも少しだけ冷静になる。

「昨日もおっしゃっていましたね。『黒い人物』が近づいてくるとかなんとか……その『黒い人物』とは一体何のことですか？」

ピリッと張り詰《つ》めた空気に、アスカは一瞬《いっしゅん》口ごもる。

アスカが死ぬ直前に出会った、異形の人物。

ホムラたちなら、何か知っているかもしれない。

「この世界へ来る前に、全身が真っ黒の人物が私に近づいてきたんです」

ここへ来るまでのいきさつを説明すれば、ホムラとカヅチが一瞬だけ視線を交わした。

「あの……私が会ったあの黒い人物のこと、何かご存じないですか？」

「我々としても、その人物が何者であるかはわかりません」

カヅチは静かな声音《こわね》で言った。

「そう、ですか……」

落胆《らくたん》するアスカに、カヅチは立ち上がって戸棚《とだな》に向かう。

唐突《とうとつ》に茶器の準備を始めたカヅチが、こちらに背を向けたまま口を開いた。

「長くなるでしょうから、紅茶でも淹《い》れましょう」

「アスカちゃん、さ、椅子に座って」

フレイに促《うなが》され、アスカは何かの鳥の羽毛《うもう》が敷《し》かれた長椅子に腰《こし》かける。

身体《からだ》が僅《わず》かに弾《はず》んだ。

「うわぁっ……ふかふか……」

椅子は石でできているのに、敷かれた羽毛のおかげでとても快適だ。

「炎鳥人《ハルピュイア》の羽毛です。換毛《かんもう》期に出た大量の羽毛を再利用しているんですよ」

「気に入ったのか？　なかなか心地《ここち》いいだろ」

ホムラが僅かに表情を和《やわ》らげた。

カヅチが人数分のカップとソーサーを卓上《たくじょう》に置き、綺麗《きれい》な所作で紅茶を注いでいく。

ヒマリ専用にと平皿も用意され、そこにはミルクが注がれた。さっそく、ヒマリが顔を突っ込んで飲み始めている。

紅茶を一口飲むと、何やら花の香《かお》りが口内に広がった。ホッと息をつく。

「気に入っていただけたようですね」

「はい……ハーブティーと似てるので。私、東京でこういう香りのいい茶葉を売っているお店によく通っていたので」

「その、トウキョウってのがアスカの生まれ育った国か？」

ホムラの問いかけに、アスカは軽く首をひねった。

「ええっと……国名は日本かな。東京は都道府県の一つで……町というか、首都って言えばいいのかな？」

「なるほど。そのニホンの、トウキョウという都市はどんな町なのですか？」

カヅチの問いかけに、アスカは唸《うな》った。

「とにかく、人が多いです。いろんな乗り物も行き交っていました。飛行機っていう空を飛ぶ乗り物、レールの上を走る電車、地面を速く走る車という乗り物などです。私の生まれ育った場所では、その……皆《みな》さんみたいに人間から獣《けもの》へ姿を変える種族はいないんです。むしろ、それが当たり前で……」

「あなたの反応を思い返してみても、そうだろうと予測はしていました。さらには、あなたの生まれ育った場所とこちらとでは、『人《ひと》』の定義や意味合いも随分《ずいぶん》違うようですね」

カヅチはそっと目を伏《ふ》せ、カップから紅茶を一口喫《きっ》する。

「私たちの住む世界――アルファトリアでは住む環境《かんきょう》に合わせ、魔力を使って各々《おのおの》の身体機能を柔軟《じゅうなん》に変化させてきました。ですから、この世界では理性があり、意思疎通《いしそつう》のできるモノ悉《ことごと》くを『人間《ひと》』と呼んでいます。我らの成り立ちは元を辿《たど》れば一つ……同じ先祖に行き着きます。今の私たちは、あくまでも各々が住む環境に適応した形であり、なんら特別な存在ではありません。大地を駆《か》けることに特化したモノ。空を飛ぶことに特化したモノ。土中で暮らすモノ、体が岩でできているモノなど……皆、この世界の魔力を受け、己の能力を拓《ひら》いていった結果なのです。そうして我々は、進化の過程で姿を変えることができるようになりました」

どこか愛《いと》おしそうに語るカヅチの表情を、アスカはじっと見つめた。

それは喩《たと》えるなら、親が子に向ける愛情深い笑《え》みだった。

「中でもフェルノ国は、不死鳥の王が火の民《たみ》を導き、炎の魔法やそれに順応する肉体を得た人間たちによって興《おこ》った国だ」

カヅチの後を、ホムラが引き継《つ》ぐ。

ホムラはおもむろに手のひらを差し出した。すると突然《とつぜん》、彼の手のひらで炎が燃え上がる。

びくりと体を強張らせたアスカを、フレイが宥《なだ》めるように背をさすった。

「俺たちが魔法を使えるようになったのも、その身体機能を変化させてきた延長線上に過ぎない。この炎も、アルファトリアに満ちる魔力を材料に生み出しているんだ。それに昨日、アスカの肉体を魔法で再構築しただろ？　俺たちの国では『光の祝福』って言って、成人を迎《むか》える子に魔力を注ぎ込んで肉体の変化を促す儀式《ぎしき》なんだ。もちろん、著《いちじる》しい肉体の欠損を修復する際にも行われる。この世界では魔法を行使することは普通《ふつう》のことなんだよ」

「じゃあ、死んだ人間が肉体を失ってもこの世に存在していたことも、普通のことなんですか？」

恐《おそ》る恐る問いかけたアスカに、カヅチが難しい表情で首を横に振《ふ》った。

「いえ、アスカさんの場合は非常に稀《まれ》なケースです」

「さすがに肉体が全消滅《しょうめつ》したとなれば、普通は助からねぇよ。『光の祝福』で助けられるのも、だいたい八割は肉体が残ってねぇとな。五割以下となりゃ、各段に生存率が低くなる」

二人の言葉に、アスカは首を傾《かし》げた。

「なら、なんで私は助かったんですか？」

「ここからが本題だな。カヅチ、何かわかったのか？　昨日、少し調べることがあるって言ってたろ？」

ホムラの催促《さいそく》に、カヅチも静かに頷《うなず》いた。

「まだ確信があるわけではありませんが……フェルノ国において、死者を蘇《よみがえ》らせた一例が数千年前に存在します」

「まさかっ……不死鳥王!?」

フレイが驚《おどろ》きに口元を手で覆《おお》った。

「おいおい……嘘《うそ》だろ」

ホムラも息を呑んでカヅチを凝視《ぎょうし》している。愕然《がくぜん》とした様子で言葉が出ない二人の様子に、事の重大さがよくわかっていないアスカはカヅチを凝視して説明を求めた。

「不死鳥王とは、フェルノ国を興した、言わば初代国王です。フェルノ国では、始祖王とも呼ばれています」

カヅチはアスカにまずそう前置きした。

「伝承では、不死鳥王は自らの炎で死者を蘇らせたとされ、魔獣《まじゅう》や魔人などの邪《よこしま》なる存在を滅《めっ》する力を持っていたとされています。アスカさん、その黒い人物との接触《せっしょく》以後、ホムラがあなたを保護するまでの間に、誰《だれ》かと会いませんでしたか？　人の姿でなくとも、何か普段と違《ちが》うものを見たとか……」

カヅチの問いかけに、アスカは首を横に振った。

「巨大《きょだい》な狼《おおかみ》に襲《おそ》われたこと以外は……この世界に来て最初に会ったのはホムラだけです」

少なくとも、アスカの記憶《きおく》にはない。

カヅチも残念そうにため息をついた。

「おそらくですが……アスカさんは以前いた世界で亡《な》くなり、どういった経緯《けいい》かは不明ですが不死鳥王の加護を受け、この世界で蘇った。私はそう推測しています」

カヅチの視線を受け、ホムラも重々しく頷いた。

「カヅチの推測が正しければ、始祖王はフェルノ国のどこかにいらっしゃるはずだ。今のフェルノを見たなら……始祖王は嘆《なげ》かれるだろうな」

ホムラの表情が曇《くも》り、悔《くや》しそうに拳《こぶし》を握《にぎ》りしめている。

そんな彼に、気遣《きづか》わしげな視線をカヅチが注いでいた。

「あの……この国では、一体何が起きているんですか？」

アスカはおずおずと問いかける。

「アスカさんにも知っておいていただいた方がいいでしょう。この世界、特にフェルノ国で起こっていることについてお話ししますね」

カヅチは心得たように頷いた。

「十年前のことです。フェルノ国の首都ヴェモルティアに、氷の魔人が無数の魔獣を従えて襲《しゅう》撃《げき》してきました。ヴェモルティアは火山の中に建設された城塞《じょうさい》都市。特殊《とくしゅ》鉱石の含《ふく》まれた浮島《うきしま》と溶岩《ようがん》に守られた天然の要塞です。それにもかかわらず、氷の魔人は我々《われわれ》の監視《かんし》の目をあっさり掻い潜《くぐ》り、侵入《しんにゅう》してきたのです。フェルノ国の王は殺され、私たちは首都を放棄《ほうき》して、北のダリュナ山脈近郊《きんこう》の国境線まで後退を余儀《よぎ》なくされました」

「そんな……じゃあこの国はその、魔人って呼ばれる人たちと戦争中で、危ないってことですか」

「……そうだな。戦況《せんきょう》は依然《いぜん》、苦しいままだ」

アスカの言葉に、ホムラはぎりっと奥歯を噛《か》み締《し》める。

「もちろん、俺たちだって黙《だま》ってやられていたわけじゃない。フェルノはアルファトリアの民族の中でも、戦うことに特化した戦闘《せんとう》民族。俺たち闘騎隊を主力部隊に、フェルノの民は国土奪還《だっかん》作戦を敢行《かんこう》した」

「国土奪還は順調に進んだわ。僅《わず》か三年で国土の大半を取り戻《もど》したんですもの。その時、フェルノの民を率いた総大将が、隊長さんだったのよ」

フレイがホムラを目で示し、アスカは思わず彼を凝視する。

この世界での強さの基準はよくわからないが、ホムラが強いだろうことはなんとなくわかった。

ホムラはアスカの視線を受けて居心地《いごこち》悪そうに顔を背《そむ》ける。

「別に俺がすごいわけじゃねぇよ。それに十年もの間、首都が取り戻せねぇんじゃ意味がねぇ」

「ホムラ……？」

「話を続けます。そうして首都近郊まで国土を奪還したまではよかったのですが……氷の魔人が気候を操《あやつ》り、フェルノ国は雪に閉《と》ざされてしまいました。言っておきますが、気候を操るなんてことは、我々の世界でも普通はできないことです」

「そ、そうなんですか……」

アスカからすれば、人間から獣の姿に変わるホムラたちも十分規格外だが、魔人というのはさらにその上を行くらしい。

本当に、とんでもない世界だな。

アスカは人知れずため息をもらす。無意識に、膝上《ひざうえ》でくつろぐヒマリを撫《な》でまわしていた。

「氷の魔人がフェルノ国を氷漬《こおりづ》けにして、もう七年になります。吹雪《ふぶき》はひどくなるばかりで、大地は依然、雪に閉ざされたままです。フェルノ国はもともと雪が降らない南国に位置した火山地帯。兵士たちの大半が寒さへの耐性《たいせい》がないため、現状では戦線を維持《いじ》するのも難しくなってきています。今も、たくさんの民が凍《こご》え死んでいるのが現状です」

そんな折です、とカヅチが真っ直《す》ぐアスカを見た。

「国が危機に瀕《ひん》しているところへ、異世界で死んだはずのあなたがこの国に降り立った。それも、不死鳥王の加護を受けたと思われ、絶望的な状況《じょうきょう》からこうして助かりました。……これは偶然《ぐうぜん》でしょうか？」

一瞬《いっしゅん》だけ、室内に沈黙《ちんもく》が落ちる。

ホムラは険しい表情のまま、卓上《たくじょう》を見つめている。フレイもカヅチに視線を向けたまま、アスカの背に手を添《そ》えていた。

「アスカさん、私たちはあなたを保護いたします。生活全般《ぜんぱん》も、神殿《しんでん》側が責任を持って保障いたしましょう」

カヅチはそこでいったん言葉を切った。アスカは乾《かわ》いてひりひりする唇《くちびる》を震《ふる》わせる。

「代わりに、一体何を……私にさせようと？」

警戒《けいかい》するアスカに、カヅチは目を細めた。

「アスカさん、あなたが不死鳥王と繋《つな》がる唯一《ゆいいつ》の手がかりなのです。伝承では、国が危機に瀕したとき、不死鳥の王は蘇り、民を導くと言われています。アスカさんにはこの国の歴史や文化などを学んでいただき、不死鳥王の所在を探《さぐ》る手助けをしていただきたいのです」

「そんなっ、いきなりそんなことを言われても！」

「では、ここを出てあの吹雪の中を彷徨《さまよ》いますか？」

カヅチの鋭《するど》い視線がアスカに向いた。

「今のフェルノに、身元の知れぬ者を保護するゆとりはありません。ましてや異世界の人間ならば、魔族との関《かか》わりを疑われて当然です。下手《へた》に周囲の者に知られれば殺されても文句は言えません」

「そんな……」

アスカはちらりとホムラを見る。しかし、彼はアスカの視線を受けても表情一つ変えなかった。それが何だか突《つ》き放されたみたいで、アスカはキッとホムラを睨《にら》む。

「なら、どうして助けたりしたんですか？　そのまま放《ほう》っておけば、消えていた私です。放っておけば死ぬしかなかった。それなのに、どうしてあの時、私を助けたんですか？」

アスカの非難するような口調に、ホムラはそっと目を閉じた。

「あの時は、アスカの中に宿る強い魔力の正体を調査するためだった」

ホムラはアスカを真っ向から見据《みす》える。

「魔獣を引き付けるほどの強い魔力だ。奴《やつ》らの企《たくら》みなら潰《つぶ》してしまいたい。できるなら、魔人の情報を少しでも引き出そうと考えた。だが、不死鳥王との接点がある可能性が浮上《ふじょう》した以上、俺としてはフェルノに迎《むか》え入れる方がいいだろうと判断した。魔人や魔獣に殺されるならまだマシだが、場合によっては利用されかねない」

こちらとしても背に腹は替《か》えられない、とホムラは締めくくる。彼の言葉に、アスカはうつむいたまま唇を噛み締めた。ヒマリのつぶらな瞳《ひとみ》の中に、涙《なみだ》をためた自分の顔が映っていた。

拒否《きょひ》権はない。あんな吹雪の中に放り出されてしまえば、確実に凍死《とうし》する。下手をすれば、あの巨大な狼に再び襲われる可能性だってあるのだ。

「わかりました……」

アスカは唇からため息に近い声をこぼす。

「その話、お受けします」

「あなたが異世界から来たということは、吹聴《ふいちょう》しない方がいいでしょう。世の中には、自分たちと違うものを排除《はいじょ》したがる連中もいるのです。己《おのれ》の身を守ると思って徹底《てってい》をお願いします」

カヅチの執務《しつむ》室を出てからも、アスカの脳内で彼の言葉が繰《く》り返される。

「何か困ったことがありましたら、私かホムラ、フレイを頼《たよ》りなさい。この場にいる我々はあなたの事情を知っていますから」

「アスカ自身に対する調査だが、それに関わる人選は俺がしていいか？」

不意に、ホムラが口を挟《はさ》んだ。皆《みな》の視線が一斉《いっせい》に彼に向く。

「アスカを保護したのは俺だ。それに不死鳥王との繋がりだけでなく、魔族との関係だって明らかになってねぇんだ。なら、俺が見定める」

「わかりました……」

ホムラの断固とした口調に、カヅチもそれ以上は何も言わなかった。

「では、生活の保障は神殿が、アスカさんに必要な教養や技術の伝授は闘騎隊が担《にな》うこととい
たします」

アスカは顔を大きく歪《ゆが》めた。

こんなところで、泣きたくなかった。

泣いてしまえば、それこそ自分の無力さに心が折れてしまいそうだった。

「きゅう……」

腕《うで》の中で鳴くヒマリの頭を、アスカは無言で撫でる。

始終黙り続けているアスカに、並んで歩くフレイもどう言葉をかければいいか迷っていた。

重苦しい沈黙を保ったまま、一同は神殿の出入り口まで来た。

不意に、前を歩いていたホムラが足を止める。

「アスカ、これから街へ行かないか？」

振《ふ》り返ったホムラの言葉に、アスカは小首を傾《かし》げた。

「街に……？　えっと、どうして？」

「どうしてって、衣服とか色々……生活していくのに必要だろ」

「あぁ……そう言えば、そうだね」

アスカの疑問に、ホムラは真顔で答えた。

あまりに普通《ふつう》のことすぎて、アスカも拍子抜《ひょうしぬ》けしたほどだ。

「えっと……それなら、カヅチさんに許可とか取った方がいいのかな？」

「必要ねぇよ。必要な教養の伝授には、ここでの一般《いっぱん》常識も含《ふく》まれる。それは闘騎隊の担当だ。隊長の俺がいるし、カヅチならその辺も見越《みこ》しているはずだ」

ホムラの視線を受け、フレイもそっと微笑《ほほえ》んだ。

「私はこの後、会議があるから同行できないの。でも、医者としてもそれくらいなら問題ないわ。少し散歩でもしてきなさい。ただし、体に異常が見受けられた場合は無理せず戻ってくること。できる？」

「は、はい……大丈夫《だいじょうぶ》です」

「おう、任せろ」

行くぞ、と言ってホムラが歩き出す。彼の背を追って、アスカは小走りについていった。すると、ホムラの歩みが少しばかりゆっくりになった。思わずホムラの背を見上げた。

もしかして、こちらの歩幅《ほはば》に合わせてくれたのだろうか。

「とりあえず、まずは衣類の方がいいか。女の服ってよくわかんねぇから、助《すけ》っ人《と》呼ぶか……」

ホムラは一人でぶつぶつ呟《つぶや》きながら、己の左耳に手を添える。見ると紅の宝石が埋《う》め込まれた耳飾《みみかざ》りを指先でいじっていた。耳飾りに埋め込まれた宝石が小さく光った。

「俺だ。すまねぇがこれから街へ――。はぁ!?　いや、まぁ、別に構わねぇけど……はいはい、とりあえず中央広場だ。そこで落ち合おう」

明滅《めいめつ》を繰り返す耳飾りに触《ふ》れたまま、ホムラが何やら独り言を呟いている。彼の挙動をじっと観察していたアスカは、ホムラが耳飾りから手を離《はな》した瞬間に口を開いた。

「もしかして、それって電話？」

「デンワ？　何だ、それ？」

ホムラの言葉に、アスカは衝撃《しょうげき》を受けた。ここはアスカが生まれ育った世界ではないから、ホムラが電話を知らないことも頭では理解できる。しかし、普段から生活する上で親しみを持っている道具を知らないと言われるのは、アスカをより一層心細くした。

「おい……いきなり落ち込むなよ。こっちだって戸惑《とまど》う」

困惑《こんわく》するホムラの視線に耐《た》え兼《か》ね、アスカはへなへなと項垂《うなだ》れた。

「うっ、ごめんなさい……。電話っていうのは……私の世界での……遠くの人と会話する道具の名前、です」

ぼそぼそとホムラに説明すると、彼は納得《なっとく》の声を上げた。

「なるほどな。世界が違《ちが》っても同じような道具ってあるもんか。お察しの通り、これも遠くにいる奴と会話するための魔《ま》法具《ほうぐ》だ。魔力の波をこちら側から発したり、逆に受け取ったりして遠方と連絡《れんらく》を取り合うんだよ」

要するに、こちらの世界で言う魔力が、日本でいうところの電波のような役割を担っているのだろう。生活様式も慣習もまったく違う中に、日本と似通った技術があったことにアスカは嬉《うれ》しいような、寂《さび》しいような複雑な心境になった。

「さ、行こうぜ」

ホムラに続いて、神殿《しんでん》の門をくぐる。

神殿から続く緩《ゆる》やかな坂を下りながら、アスカは行き交《か》う人々をきょろきょろと見回した。

そのたびに、頭の上に乗ったヒマリが「きゅっ、きゅっ」と鳴き声を上げる。その行動が露《ろ》店《てん》に飾られた首振り人形とあまりにそっくりだったため、ホムラがたまらず噴《ふ》き出していた。

神殿への参道が終わると、中央広場と呼ばれる円形の空間に出た。

中央には真っ白な岩で作られた円形の噴水《ふんすい》が設《しつら》えてあり、滑《なめ》らかな表面が真珠《しんじゅ》のように輝《かがや》いている。

「綺麗《きれい》な噴水……」

「ばっ、危ねぇ！」

噴水の縁《へり》に手をかけて下を覗《のぞ》き込むアスカの肩《かた》を、ホムラが慌《あわ》てて掴《つか》んで引いた。

そこへ噴き出した水柱が周囲へ熱湯を振り撒《ま》く。噴水だと思っていた場所は、間欠泉が噴き出す場所だったようだ。

即座《そくざ》にアスカの顔から血の気が引く。ホムラが咄嗟《とっさ》に庇《かば》ってくれなければ、アスカは大火傷《おおやけど》を負っていたことだろう。恐《おそ》る恐る噴水を見下ろすと、ただの水だと思っていた液体がボコボコと音を立てて沸騰《ふっとう》していた。

「ったく……気を付けろ」

全身水浸《みずびた》しになったホムラが呆《あき》れ顔で呟いた。

「言っただろ、温泉がフェルノの名物だって――」

「そんなことより！　ホムラ、平気なの!?」

アスカは呑気《のんき》なホムラの腕を強く摑んだ。アスカの形相に、ホムラの方が驚《おどろ》く。

「別に何ともねぇよ、このくらいのことで何を……」

「このくらい、じゃないよ！　私を庇《かば》って、思いっきり間欠泉浴びて……火傷は!?　手当てしなきゃ！」

青い顔でホムラの身を案じるアスカに、ホムラは目を白黒させている。

「間欠泉浴びたくらいで大騒《おおさわ》ぎすんなよ。たかが熱湯だろ」

「ただ熱せられた水じゃない場合だってあるから心配してるの！」

アスカのいた世界では、事故で間欠泉へ落ちた人が溶《と》けてしまったという話だってある。

間欠泉とて、物によっては百度以上の高温のものがあり、温泉の質が酸性かアルカリ性かでも被害《ひがい》の状況《じょうきょう》は変わってくる。ただ熱湯を浴びて火傷した、だけで済む話ではないのだ。

「神殿に戻《もど》って、フレイさんに診《み》てもらった方がいいよ！」

アスカは必死になってホムラの腕を引っ張る。しかし、彼は微動《びどう》だにしない。アスカがホムラの身体《からだ》を案じるほど、ホムラの表情は険しいものへと変わった。

己の腕を引っ張るアスカを、ホムラは無造作に引き寄せる。

「わっ……ホムラ!?」

「俺も甘く見られたもんだな……」

不機嫌《ふきげん》な表情を浮《う》かべたホムラを前に、アスカは体を強張《こわば》らせた。

「フェルノ国の、それも闘騎隊の隊長を担っている俺が、間欠泉ごときぬるま湯で怪我《けが》なんかするわけねぇだろうが。いいか、フェルノ国は火山地帯のど真ん中に首都を置いている。アスカは想像もできねぇだろうが、噴火している火山のすぐ傍《そば》で俺たちは生活してきたんだ！　だから俺たちフェルノの民《たみ》は溶岩《ようがん》に落ちても死なねぇよう、幼い頃《ころ》から身体強化の訓練を積んできてるんだ。舐《な》めんなよ！」

怖《こわ》い顔をしているホムラに気づき、アスカは怯《おび》えたように彼を見上げた。

「ご、ごめんなさいっ……」

ホムラの腕を強く摑んでいた手を放し、アスカはしゅんっと項垂れた。

「でも……助けてくれた人に怪我をさせてしまったかもって思ったら……つい」

ホムラがハッと息を吞《の》んだ。落ち込んだ様子で視線を足元へ落とすアスカを見下ろし、ホムラは渋《しぶ》い顔で頭を乱暴に搔《か》く。

「っとに……調子くるう」

ホムラの呟きにますます小さくなるアスカに、ホムラはため息を禁じえなかった。

つい先ほどまで自分のことを冷たく扱《あつか》った人間を、なぜそこまで気遣《きづか》えるのか。

ホムラにはアスカの行動が理解できなかった。

(俺に取り入ろうって様子でもないところが、やりにくい)

ホムラは眉間《みけん》に深いしわを寄せる。彼の心境を知りもしないアスカは、自分の発言でホムラを怒《おこ》らせてしまったかと一層慌てている。なおも謝罪の言葉が口から飛び出ようとしたところで、軽快な口笛がアスカを遮《さえぎ》った。

「わぁお、お熱いねぇ」

口笛とともに投げかけられた言葉に、アスカはホムラとともに振り返った。

そこにはヒノと、食堂で別れた鳥類の翼《つばさ》と足を持つ青年――クルスが立っていた。

「これはまさに劇的な――」

「間欠泉だからな。熱いのは当たり前だろ」

何か言いかけたクルスの言葉を、ホムラがあっさり切り捨てる。

ホムラは胸の前で両手を合わせた。すると彼の全身が一瞬《いっしゅん》だけ炎《ほのお》に包まれる。炎が消えると、彼の衣服はすっかり乾《かわ》いていた。

「あのさ、ホムラ……僕のからかいをボケでぶっ潰《つぶ》さないでくれる？　お兄さん、この後なんて言ったらいいか困っちゃうよ」

クルスはなんとも言えない顔で眉《まゆ》を寄せている。

不満そうなクルスの横で、ヒノがくすくす笑っていた。

「あの……ホムラ。もしかして、さっき言っていた助っ人って――」

アスカが恐る恐るホムラを見上げる。彼は親指でヒノを示すと首を振った。

「俺が呼んだのはヒノだけだ。クルスは勝手についてきただけ」

「つれないなぁ……古くからの友人をのけ者にしないでくれる？」

「単なる暇《ひま》つぶしだろ？」

「もちろん！　よくわかってるじゃないか！」

「開き直るな」

　呆れるホムラに、クルスは嬉しそうに笑った。

　二人のやり取りを見守っていたアスカはヒマリの頭を撫《な》でる。

「あの二人、仲いいんですねぇ……」

「隊長さんにとって、クルスさんは幼い頃からの付き合いなんだそうです。クルスさん、昔からちょくちょくフェルノ国には遊びにいらっしゃっていたみたいで。たぶん、一方的にからかわれてきたのでしょう。隊長さんは腐《くさ》れ縁《えん》だって言い張っていましたが」

　アスカとヒノは声を潜《ひそ》めながら、二人のやり取りを見守っている。

「ヒノ、アスカは神殿によって保護されることが正式に決まった。そんで俺が保護した手前、常識やら技術やらの教授は闘騎隊が請《う》け負うことになった」

　クルスとのやり取りに埒《らち》が明かないと、ホムラがわざとらしい咳払《せきばら》いとともにヒノに向き合った。彼の横でクルスも満足そうに背の翼を開いたり閉じたりしている。

「保護は承知いたしましたが……その、常識や技術の教授というのは、どういう意味でしょうか？」

　ヒノは冷静に問い返す。

　クルスも疑問に思ったのか、彼女の傍《かたわ》らで静かに頷《うなず》いていた。

「俺がアスカを保護したとき、こいつは瀕死《ひんし》に近い状況だった。そこで急いで『光の祝福』で肉体の欠損を補ったものの、致命的《ちめいてき》な後遺症《こういしょう》が残《のこ》っちまってな。そのせいもあって、アスカはこの世界での常識や知識に関する記憶《きおく》が欠落している。だから、一からこの世界のことを教えてやってほしい」

「なるほど……そりゃあ、難儀《なんぎ》だったね」

クルスが労《いた》わりの言葉を寄越《よこ》すが、アスカは複雑な表情で愛想《あいそ》笑《わら》いしただけだった。

ホムラが語った身の上話はカヅチが用意したものだ。さすがにこの年で世間を知らなすぎるのは不自然だという理由だ。昨日の今日でよくもまぁ、考えついたものである。

「ま、そんなわけでヒノ、悪いがアスカに生活する上で必要なものを見繕《みつくろ》ってやってくれ。俺じゃ適切な助言が難しい」

ホムラが頭を掻きながら、困り顔で言った。

ヒノは満面に笑《え》みを浮かべて心得たように頷く。

「任せてください」

「そういうことなら、僕も先生としてアスカちゃんにこの世界のこと、教えようか？」

クルスの申し出に、ホムラは迷うような表情で眉根を寄せた。

「これでもあちこち旅して回ったからね。その辺の学者よりは、博識だと自負している。あと、ちょうどいい暇つぶしになる」

「それ、最後の台詞《せりふ》が本音ですよね？」

アスカのツッコミに、クルスは何故《なぜ》だか嬉《うれ》しそうに背の翼を動かした。

「アスカちゃんはどこかの誰《だれ》かさんと違《ちが》って、言語的感受性が豊かだ！　教えがいがありそうだよ！」

「はぁ……ありがとうございます？」

クルスは感激した様子でアスカの両手をがしっと握《にぎ》りしめた。

そんな彼に気圧《けお》されたアスカは若干《じゃっかん》引き気味だ。

「……まぁ、カヅチには話を通しておく」

ホムラはもう勝手にやってくれとばかりに鼻を鳴らした。

「さ、そうと決まれば街へ買い出しだ！　行くぞ、皆《みな》の者～」

「いや、なんで部外者のお前が仕切るんだよ……」

「固いこと言わない！」

はしゃぐクルスの後を、呆れ顔のホムラがついていく。

アスカはヒノと並んで、言い合う二人の背を眺《なが》めていた。


「わぁ……っ！」

中央広場を出て、そこから南下していくと通り沿いに並んだ出店が所狭《ところせま》しと並んでいる。

客引きの声と行き交《か》う人々の熱気を見回し、アスカは思わず歓声《かんせい》を上げた。

色鮮《いろあざ》やかな布を店頭に並べている火蜥蜴《サラマンダー》の女性。

鉱石花を束ねてブーケを作っている狩人《エルフ》の男性。

メジャーを片手に、服をすぐさま作ってしまう溶岩人形《フェルゴーレム》の老婦人。

武器を売る炎馬人《フェルタウロス》の男性など、すべてが日本では見ることのない風景だった。

「お嬢《じょう》さん、観光の人？」

すぃっと目の前に飛んできたのは、背に炎の羽を生やした妖精《フェアリー》だった。

「えっと……」

アスカが返答に窮《きゅう》していると、背後からホムラが身を乗り出してきた。

「昨日魔獣《まじゅう》に襲《おそ》われていたところを保護したんだ。今は神殿《しんでん》に身を寄せている」

ホムラの説明を聞いた妖精《フェアリー》は、目をうるうると濡《ぬ》らしてアスカの鼻先を小さな手で撫でた。

「そっかぁ、それは辛《つら》い体験だったね。でもでも、ホムラさまに助けてもらえたなんて、あなた運がいいよ！　外が雪に閉《と》ざされてからというもの、外から来た人は久しぶりだし！　特別に、フェルノに来た記念をあげよう！」

妖精《フェアリー》は人混《ひとご》みの中を縫《ぬ》って、服を作っている溶岩人形《フェルゴーレム》の老婦人のもとへ飛んでいった。

「ねぇ、ホムラ。君、なんでそんなに離《はな》れんの？　一応、アスカちゃんの保護者でしょ？」

「……火鼠《ひねずみ》の子は危険だ」

アスカも背後を振り向けば、つい先程《さきほど》まで真後ろにいたホムラがクルスの隣《となり》に移動している。

ヒマリを警戒《けいかい》してアスカから三歩分きっかりの位置に立っていた。

頑《かたく》なに距離《きょり》を取るホムラに、クルスは苦笑《くしょう》している。

「泣く子も黙《だま》る炎獅子《えんじし》ホムラが、まるで形無しだねぇ」

からかうクルスに、ホムラの機嫌《きげん》はさらに悪くなった。

「こんなところで火鼠が爆発《ばくはつ》してみろ、大惨事《だいさんじ》だ。周囲の安全を確保するのも、隊長としての責務で――」

「単純に君が苦手なだけだろ。ほら、ごらんよ。この子、臆病《おくびょう》な火鼠にしては人馴《ひとな》れしてるし、むしろ積極的に頭を撫でられているくらいだ」

クルスはそう言ってアスカに歩み寄る。アスカが抱《だ》いているヒマリの顎《あご》をクルスは指先でそっと撫でた。気持ちよさそうに鳴いたヒマリがクルスの指先に己《おのれ》の頭をこすりつけている。

「ほら、無害」

「うぐっ……」

得意顔で笑いかけるクルスに、ホムラは心底悔《くや》しそうに顔を歪《ゆが》めた。

「はい、このリボンをその子に着けてあげるといいよ！」

そこへ先ほど話しかけてきた妖精《フェアリー》が戻《もど》ってきた。片手に桃色《ももいろ》の布切れを持っている。

妖精《フェアリー》はアスカが抱いているヒマリの首に、そのリボンを巻いていった。

「可愛《かわい》い！　ありがとう」

アスカはパッと表情を輝《かがや》かせた。

はしゃぐヒマリと妖精《フェアリー》の姿を、傍らのヒノも微笑《ほほえ》ましそうに眺めている。

妖精《フェアリー》はふわりと空中に飛び上がると、ホムラに視線を向けた。

「ねぇねぇホムラさま、こちらのお嬢さんの衣服を当店で注文してかない？　店長の腕《うで》は一流だよ！」

営業スマイルでホムラに迫《せま》った。

「こらこら、そんな強引《ごういん》な客引きをしないの」

温和な笑みを浮《う》かべた老婦人が手を止めずに、露店《ろてん》から妖精《フェアリー》を窘《たしな》めた。

老婦人は六本ある腕で、寸法を測り、布を裁断し、型にそって布を縫い合わせている。

「すごい……腕が六本も」

「おやおや、岩人形《ゴーレム》を見るのは初めてかい？　私たちは自分の身体《からだ》を自由に改造できるんだよ」

そう言って、老婦人は己の腕を開いて見せた。中にはまるでロボットのように小さな腕がいくつも収納されている。腕の先にはルーペやら針やら仕事に使う道具の数々が装着され、作業効率を重視した造りになっていた。

もはやここまでくると改造と呼んでいいのかどうかも怪《あや》しい。

驚《おどろ》きのあまり呆然《ぼうぜん》とするアスカの横で、ホムラが老婦人に注文を伝えていた。

「彼女の体形に合った服を頼《たの》む。できれば動きやすいものの方が良い。防寒と耐火《たいか》性能のいいやつを頼む」

「まぁまぁ、ホムラさま。承知いたしました」

老婦人は穏《おだ》やかに頷く。

「ではお嬢さん、服の上からでいいのでサイズを測らせてもらいますよ」

「お、お願いします」

老婦人は慣れた調子でアスカのサイズを測る。

「あとは、これとそれと……こういった若い子向けの服も数着お願いできますか？」

店のカタログらしきものを手にしたヒノの注文に、老婦人は板にメモを取りながら頷く。

「承知しました。洋服の細かいデザインの見立ては任せてもらっても？」

「はい、お願いします」

「仕上がったら神殿まで届けてくれ」

「はいよ、明日《あした》には出来上がるから楽しみにしていてくださいね」

ホムラが老婦人に支払《しはら》いを済ますと、アスカたちは次の露店へ繰《く》り出す。

「おや、ホムラさま！　新しい武器などいかがですか？」

「いや、今日は俺の買い物じゃねぇんだ。こいつが扱《あつか》えそうなのを見繕ってくれ」

ホムラがアスカを示すと、店員の炎馬人《フェルタウロス》は思案気な顔になる。

「うーん、嬢ちゃん細っこいなぁ。筋肉も少なそうだし……体も作れてないから、扱えるとしたらせいぜいこの短剣《たんけん》でしょうね」

そう言って小ぶりな短剣を差し出してきた。

「アスカ、ちと持ってみてくれ」

「こ、こう？」

アスカはヒマリを頭へ移動させ、ホムラから差し出された短剣を受け取る。

ずっしりとした重みが両腕に伝わった。

「よし、とりあえず持てるな。護身用に一振《ひとふ》り持っとけ」

物凄《ものすご》く雑な基準だが、自分が持ち運べない武器を買ったところで意味がないのは事実だ。

ずっしりと重い短剣を手に、アスカはうつむいた。

「……やっぱ、戦えなきゃダメなのかな？」

「うーん、むしろ逃《に》げ切るためかな」

うつむくアスカに、クルスは努めて明るく言った。

「生き残ることに重点を置いた戦いってのもあるでしょ？　アスカちゃんの場合は、自分の身を守るための手段だと思えばいいんじゃないかな？」

危険から逃げ切るため。確かにそれなら、頑張《がんば》れる気がする。

アスカは手にした短剣を握りしめた。

不意に、ホムラが明後日《あさって》の方角に振《ふ》り向いた。

「ホムラ、どうかした？」

アスカが問いかけると、彼は軽く手を振った。

「いや、なんでもねえよ」

それじゃ次だ、とホムラはアスカを連れて次の露店を目指した。

すると、遠くで何やら鐘《かね》を打ち鳴らしている。

何事だろうと顔を上げると、ホムラがちょうどいいと言わんばかりに立ち止まった。

「岩竜たちの餌《えさ》やりの時間だ。アスカ、見に行こうぜ」

「がんりゅう……？」

「火鼠同様、私たちの生活を支えてくれている家畜《かちく》の一種です。彼らの尻尾《しっぽ》は私たちにとって貴重な食料源なのです」

首を傾《かし》げるアスカに、ヒノが即座《そくざ》に解説する。アスカは何とも言えない表情になった。

蜥蜴《とかげ》の尻尾のようなものなのだろうか。でも竜の尻尾っておいしいのだろうか。

「とりあえず、実物を見た方が理解も早《はえ》ぇだろ。以前はフェルノに観光で来た旅人たちの間で、岩竜の餌やりは大人気だったんだぜ！」

「へぇ……それはちょっと、楽しみかも！」

ホムラに促《うなが》され、アスカたちは彼に続いて岩竜の餌やりをするという広場へ急いだ。

小さい竜のご飯かな……。

そんな想像をしていたアスカの期待はあっさり裏切られる。

広場についた途端《とたん》、アスカは悲鳴を上げた。

ホムラたちの方へ首を伸《の》ばしてきた巨大《きょだい》な竜が、じっとこちらを見下ろしている。あまりに大きすぎて全体は見渡《みわた》せないが、顔だけでもちょっとした小山ほどの大きさもある。それがばりばりと岩を食べている様は、恐怖《きょうふ》以外の何物でもない。

「いつ見ても迫力《はくりょく》あるな。硬《かて》ぇ岩もああして簡単に……って、アスカ？　おい!?」

「アスカさん!?」

白目をむいて倒《たお》れるアスカを、ホムラが慌《あわ》てて抱《だ》きかかえる。アスカの頭から転げ落ちたヒマリを、クルスがすんでのところで受け止めた。

「あちゃー……アスカちゃんには少し、刺激《しげき》が強かったみたいね」

「きゅう……」

クルスはヒマリを腕に抱き、気絶したアスカを見下ろした。

「……今日の街見学はここまでですね」

ヒノも苦笑《くしょう》し、ホムラは仕方がないとアスカを横抱きに抱《かか》え上げた。そのまま来た道を戻る。

数時間後、アスカが目を覚ましたのは、自室のベッドの上だった。


フェルノ国の防衛機関は、主に四つの部隊が担《にな》っている。

地上戦を得意とする闘騎隊は、幅広《はばひろ》い作戦行動を担うフェルノ国きっての主力部隊。その隊員数も、その重要性ゆえに際立《きわだ》って多い。

飛行能力に長《た》けた者が所属するのは翼騎隊《よくきたい》だ。フェルノ国唯一《ゆいいつ》の航空戦力であり、闘騎隊がカバーしきれない制空権の維持《いじ》と、その機動力を生かした運輸能力は四部隊の中でもずば抜《ぬ》けている。

　また、俊敏《しゅんびん》な動きはできないが、頑強《がんきょう》な肉体を誇《ほこ》る者が配属されるのが防衛特化型の塞騎隊《さいきたい》だ。フェルノ国では王が魔獣討伐《まじゅうとうばつ》のために国を空けることが珍《めずら》しくなかった。王の不在時には、塞騎隊が国の治安を維持し、外敵からの侵入《しんにゅう》を防ぐ役目を担う。

　そして、「王の懐剣《かいけん》」と異名される、情報収集・敵陣《てきじん》工作などの隠密《おんみつ》行動を得意とする潜騎《せんき》隊《たい》。その活動内容は公表されないことが多く、その実態が最も謎《なぞ》に包まれた部隊と言える。

　この四部隊はフェルノ国が誇る精鋭《せいえい》が集められて組織された部隊であり、時に王の不在時における国の重要な事柄《ことがら》を決める行政機関としての機能も持ち合わせていた。

　民家の屋根に立ち、大通りに並ぶ露店を見下ろしている青髪《あおがみ》の騎士《きし》がいた。

　軽装だが鎧《よろい》を身に着け、腰《こし》には翼騎隊の紋章《もんしょう》である竜と翼が刻まれた剣を帯びている。縦に裂《さ》けた瞳孔《どうこう》は、人混《ひとご》みの中を移動するある人物を追っていた。

　彼の視線の先では、ホムラと背の低い小柄《こがら》な少女が何やら楽し気に会話している。

「……」

　深い青色の髪の青年は眉間《みけん》のしわを深めた。

「やだやだ、おっかない顔ですねぇ」

　青年の傍《そば》に、降り立つ人影《ひとかげ》があった。人を小馬鹿《こばか》にしたようにおどけた調子で笑う男は、頭の猫耳《ねこみみ》を軽く動かしながらこちらへ歩み寄ってくる。

「これはこれは、翼騎隊の隊長――カイセル殿《どの》」

カイセルはより一層不快げな様子で顔を顰《しか》める。

「闘騎隊《うち》の隊長さんに、何かご用っすか？」

ニビはそう言って、にへらと笑った。

「街の警邏《けいら》をしているだけだ。何ら不自然なことではない」

ニビの問いかけに、カイセルは素っ気なく答える。

「普段《ふだん》からご多忙《たぼう》な翼騎隊の隊長殿がこんな市井《しせい》に降り立つなんて、カヅチさまが聞いたらひっくり返るかもしれませんね」

ニビが軽口を叩《たた》くが、カイセルは取り合わない。もともと眼中にないかのように、じっとホムラと行動を共にする少女を見下ろしていた。

「どういうつもりだ？」

カイセルの問いかけに、ニビは動かしていた唇《くちびる》を閉《と》ざし、軽く小首を傾げてみせる。

「何のことでしょう？」

「ふん、いい加減とぼけるのはよせ。時間の無駄《むだ》だ。ホムラに命じられてここにいるのだろう？　あいつと行動を共にしている、あの不審者《ふしんしゃ》は何だ？　少なくとも、翼騎隊は報告を受けていないぞ」

ピクッとニビの目元が一瞬《いっしゅん》だけ震《ふる》えた。しかし、すぐに満面に笑《え》みを浮《う》かべる。

「不審者ではありませんよ。魔獣に襲《おそ》われていたところを、うちの隊長が保護したんだそうです。神殿《しんでん》が彼女を保護すると正式に決定したそうですよ」

「その保護した人間に何故《なぜ》、闘騎隊の隊長が傍につく必要がある？」

　カイセルは容赦《ようしゃ》ない。カイセルの睨《にら》み据《す》える瞳《ひとみ》が、僅《わず》かに不穏《ふおん》な光を帯びたのをニビは見逃《みのが》さなかった。

「闘騎隊の隊長が監視《かんし》としてつかねばならぬほど、あの娘《むすめ》は危険なのか？」

「うーん、あのお嬢《じょう》さんが危険ってわけじゃないと思いますけどねー……」

「とはいえ訳ありではあるのだろう？　この差し迫《せま》った状況《じょうきょう》の中で、外部の人間を引き入れるなど神経を疑う」

　ニビはカイセルの言葉に、即座に首を横に振った。

「なら、あの学者先生はどうなんです？　彼だって部外者だ」

「無論、あの学者も信用ならん。とはいえ……ルチアの知識は侮《あなど》れん。我が国に益をもたらすならば、利用するまでだ」

　カイセルの言葉に、ニビは軽く肩《かた》をすくめる。

「まぁ、でも……あのお嬢さんとは俺も少し話しましたけどね。むしろいい子でしたよ。こう誰《だれ》かを出し抜いたり、騙《だま》したりってのとは無縁《むえん》というか……むしろ、世間知らずなところが危なっかしくて見てられないというか」

　ニビの言葉に、カイセルは冷笑とともに鼻を鳴らした。

「先代の推薦《すいせん》と聞いて期待していたが……見込み違《ちが》いだったというわけか」

　カイセルの侮蔑《ぶべつ》を含《ふく》んだ視線を受けても、ニビはただ笑っている。

『王の懐剣』とも称《しょう》される潜騎隊、その隊長がこのザマではフェルノ国の実力を疑われかねない！」

「カイセル殿、その名はこういう場所では大声で言わんでください」

　わずかに開いたニビの唇の間から、鋭《するど》い牙《きば》が覗《のぞ》く。

「でなきゃ、あんたを消さなきゃならなくなるんで」

　鋭さを増したニビの双眸《そうぼう》に、カイセルは余裕《よゆう》の笑みを浮かべる。

「やれるものならやってみろ。竜の俺に、猫の貴様がどこまで立ち回れるか見物《みもの》だ」

　カイセルはニビの脅《おど》しも軽く流し、取り合うことはなかった。

「こちらでも見張りをつけさせてもらう。邪魔《じゃま》はするなよ」

　それだけ言うと、カイセルは大きく虚空《こくう》へ跳躍《ちょうやく》する。

　カイセルの全身を青い炎《ほのお》が覆《おお》うと、次の瞬間には巨大な竜の姿に変じて飛び去っていった。

　方角からして神殿に向かったようだ。

　大方、カヅチに事情を尋《たず》ねるつもりなのだろう。

「はてさて、魔獣が出るか不死鳥が出るか……」

　ニビの視線が通りを行くホムラたちを捉《とら》える。

「ホムラさま、俺たちにもう後がないの……わかってますよね？」

　能面のように表情を無くしたニビが、遠ざかっていくホムラの背をじっと見つめていた。

第二章――不死鳥の力

「うん……よしっ！」

アスカは新しい服に袖《そで》を通し、気合のこもった掛《か》け声をあげる。

ホムラたちに街を案内してもらった際に購入《こうにゅう》した一式だ。

フェルノ国産の火鼠《ひねずみ》の皮を使った、最近流行《はや》りの若者向けの衣服。デザインもおしゃれだ。

黒いインナーに白のシャツ。シャツの上からは紅の布地に金糸で模様が刺繍《ししゅう》されたベストを纏《まと》う。襞《ひだ》のあるスカートを揺《ゆ》らせば、縫《ぬ》い込まれた幾《き》何《か》学《がく》模様が目を引いた。もちろん、下着が見えないようスパッツを穿《は》くのも忘れない。

黒のニーハイソックスに火竜《ひりゅう》の脱皮《だっぴ》した皮で作られたブーツでまとめれば、その辺の通りを歩いても悪目立ちはしないだろう。

フェルノ国産の布や革《かわ》で作られた衣服は、防寒性はもちろん普通の剣や斧《おの》なら弾《はじ》くという鎧並みの耐久性《たいきゅう》を誇るらしい。腰巻《こしまき》のベルトに護身用にと持たされた短剣《たんけん》を差せば、見た目だけならR　P　G《ロールプレイングゲーム》の冒険者《ぼうけんしゃ》にしか見えない。

「おーい、アスカ。支《し》度《たく》できたかー？」

「あ、はーい！」

部屋の外からホムラの声がかかる。

アスカはベッドの上でくつろいでいたヒマリをそっと抱《だ》き上げた。

「きゅっ？」

首を傾《かし》げたヒマリの頭を指先で撫《な》でる。首には桃色《ももいろ》のリボンが巻かれていた。外そうとしたら嫌《いや》がったため、本人もいたく気に入っている様子だ。

「お待たせしました、三人とも」

部屋を出れば、ホムラとクルス、フレイがこちらを振《ふ》り返った。

「おはよう、アスカちゃん」

「おう、遅《おそ》かったな」

「おはよう、アスカちゃん。ヒマリちゃん」

ホムラは相変わらず距離《きょり》をとったまま軽く手を振る。対して、歩み寄ってきたクルスは、アスカの頭の上に乗っかっているヒマリにも気さくに挨拶《あいさつ》した。

「きゅっきゅっ！」

「ホムラ、ヒマリはそんなに頻繁《ひんぱん》に爆発《ばくはつ》しないから大丈夫《だいじょうぶ》だよ」

呆《あき》れ顔のアスカに、ホムラは離《はな》れたところから断固として首を横に振る。

「見た目と大きさに油断してみろ、その途《と》端《たん》ドカンッとやられるんだ」

ホムラは静かな声音《こわね》で断言した。その真剣な目が据わっている。

先日、間欠泉の熱湯をかぶってもケロッとしていた人物とは思えない言動だ。

「ホムラ、君が常に臨戦態勢《そんな状態》なのも原因だと思うよ」

　クルスも呆れ顔のままこぼす。

「さて、アスカちゃん。今日は図書館へ案内するね」

　クルスはそう言って持参した鍵束《かぎたば》をちらつかせた。

「僕はフェルノが雪に覆われる前まで、あちこち旅して回っていたんだ。その辺の人よりこの世界に関しては詳《くわ》しいよ！　そんな僕が君の教育係に抜擢《ばってき》されたんだ。なんと専用の閲覧《えつらん》室まで使っていいんだって！　そういうわけで、アスカくん。僕のことは遠慮《えんりょ》なく『先生』って呼んでくれたまえ！」

「よろしくお願いします、先生」

　アスカは素直《すなお》に頷《うなず》いた。そんな彼女にクルスは身を震わせる。

「あぁ、いい響《ひび》き……アスカちゃんはなんて素直でいい子なんだ！」

「アホか……」

　悦《えつ》に入るクルスに、ホムラはため息をついた。

「じゃ、ヒマリちゃんは私が預かるわね。さすがに、図書館にペットは連れ込めないから」

「はい、お願いします。ヒマリ、いい子で待っててね」

「きゅぅ～……」

　しょんぼりと体を丸めるヒマリに、アスカの顔がだらしなく緩《ゆる》む。

「うーん、可愛《かわい》いぃ……」

「……火鼠の何がいいんだか」

ヒマリを撫でまわすアスカに、ホムラは嫌そうに唇《くちびる》を尖《とが》らせた。

「君の火鼠嫌《ぎら》いもここまで来ると病気だねぇ。アスカちゃんにお願いして、ヒマリちゃんを撫でる練習してみる？」

クルスが即座《そくざ》にからかいに行く。

「ばっ……できるかっ、そんなことっ！」

大声を上げるホムラに、アスカとフレイが同時に振り向いた。

「ホムラ？　どうかしたの？」

「なんでもねぇ、いい加減行くぞ！」

「アハハ、に～げた。泣く子も黙《だま》る炎獅子《えんじし》ホムラがに～げた！」

肩を怒《いか》らせるホムラがくるりと踵《きびす》を返し、その後をクルスが笑いながら追う。

「ちょっと二人ともっ！　フレイさん、ヒマリのことお願いします！」

アスカは先に歩き出した二人を慌《あわ》てて追いかけた。

「いってらっしゃーい。本当……にぎやかね」

アスカの背に手を振りながら、フレイはどこか微笑《ほほえ》ましい心地《ここち》で三人を見送る。

医療棟《いりょうとう》を出ると、一気に周囲が騒《さわ》がしくなる。

赤々と照らされたランタンが通りを照らし、朝市が開かれていた。

ホムラとクルスは通りに入ったところでも、まだ言い合いを続けていた。

「あのなぁ、クルス……俺は闘騎隊の隊長だ。火鼠と戯《たわむ》れている暇《ひま》があったら、魔獣《まじゅう》や魔人を一匹《ぴき》でも多く討伐《とうばつ》した方が国のためなんだよ」

不機嫌《ふきげん》な表情のホムラがしつこく絡《から》んでくるクルスを睨《にら》んだ。

「ホムラはいつもそればっかりだねぇ」

クルスが苦笑《くしょう》を浮《う》かべる。突如《とつじょ》、そんな彼の目が鋭くなった。

「じゃあ、ホムラはさ。なんでそこまでフェルノを守りたいって思うの？」

「は？」

クルスの問いかけに、ホムラは怪訝《けげん》な顔になる。クルスはあくまで真剣な表情を崩《くず》さない。

「故郷だから？　闘騎隊の隊長だから？　先代の王の願いだったから？　だから守る？　それはさ、本当に君の意思かい？　それに魔人や魔獣たちを討伐したら、本当にフェルノは平和になるのかな？」

「クルス、何を言って――」

「ふ、二人とも！　待って！　置いていかないでっ……！」

何か言いかけたホムラを遮《さえぎ》り、走り寄ってきたアスカが荒《あら》い呼吸を整えている。

「ああ、アスカちゃん。ごめんごめん、置いてきぼりにしちゃって」

「ふ、二人とも、歩くの……速いんだから……」

息を切らして不満顔のアスカに、クルスがパッと表情を緩めて笑いかける。

ホムラは眉間《みけん》にしわを寄せたまま、クルスとアスカのやり取りを眺《なが》めていた。

「さ、図書館はこっちだよ。朝市が開かれて、人の往来が多いからはぐれないでね」

「はい……色んなものを売ってるんですね」

アスカは周囲を見回し、籠《かご》に入れられた見慣れぬ鳥をじっと見つめた。

全身の羽毛《うもう》が炎《ほのお》に包まれた、鶏《にわとり》のような鳥だ。

「あれは火鶏《かけい》だね。朝食で食べた粥《かゆ》にも入っていたやつだよ。ああして卵を販売《はんばい》しているんだ」

「卵を？　普通《ふつう》、産んだ卵を並べるんじゃ？」

首を傾げるアスカに、にこやかに笑ったクルスは卵売りの露店《ろてん》を指さす。

そこには火蜥蜴《サラマンダー》の女性が店主に卵を注文していた。

すると、店主はおもむろに革袋《かわぶくろ》を取り出した。革袋の中へ手を突《つ》っ込むと、中から灰を取り出している。それを火鶏《かけい》の嘴《くちばし》へと差し出した。火鶏《かけい》が物凄《ものすご》い勢いで灰を啄《ついば》んでいる。

「えっ……灰を食べるの？」

「そうだよ。正確には、火山灰。その灰の中に含《ふく》まれたガラス片《へん》が好物なんだよ」

灰を食べ終わると、火鶏《かけい》は首を長くして動きを止めた。そのまま足を折りたたみ、じっとしている。様子を見守っていると、かつんっ、と硬《かた》い何かが落ちる音がした。

店主が鳥籠に腕《うで》を差し込み、火鶏《かけい》の胴体《どうたい》の下から紅玉《ルビー》を取り出している。

「ほ、宝石!?」

「あはは。残念、普通の卵だよ」

店主は椀《わん》を手に、その紅玉《ルビー》を割る。すると、中から赤みのある黄身と透明《とうめい》な白身が覗《のぞ》いた。容器に蓋《ふた》をすると火蜥蜴《サラマンダー》の女性へ卵を差し出している。

「えっ、割れた……でも、なんでそのまま渡《わた》さないの……？」

「それは火鶏《かけい》独自の生態、生き残りをかけた習性のせいだね。火鶏《かけい》は体内に燃焼《ねんしょう》器官を持っているんだけど、摂取《せっしゅ》した火山灰のガラス片を体内の熱で溶《と》かし、自分たちが生む卵の卵殻《らんかく》として生成する。生みたての卵は容易《たやす》く割れるけど、時が経《た》つと熱しても割れないほどまで硬くなるんだ。子孫を残すために外敵から卵を守るためではないかと言われている」

まさに生命の神秘っ！　クルスが拳《こぶし》を力強く握《にぎ》って叫《さけ》んでいる。

「すごい！」

アスカもクルスの興奮が伝播《でんぱ》したように手を叩《たた》いた。

「ちなみに、こっちも興味深いんだ！　あそこにある鉱石花《こうせきばな》はフェルノにだけ咲《さ》く花でね。その生態は――」

「おい、クルス。道端《みちばた》で授業はやめろ」

ホムラが呆れ顔でクルスを小突《こづ》いた。クルスの手から売り物の鉱石花が落ちる。店員が腕を伸《の》ばして慌てて受け止めていた。

「ひどいじゃないか、ホムラ。君がアスカちゃんに色々教えてやれって言うから……」

「時と場所は選べよ。どうしてもやるなら別の日にしてくれ。店の奴にも迷惑《めいわく》かかる上、このまま放《ほう》っておいたら図書館の閉館時間まで続ける気だろ」

「あはは、バレた？」

あっけらかんと笑うクルスに、ホムラはぎこちない表情のままだ。

アスカは思わず首を傾《かし》げる。

「ホムラ、どうかしたの？　さっきから怖《こわ》い顔して……」

「なんでもねぇよ。大したことじゃ……って言ってる傍《そば》から、次のもんを掴《つか》むんじゃねぇ！」

「あは、こういうことには目ざといんだから」

クルスは鉱石花《こうせきばな》の傍に置いてあった品物に手を伸ばそうとしていた。それをすかさずホムラの手が叩いて押し止《とど》める。

「少しはその旺盛《おうせい》すぎる好奇心《こうきしん》を抑《おさ》えろ！」

「ハハハっ！　残念だね、ホムラ。学者の僕にとってそれは誉《ほ》め言葉でしかないよ！」

「開き直るな、ちったぁ反省しろ！」

「でね、アスカちゃん。こっちの鉱石がフェルノでも珍《めずら》しいもので――」

「俺を無視してんじゃねぇっ！」

クルスが手にした鉱石をアスカに解説しようとし、ホムラがそんなクルスを止めに入る。

二人のやり取りを見守っていたアスカは、耐《た》え切れず噴《ふ》き出した。

「あはは……本当、二人は仲いいんだね」

「いや、どう見たらそういう結論になるんだよ」

呆《あき》れるホムラに、クルスもきょとんとしている。

「はいはい、二人とも。図書館行くんでしょ？　こんなところで言い合っていたらお店の人に迷惑だよ」

アスカは文句言いたげなホムラに軽く首を振《ふ》る。

そのまま二人の背中を押して、図書館への道のりを急いだ。


図書館の閲覧《えつらん》室に入るなり、アスカは机に積み上げられた書籍《しょせき》の山にげんなりしていた。

文字は読めないが、表紙の絵柄《えがら》から地史や歴史書、種族ごとにまとめられた図鑑《ずかん》の類《たぐい》と思われる。今追加されたのは、宗教観の本のようだ。

炎の鳥に王冠《おうかん》が描《えが》かれた表紙に、どことなく既視感《きしかん》を覚える。

「んじゃ、今日はアルファトリアの地理と歴史について。一般的《いっぱんてき》な範囲《はんい》を勉強しよう！」

嬉々《きき》とした様子のクルスに、アスカは顔を引きつらせた。

まさか、これ全部？　今日一日で？

アスカの横で、ホムラも積み上がった書籍の山を呆れた様子で見上げている。

「クルス、ちと多くねぇか？」

「巣籠《すごも》り生活が長くて正直、退屈《たいくつ》だったところなんだ！　ちなみに、フェルノの歴史についてはホムラの方が詳《くわ》しい。今日は非番だって言うから、一緒《いっしょ》に授業をしていきます！」

「おい、人を無視して話を進めるんじゃねぇ……」

クルスはホムラの言葉もそっちのけで机上《きじょう》に地図を広げた。

それはもう生き生きとした様子だ。

「はい、これがアルファトリアの地図ね」

アスカの目がホムラに向いた。ホムラもため息とともに肩《かた》をすくめている。

もうこうなったクルスは誰《だれ》にも止められないらしい。

アスカは諦《あきら》めて机上に広げられた地図を見下ろした。

「まず、アルファトリアには三つの国が存在している。南部のカルガス火山帯を拠点《きょてん》とするフェルノ国。そしてアミュル海の海底に都市を建設し、そこを拠点とする北部のカトレナ国。そして北西部に広がる広大な砂漠《さばく》地帯のど真ん中にイノア国だ」

クルスは地図上を指先でなぞりながら続ける。

「アルファトリアに住む民族は、大まかな種類に分けると四部族。風・地・水・火の人間たちだね。フェルノ国は炎の魔法やそれに順応する肉体を得た人間たちによって興《おこ》った国。なんたって火山地帯のど真ん中で生活しているからね。溶岩《ようがん》の中でも生きていけるよう、暑さに強い身体《からだ》の造りになっているのが特徴《とくちょう》だ」

アスカは先日、街を訪《おとず》れた際の間欠泉での出来事を思い起こした。溶岩の中に落ちても死なないというホムラの説明を思い出し、神妙《しんみょう》な表情で何度も頷《うなず》いた。

「海底に住むカトレナ国の人々は水中で生きていける身体の造りをしているし、地の民《たみ》が建国したイノアでは肉体が土でできている人が多いため、あまり飲食を必要としていないってお国《くに》柄《がら》だ。風のルチアの場合は、空を飛べないとまず生きていけないかな」

「あの……ルチアの国はどこにあるの？　確か、故郷だって……」

　アスカは首を傾げた。地図上にはルチアに関する記述は一切《いっさい》なかったからだ。

「風の民に国……というより、定住地という概念《がいねん》はないんだよ」

　クルスは己《おのれ》の背の翼《つばさ》を広げて見せた。

「ルチアの民は言わば流浪《るろう》の民。国を持たず、王の傍に付き従う者たちの群れを指すんだ。風を読み、王の先導のもと、この世界を常に巡《めぐ》り続けている」

　だから地図上にルチアの存在が刻まれることはない。

「本来、ルチアとは王のみを指す言葉だ。その彼に付き従う者たちを周囲が『ルチアの民』と呼んでいるに過ぎない。当然、民は王の決定に絶対服従さ」

　何故《なぜ》か、クルスの瞳《ひとみ》が陰《かげ》った。

「滑稽《こっけい》だよ。自分で意思決定のできない有象無象《うぞうむぞう》が、王の言葉にただ頷くばかり……嫌《いや》になる」

　気さくで温和なクルスが、初めて軽蔑《けいべつ》するように吐《は》き捨てた。

「おっと、話の腰《こし》が折れたね。そんなわけで、今度はもう少し細かく見ていくよ。ここが僕らのいるガレル要塞《ようさい》。ここをさらに南下したところに首都ヴェモルティアがある。首都へ向かう途中《とちゅう》の街道《かいどう》には関所を兼《か》ねたギリル要塞があってね。安全に首都へ行くにはこのギリル要塞を通るしか方法はない。首都近郊《きんこう》の地形はカルガス火山帯と呼ばれていて、活火山や活断層が頻《ひん》繁《ぱん》に活動している。噴《ふ》き出す溶岩や度重《たびかさ》なる噴火《ふんか》、地震《じしん》による地割れや活断層のズレによって隆起《りゅうき》した岩山が毎日のように形成されているんだ。常に風景が変化するような場所で、道標《みちしるべ》もなしに首都に行こうとするのははっきり言って無謀《むぼう》だね」

クルスの指先が地図をなぞり、今度は北の広い平原を指さした。

「それで、フェルノ国の北にはアミューガ平原が広がっている。ホムラがアスカちゃんを保護したのがここね」

「地図で見ると、すごく広い。さらに北に行くとまた山脈がありますね」

「ダリュナ山脈だな。そこがフェルノ国とカトレナ国の国境線になっている」

黙《だま》ってクルスとアスカのやり取りを聞いていたホムラが口を開いた。

「ダリュナ山脈を北に向かえばアミュル海に出る。カトレナ国の王都フィオラノルはアミュル海の底に建設されている。さらにダリュナ山脈を西へ進み、アッサノ山脈沿いに北へ進むとイノア国に至る。砂漠のど真ん中に建設されたのが、イノア国の聖都ガラダシャだ」

彼の指先が地図上を滑《すべ》り、国の特徴も交えて説明する。

「正直、イノアの聖都へ行くのにはだいぶ苦労したよ。本当に砂しかないんだもの」

「いや、当たり前だろ。砂漠なんだから」

呆れるホムラを尻目《しりめ》に、クルスはアスカに訴《うった》えかける。

「地の民って『忍耐《にんたい》』を重んじる風習があってね。より過酷《かこく》な環境《かんきょう》に身を置いてこそ徳を積めるって考えているんだ。だからってオアシスもない砂漠のど真ん中に都市を建設するなんて、正気の沙汰《さた》とは思えないよ。さすがの僕も一週間しか滞在《たいざい》できなかったんだ」

「そ、そんなに……」

「当然だけれど、聖都では湧《わ》き水がない。水は自分たちで持参して聖都に赴《おもむ》かなきゃ、本気で死ぬよ。僕も死んだばあちゃんの顔を何度夢に見たことか」

よほどつらい体験だったのか、クルスの目が遠くを見ていた。

「とまぁ、アルファトリアに存在する国はそんな感じ」

クルスは一冊の書籍を開いた。

「次はフェルノ国の歴史について見ていくよ」

クルスは開いた書籍のページをアスカに示す。残念ながら、アスカはこの国の文字がさっぱり読めないので、そこに描かれた挿絵《さしえ》を凝視《ぎょうし》する。

そこには炎《ほのお》の翼を背に持つ、王さまらしき人物が描かれていた。

「フェルノ国を建国に導いた始祖王フェルノは不死鳥の力を持つとされ、かつてアルファトリアの地を脅《おびや》かした魔《ま》王討伐《おうとうばつ》の際に、どこの国よりも率先《そっせん》して前線に赴いたと言われている。その勇猛《ゆうもう》な遺志を引き継《つ》ぎ、フェルノはどこの国よりも勇敢《ゆうかん》で、各々《おのおの》の実力で地位などが保証される制度を導入している。バリバリの実力主義ってことだね」

「フェルノはずっと魔人たちと戦争をしていたってこと……？」

アスカの視線がホムラに向いた。

「ああ、始祖王が国を作った理由の一つが、アルファトリアの防衛だ。それをフェルノが担《にな》い、他国はそんなフェルノを支援《しえん》する。それが今日《こんにち》までの各国間での取り決めだったな」

頭を振ったホムラの表情が険しくなる。

「魔獣は魔人に比べて知能が低く、人を襲《おそ》う害獣だ。対して、魔人は見た目だけなら俺たちと変わらないが、強力な魔力をその身に保持していることから危険視されている。魔王の腹心どものような奴《やつ》らを野放しにはできない。必ず、全員……この手で葬《ほうむ》ってやるさ」

ホムラの目に明らかな憎悪《ぞうお》の炎が灯《とも》る。ホムラの纏《まと》う空気が変わり、アスカの皮膚《ひふ》にも突《つ》き刺《さ》すような痛みが生じた。アスカが体を強張《こわば》らせる横で、クルスが軽くため息をついた。

「はいはい、ホムラ……その殺気を仕舞《しま》って。授業を続けてもいいかい？」

「おう……悪《わり》ぃな」

ぱんっと手を打ったクルスが、アスカに笑顔《えがお》を向ける。

「話が前後したけれど、フェルノが相手にする魔獣や魔人は一筋縄《ひとすじなわ》ではいかない。魔獣はまだしも、魔人連中の話になるとその危険度が飛躍的《ひやくてき》に高まるんだ。現に今も、魔人が気候を操《あやつ》って、フェルノは雪に閉《と》ざされている。気候を操るなんて芸当、普通《ふつう》はできないからね」

クルスの補足説明で、アスカもぎこちなく頷いた。

そこへ不意に、ホムラが己の左耳に手を添《そ》える。

見ると紅の宝石が埋《う》め込まれた耳飾《みみかざ》りを指先でいじっていた。耳飾りの宝石が明滅《めいめつ》を繰《く》り返している。

嫌な予感がした。

アスカは思わずホムラの横顔を凝視した。

「――わかった、すぐ行く」

アスカが見守る中、表情を険しくしたホムラはそう言って通話を切った。

「悪ぃ、クルス、アスカ。緊急《きんきゅう》召集だ」

ホムラは席を立つと、拳《こぶし》を握《にぎ》りしめる。

その表情は牙《きば》を剝《む》き出さんばかりの怒《いか》りをたたえていた。

「魔獣どもが攻《せ》めてきた。俺はこれから討伐隊の指揮を執《と》る」

「わかった、気を付けて」

クルスはあっさり頷いた。ホムラは次いでアスカに目を向ける。

「アスカ、帰りが遅《おそ》くなるかもしれねぇから、クルスに部屋まで送ってもらえ」

「う、うん……気を付けて」

不安そうなアスカの頭を、ホムラがやや乱暴な手つきで撫《な》でた。

「心配すんな、すぐ戻《もど》る」

そうしてホムラは閲覧《えつらん》室を出ていった。

アスカは思わず撫でられた箇所《かしょ》に己の手を置いた。

まさか頭を撫でられるとは思っていなかったからだ。彼も無意識だったのだろう。

しかし、驚《おどろ》きも束《つか》の間、すぐに不安な気持ちがアスカの頭を占《し》める。

魔獣と聞いてすぐに思い浮《う》かぶのは、この世界に降り立ってすぐの頃《ころ》のことだ。アスカを襲ってきた狼《おおかみ》たち、そしてアスカの知らない恐《おそ》ろしい姿の魔獣たちが大挙して攻めてきたのだろうか。

「大丈夫《だいじょうぶ》、ホムラたち闘騎隊は強いよ」

ホムラが出ていった扉《とびら》を見つめるアスカに、クルスは穏《おだ》やかに言った。

「でも、あんな狂暴《きょうぼう》な魔獣や、魔人が相手だから……」

そこから先は尻《しり》すぼみになる。

不安になるのは、何も魔獣が襲ってきたからというだけではない。先程《さきほど》、魔獣や魔人について話していたホムラに対して、アスカは魔獣たちと同じだけの恐怖《きょうふ》を感じた。

時々、アスカにはどちらのホムラが本当の顔なのかわからなくなる。

監視《かんし》の名目があるとはいえ、今のところホムラがアスカに対して理不尽《りふじん》な要求をしたことはない。ヒノたちと接しているときも、明るく優《やさ》しい彼の一面を知った。しかし、魔獣と聞けば恐ろしい形相になるホムラがアスカの中に抱《いだ》いた優しい彼の人物像とかけ離《はな》れていくのだ。

顔を青くするアスカを眺《なが》めていたクルスは、真面目《まじめ》な顔で言った。

「アスカちゃん、君は魔獣に襲われて怖《こわ》い目に遭《あ》ったから、余計に心休まらないとは思う。けれどね、この状況《じょうきょう》には少しでもいいから慣れた方が良い」

「そう……だけれど」

アスカは煮《に》え切らない。

「ねぇ、クルスさん……」

「クルスでいいよ。何だい？」

和《なご》やかに笑ったクルスが、アスカの言葉をじっと待つ。

アスカは迷うように視線を彷徨《さまよ》わせた後、クルスに視線を定めた。

「ホムラは……どうしてあそこまで魔獣や魔人を憎《にく》んでいるの？」

もちろん、自分たちの国を好き勝手に蹂躙《じゅうりん》している連中だ。国民の全《すべ》てが魔獣や魔人への怒りや憎悪を抱いていることだろう。そういった事情を踏《ふ》まえても、ホムラが時折見せる、魔獣たちへの感情は誰《だれ》よりも強いもののように感じられる。

「あれ、カヅチや闘騎隊の皆《みんな》から聞いていないのかい？」

クルスは驚いたように目を丸くする。

「十年前、魔人に殺されたフェルノの王は、ホムラの実の父親だよ」

クルスの言葉に、アスカは言葉を失った。

声の出し方を忘れてしまったかのように、アスカの開いた口からは何の音も発することができなかった。


ホムラは獅子《しし》の姿へ変じると、広いアミューガ平原を駆《か》ける。

吹雪《ふぶ》く雪が相変わらず視界を塞《ふさ》ぐ。

七年前、目前に迫《せま》った首都への進軍の時を思い出した。

国土の大半を魔獣どもの手から取り戻したホムラたち闘騎隊は、そのまま勢いに乗って氷の魔人が引きこもる首都ヴェモルティアへ攻め入ろうとしていた。

翼騎隊も遊軍として前線に配置し、塞騎隊を後詰《ごづめ》として皆《みな》が首都奪還《だっかん》に息巻いていた。

そんなホムラたちの前に氷の魔人は突如《とつじょ》として姿を現した。

漆黒《しっこく》の外套《ローブ》とフードで全身を隠《かく》した小柄《こがら》な少年は、出現させた魔法陣《まほうじん》で辺り一帯を氷雪の世界へと塗《ぬ》り替《か》えてしまった。

最初から、自分一人で事は足りるのだとホムラたちに見せつけた瞬間《しゅんかん》だった。

突然《とつぜん》の吹雪に魔獣たちの奇襲《きしゅう》が重なり、戦場は大混乱に陥《おちい》った。

これ以上の進軍は危険と判断し、ホムラは全軍の撤退《てったい》を決断した。

それから七年、睨《にら》み合いが続いている。

（あの時、俺が氷の魔人の喉笛《のどぶえ》を噛《か》み切っていたなら……）

そんな後悔《こうかい》がいつまでもホムラを苛《さいな》んだ。

天候はその後もひどくなる一方で、今ではフェルノ国全土が氷に閉ざされてしまっている。

氷の魔人と刺し違《ちが》えてでもあの時決着をつけていれば、民《たみ》が凍《こご》え死んでいくさまを見なくて済んだだろう。

――じゃあ、ホムラはさ。なんでそこまでフェルノを守りたいって思うの？

クルスの言葉が、ホムラの頭にこだまする。

ホムラは歯を食いしばった。

フェルノはホムラにとって、かけがえのない故郷だ。自分の国を守りたいと思うことはおかしなことではない。フェルノの戦士の誰もが、国のため、そこに住まう家族のために苦しい戦いに身を投じているのだ。

闘騎隊の隊長として、一人でも多くの部下を戦地から帰還《きかん》させる。それも大将として重要な役割だ。これはホムラが負わねばならない責務である。

そして何より、フェルノが強くあらねば、このアルファトリアを守ることができなくなってしまう。そのために、アルファトリアの平和を脅《おびや》かす魔人や魔獣《まじゅう》を掃討《そうとう》する。それこそ、先王も願ってやまない、不死鳥王より代々のフェルノ王が果たすべき宿命であった。

（無念のまま果てた親父《おやじ》に代わり、俺が……せめて氷の魔人だけでも倒《たお》す）

これはれっきとした、ホムラの意思だった。

「今は魔獣討伐《とうばつ》が先だ」

ホムラは軽く頭を振《ふ》ると、雑念を振り払《はら》う。魔力を瞳《ひとみ》に集め、ニビの持つ魔法具の痕跡を頼《たよ》りに進んだ。やがて、ホムラは魔獣たちを迎《むか》え撃《う》つために編隊を組んだ先発隊と合流した。

「隊長、遅いよー」

ホムラより二回り小柄な猫《ねこ》が彼を振り返った。

根本から分かれた二本の尾先《おさき》から、ゆらゆらと青い炎《ほのお》を灯している。

「……すまん」

化《ば》け猫姿のニビを見るたびに、ホムラは申し訳ない気持ちになった。

獣化したニビはひどくずんぐりした印象で、この天候でなければ本人も獣化することはなかっただろう。なぜそこまで獣化を好まないのか、随分《ずいぶん》昔に理由を尋《たず》ねたことがある。ニビは大真面目に「モテないから」とかのたまっていたが、どんなに苦しい場面でも自分の美意識を貫《つらぬ》いてきた幼馴染《おさななじみ》が、この七年の間は必ず獣化して戦うようになった。

ホムラは彼を見るたびに、自分の無力さを呪《のろ》った。

「ニビ、戦況《せんきょう》は？」

ホムラは雑念を振り払うように、自分より二回りも小柄なニビに手短に尋ねた。

「ざっと目視できるだけで百は超《こ》えますねー。種類としては雪狼《ゆきおおかみ》が大多数。ちらほら氷人形《アイスゴーレム》が配置されています。司令官クラスとして氷魔《ひょうま》がいるとの報告ですよ」

ホムラは白く染まる世界へ視線を転じる。

吹雪の切れ間から、うっすらと影《かげ》が見えた。こちらを警戒《けいかい》してか、編隊を崩《くず》してまで飛び込んでくることはないようだ。それが反《かえ》って厄介《やっかい》だった。

「こっちへ向かってくる連中が一番の大所帯ですね。他《ほか》の都市ではせいぜい五十前後。塞騎隊が奮戦して防衛に回っていますし、翼騎隊も少数ながら応援《おうえん》に向かっているそうです。ここを叩《たた》けば、問題ないですよ」

ニビの報告に、ホムラは静かに頷《うなず》いた。

「お傍《そば》に」

「ジル」

ホムラの呼びかけに、一人の青年が応じた。

金髪《きんぱつ》に青い瞳を持った柔和《にゅうわ》な面差《おもざ》しの副官は、この寒さの中でも平然としている。彼は環境《かんきょう》からの悪影響《あくえいきょう》を受けにくい岩人形《ゴーレム》と、環境への順応性が高い水様性軟体《スライム》の友愛児であった。

ホムラは少しばかり、副官の生まれ持った性質を羨《うらや》ましく思った。

「ボルヴの部隊を側面から挟撃《きょうげき》させる。イナビの部隊には魔法によるサポートを指示しろ。他は俺とともに正面から敵軍の侵攻《しんこう》を押さえる。敵の隊列が崩れたところをニビ、お前たちの部隊が主要な魔獣を潰《つぶ》していけ」

「はいよー」

「承知いたしました」

ニビは即座《そくざ》に吹雪の中へ溶《と》け込んでいく。

傍《かたわ》らのジルは己《おのれ》の耳に装着した魔法具をいじった。埋《う》め込まれた宝石が光を放ち、ジルが各部隊へホムラの命令を伝えている。

「皆、準備はいいか？」

ホムラは己の背後に控《ひか》えた部下たちへ呼びかけた。皆が声を張り上げる。

こちらの動きを察した敵方が、目に見えてその接近速度を上げた。

「正面から押さえる。遅《おく》れるなよ！」

ホムラは咆哮《ほうこう》とともに駆け出す。雪片《せっぺん》を撒《ま》き上げ、紅の炎を纏《まと》った闘騎隊の主力部隊が、敵軍と正面から衝突《しょうとつ》した。

炎を纏ったホムラが雪狼の群れの中へ突進《とっしん》する。

闇雲《やみくも》にこちらへ噛み付こうとした雪狼は、即座に炎に焼かれて砕《くだ》け散った。

遠くで轟音《ごうおん》が響《ひび》いた。顔を上げれば迫りくる雪塊《せっかい》が見える。

即座に、小柄な影がホムラの前に飛び出した。

ジルは右腕《みぎうで》を刃《やいば》の形状に変化させると、ホムラに向けて放たれた雪玉を刻んだ。

「先に氷人形《アイスゴーレム》どもを片付けて参ります」

言うや否《いな》や、両腕を刃に変え、ジルが雪狼たちの間へと消えていった。

ホムラは一声吠《ほ》えた。ホムラの足元に魔法陣が浮《う》かび上がる。彼を中心に炎の渦《うず》が周囲の雪狼たちを呑《の》み込んでいった。

そこへ巨大《きょだい》な氷柱《つらら》が降り注ぐ。

ホムラは咄嗟《とっさ》に右へ跳《と》んだ。それまでホムラがいた場所に無数の氷柱が突《つ》き刺《さ》さる。

視線を向ければ、司令官クラスの氷魔《ひょうま》が一体。両手に魔法陣を展開しながら近づいてきた。

氷の法衣を翻《ひるがえ》し、地面からわずかに浮いた氷魔《ひょうま》は口から氷と氷をこすり合わせたような不快な音を発する。ホムラはそれを威嚇《いかく》と解釈《かいしゃく》した。

「大将戦ってか？　面白《おもしろ》い」

ホムラは口元を僅《わず》かに笑《え》みの形に吊《つ》り上げる。

氷魔《ひょうま》の腕が高々と掲《かか》げられる。

すると今度は足元から氷柱が生えた。ホムラは縦横無尽《じゅうおうむじん》に飛び回ってそれらすべてを避《よ》ける。

口を開き、体内の魔力を炎へ変えて吐《は》き出した。

氷魔《ひょうま》が避け、目標を失った炎塊《えんかい》が雪狼たちを巻き添《ぞ》えに消え失《う》せる。

地上に降り立った氷魔《ひょうま》の足に、飛来した太い槍《やり》が突き刺さった。そのまま地面に縫《ぬ》い留められた氷魔《ひょうま》に向けて、ホムラは再び炎を吐き出した。

断末魔の叫《さけ》びが、雪原に響く。

氷魔《ひょうま》の消失により、統率《とうそつ》を失った魔獣たちがバラバラと散っていった。

司令官を失った後の魔獣たちの動きは単調だった。

もともと強さを求めて共食いをするような魔獣だ。

個人戦を好む魔獣たちが部隊を形成すること自体、本来は難しい。

それを平然とこなしてしまうのが、魔人の恐《おそ》ろしいところだった。

「一気に畳《たた》みかけろっ！」

ホムラの命令に、フェルノ側の兵士たちが士気を高める。

また左右から攻め寄《せ》せたボルヴとイナビの部隊の猛攻《もうこう》もあり、魔獣討伐は存外あっさりと成功した。

「ボルヴ、相も変わらず見事な投擲《とうてき》だったな。助かった」

ホムラは歩み寄ってきた炎馬人《フェルタウロス》の男性に笑いかけた。

「たまたまですよ。視界が悪かったので、勘《かん》で投げたんですが……敵に当たってよかった」

そう言ってボルヴはカラカラと笑った。

ホムラは目を細め、それ以上は何も言わなかった。

炎馬人《フェルタウロス》の常人離《ばな》れした視力と射的能力は、フェルノ国において大変重宝されている。

闘騎隊の中でも、ボルヴが率いる炎馬人《フェルタウロス》のみで構成された隊があることがその証《あかし》だ。

「残党処理と警邏《けいら》は我《われ》らにお任せを」

そう言って雪に埋もれた己の槍を担《かつ》ぎ上げると、ボルヴは副官にいくつか指示を出す。部隊を少数の班に分け、ボルヴも己の部下を数人引き連れて駆《か》け出した。

馬蹄《ばてい》が雪を蹴《け》り上げて遠ざかる。

炎馬人《フェルタウロス》たちを見送りながら、ホムラは腑《ふ》に落ちない様子で氷魔《ひょうま》が死んだ辺りを見下ろす。

今回、ガレルを襲撃《しゅうげき》してきた連中がどうも――。

「随分《ずいぶん》とお粗末《そまつ》でしたね」

ジルが歩み寄ってくると、目を細めた。

ホムラの覚えた違和感《いわかん》は、どうやら彼も感じたらしい。

「俺たち、舐《な》められてる？　氷の魔人も首都から出てくる気配ないし、このまま待っときゃ自《じ》滅《めっ》するとでも思われてんのかね」

のそのそと雪の上で体を引きずりながら、ニビもムスッとした顔でぼやく。

せっかくの毛並みに、大きな雪玉がこびりついて動きづらそうだ。

「最近になって急に魔獣たちの動きが活発化したから、何かしら動くのかと思ってたけど……」

「今はあくまで威力偵察《いりょくていさつ》に止《とど》めているといったところでしょうか」

「いくら魔人とはいえ、こちらの戦力状況《じょうきょう》を確認《かくにん》して――」

ホムラは不意に言葉を切った。

脳裏《のうり》に、父親が殺された瞬間《しゅんかん》の光景が過《よぎ》る。

（あの時はなぜ、俺はすぐに先王のもとへ駆け付けることができなかった？）

ホムラは記憶《きおく》を手繰《たぐ》り寄せる。反射的にその場を駆け出していた。

「ちょっと!?　隊長!?」

「ホムラさま、どちらへ!?」

イナビやジルたちの呼び声が背後で聞こえるが、それに答えている余裕《よゆう》はなかった。


首都襲撃の報を受けた時、ホムラたちは何をしていたか。

王が殺される数日前より、魔獣討伐《まじゅうとうばつ》の任に就《つ》いていた。フェルノ国の各地に点在する都市や村々で魔獣襲撃の報を受けたからだ。

国土防衛のために塞騎隊は各都市や村々に常駐《じょうちゅう》し、必要な輸送物資を翼騎隊が昼夜を問わず被害《ひがい》を受けた都市や村々へ届けていた。その一方で、潜騎隊が原因の究明に奔走《ほんそう》し、闘騎隊はその脚力《きゃくりょく》を頼《たよ》りに広大なフェルノ国内を警邏していた。

王城に残っていたのは父の側近である将軍と、近衛《このえ》隊として選抜《せんばつ》された四騎《き》隊《たい》の精鋭《せいえい》たちだけだった。

早鐘《はやがね》のようにホムラを突き動かす不安が、足を踏《ふ》み出すごとに大きくなる。

「間に合ってくれ！」

ホムラは振《ふ》り返ることなく、ガレル要塞《ようさい》に向けて駆け出した。


「落ち着いた？」

クルスはそう言って、背の翼を広げたり、畳んだりしていた。

うつむいていたアスカは顔を上げ、複雑な表情のまま頷《うなず》く。

「すみません……私……混乱してしまって」

「構わないよ。確かにホムラって『王子さま』って感じじゃないもんねぇ」

アスカが取り乱した理由を、クルスはホムラの身分を気にしてのことだと思ったらしい。

クルスのズレた回答に、アスカは救われた反面、ホムラへの同情から苦笑《くしょう》する。

「クルス、どうしてホムラは王さまにならないの？　前の王さまが死んでしまったら、次の王さまはホムラでしょ？」

アスカの問いかけに、クルスは微妙《びみょう》な顔つきになる。

「残念ながら、フェルノ国は血統王政ではないんだよ。次代の王を決めるのは、不死鳥王だとされる」

クルスは机上《きじょう》に積まれた書物の一冊を手に取る。パラパラとページを繰《く》っていき、ある箇所《かしょ》を開いてアスカに示した。

アスカは難しい顔をして開かれたページを睨《にら》む。

どこに何が書いてあるのかさっぱりわからなかった。

「フェルノ国の始祖王フェルノは、この世界からその身を隠《かく》す際、己《おのれ》の魔力を宿した炎《ほのお》である特別な武器を創造した。その名を王器アレイディアという」

視線が泳ぐアスカを見て、クルスが書物に記された文章を声に出して読んだ。さらにページを繰って、ある挿絵《さしえ》を示す。自分の傍《そば》に跪《ひざまず》く男性へ、王冠《おうかん》と己の炎を差し出す不死鳥の王が描《えが》かれている場面だ。

背に炎の翼を宿した不死鳥の王は、二代目フェルノ王に王位を譲《ゆず》った後、このアルファトリアの地から忽然《こつぜん》と姿を消した、とクルスは続けた。

「こういった歴史《じじょう》から、フェルノ国の王は代々、王器アレイディアに認められた者だけがなると定められた。どれほどの時が流れようと、それは変わらない。フェルノの王が代々受け継《つ》ぐ、不死鳥王への誓《ちか》いなんだよ。フェルノ国を建国した始祖王、不死鳥王フェルノの代行者としてこの世界を守っていくという、ね」

クルスはそっとため息をついた。

「だからこそ、フェルノ国の玉座は未《いま》だ空席だ。新王を立てたくても、できない事情がここにあるわけさ」

「選ぶって言っても……その王器アレイディアは王さまが死んだ後、どうやって次の王さまを選ぶの？」

　クルスは手にした本のページを繰る。

「ええっと、確か……あった。次期王にふさわしい人物が現れた時、王器アレイディアは王がどこにいても傍に現れ、かの王が求める形の武器に変化するらしいよ。だから王器アレイディアは次期王が現れるまで力を発現しない。わかりやすく言えば『眠《ねむ》り』についてしまっている状態になるんだよ。だから今、フェルノに王はいないんだ」

　クルスはアスカにもわかりやすいよう、言葉を選んでくれているようだった。

「そっか……だからホムラも、みんなを守るためにあんなに必死なんだね」

「ホムラの焦《あせ》りは、アスカちゃんの考えていることとは別だよ」

　驚《おどろ》きに目を丸くするアスカに、クルスはホムラが出ていった扉《とびら》を見つめていた。

「これはここだけの話にしてね。僕も色々フェルノに協力していく中で、耳にした話なんだけどさ……」

　クルスは声を低め、憐憫《れんびん》を含《ふく》ませた表情で扉を見つめ続ける。

「ホムラが子どもの頃《ころ》のことだ。彼が王の間に忍《しの》び込んだことがあったそうだよ。ああ、先に言っておくけど、王の資格がない者が王器アレイディアに触《ふ》れるとその身を不死鳥王の炎に焼かれて即死《そくし》だからね。ホムラったらさ、悪戯《いたずら》で王器アレイディアに触《さわ》ったらしいんだよね」

「えっ⁉」

思わず表情を強張《こわば》らせたアスカに、クルスは苦笑いを向ける。

「ホムラらしいよねー。この後先考えないところがまたさ。だけど、王器アレイディアはホムラを焼かなかった。むしろ、僅《わず》かに反応を示したんだって。異変を察知した先代のフェルノ王とカヅチがその場に駆け付けて、ホムラの身体《からだ》に異常がないか調べて大騒《おおさわ》ぎしたそうだよ」

「それならっ！　次の王さまはホムラなんじゃっ……」

パッと身を乗り出したアスカに、クルスは緩《ゆる》く首を横に振った。

「当時を知る連中も、最初はそう思ったって話だよ。けれど現実はどう？　王器アレイディアは未だに眠ったままだ。カヅチの話だと、王器アレイディアはまだ首都ヴェモルティアにあるそうだよ。もしもホムラが本当に王としてふさわしい人物ならば、アレイディアはホムラがどこにいようととっくに彼の手の中に現れているはずなんだ」

「そんな……」

アスカの声も力を無くしていく。

彼女もまた、ホムラが出ていった扉をクルスとともに見つめた。

「王が存命のうちに次期王の兆候が現れるなんて前代未聞《ぜんだいみもん》だ。当時の出来事を知る一部の連中は、先代の王が崩御《ほうぎょ》した時、次期王としてホムラに期待を寄せた。けれど、年月が経《た》つうちに、彼らの希望は落胆《らくたん》へと変わった」

クルスは視線をアスカに戻《もど》した。彼の真っ直《す》ぐな瞳《ひとみ》が、アスカを捉えて放さなかった。

「僕はホムラとは友人だから、ここで彼を擁護《ようご》させてもらうね。ホムラは、断じて悪くないよ。周りが勝手に期待して、勝手に落胆したに過ぎない。彼自身が王器アレイディアに認められたことを吹聴《ふいちょう》したことも、ましてや次期王だからと横柄《おうへい》な態度を取ったことも一度もない。僕は友人として、そんなホムラを立派だと思うよ」

　そこまで言って、クルスは力なく、ぽつりとこぼした。

　けれど……彼は優《やさ》しいからね。

　アスカも、クルスの呟《つぶや》きに静かに頷いた。

「正式な王にもなれず、父親も失って……やりきれないよねぇ。それでも周りから求められる期待に、必死で応《こた》えようとしている。正直、見てらんないよ」

　クルスの憐《あわ》れみのこもった呟きに、アスカも胸を締《し》め付けられる思いだった。

「だからさ、アスカちゃん。僕たちくらい……ホムラの傍で呑気《のんき》に笑ってあげないかい？　僕もアスカちゃんも、外から来た部外者だからね。フェルノの決まりに囚《とら》われない僕らがさ、なぁんにも知らない顔して笑っていれば……ホムラだって呆《あき》れるあまり素《す》の自分を出せるかもしれないだろ？　爆発《ばくはつ》しそうなホムラの鬱憤《うっぷん》とかを、僕らが晴らしてあげようよ」

　クルスはそう言って屈託《くったく》なく笑った。

　アスカはそこで、彼が今まで執拗《しつよう》にホムラをからかい続ける理由を察した。

　この人は、本当にホムラを思って行動していたんだな。

　アスカはクルスを見直した。

「はい！」

　アスカも力強く頷いた。

　それで、お世話になったホムラの気が紛《まぎ》れるなら、アスカとしても協力したい。

「よし、これで僕らは共犯者だ！」

「きょ、共犯者って……」

「何なにナニ？　怖気《おじけ》づいたのかな？　安心したまえ、アスカくん！　君はただ僕の真似《まね》をすればいいのだよ！」

「いや、さすがにそれはちょっと無理です」

「ははは、気負わない気負わない！　悪いようにはしないから！」

　クルスは悪戯っぽく微笑《ほほえ》むと、パンッと手のひらを打ち合わせた。

「さて、今日の授業はここまでにしよう！」

　クルスはそう言うと、スッと指先で虚空《こくう》を撫《な》でた。すると、机上に積み上がった本が独りでに浮《う》き上がり、本棚《ほんだな》の方へ飛んでいく。

「それも魔法《まほう》？」

「そうだよ。僕は風を操《あやつ》る魔法が得意なんだ」

　自慢《じまん》げに笑うクルスは、魔法で書籍《しょせき》をあっさり片付けてしまった。

　アスカはクルスに促《うなが》され、彼とともに閲覧《えつらん》室を出る。

「ああ、あとこれは宿題ね」

クルスは一冊の薄《うす》い本をアスカへ差し出してきた。見たところ、絵本のようだ。

「アスカちゃん、文字の読み書きができないんでしょ？　授業中、本を見せてみたらどこを見たらいいのか困っている様子だったから。はい、これ基本的な文字と記号の一覧表ね」

「す、すみません……」

ばっちり見透《みす》かされ、アスカは顔を赤らめた。

「本当、意外だよ。アスカちゃん、こうして話している分には違和感《いわかん》ないからさぁ。まるでことは別の場所から来たみたいだ！」

「あはは……買い被《かぶ》りですよ」

何気なく呟かれたクルスの言葉に、アスカはぎくりと肩《かた》を揺《ゆ》らした。

強張《こわば》る顔を見られたくなくて、顔に愛想《あいそ》笑《わら》いを必死で貼《は》り付ける。

「もう色々あり過ぎてふっとんじゃったんです」

嘘《うそ》ではない。アスカの今、最も正直な本音だ。

「あはは、君も大変だね。じゃあ、この一覧表を使って絵本を読んで、文字の読み書きの練習をしてくること。これが次の授業までの宿題ね」

「はい……おとぎ話、ですか？」

アスカは受け取った絵本の表紙をしげしげと見下ろした。

そこには繊細《せんさい》な絵柄《えがら》で二人の男女が描かれている。

一人は背に翼《つばさ》を生やした男性。もう一人は翼も尾《お》も何もない女性だ。

「『翼人王と贄姫《にえひめ》』っていう話だよ。フェルノ国でのみ語り継がれている童話らしい」

クルスが軽く肩をすくめた。

「異世界からやってきた少女と恋《こい》に落ちた翼人王が、生贄にされそうになった少女を助けて元の世界へ送り返したって話さ。翼人王は裏切り者として自国の民《たみ》たちに殺されてしまうんだけどね」

「異世界から来た……？」

アスカは弾《はじ》かれたようにクルスを見た。

「異世界っていうのは、こことはまったく別の世界のことだよ。本当にあるのかどうかは、わからないけどねー」

クルスはそう言っておどけた調子で続ける。

「いきなり堅苦《かたくる》しい話でも嫌《いや》でしょ？　これなら楽しみながら読めるだろうと思ったんだけど、気に入らなかった？」

「ううん、読んでみます。ありがとう……」

アスカはうるさいほど脈打つ己《おのれ》の心臓を必死に隠《かく》そうと笑った。

童話ということは、過去にも自分と同じようにこの世界へやってきた人がいるのだろうか。

アスカの胸中は穏《おだ》やかではなかった。

この世界では、異世界から来た人間は珍《めずら》しい。むしろ、異世界の人間と関《かか》われるのは魔族だけだと、ホムラやカヅチから聞いた。

だからこそホムラは最初、アスカが異世界から来たと知った時、自分の仇《かたき》でも見るような顔をしたのだ。不安に押しつぶされそうになるのを、拳《こぶし》を握《にぎ》りしめることで耐《た》える。

閲覧室を出てからアスカはクルスと会話しながら廊下《ろうか》を進む。しかし、アスカは手に持った絵本に意識が向いてしまい、クルスと何を話していたかまったく記《き》憶《おく》に残らなかった。

「それにしても、結局、ホムラが帰ってくる前に終わっちゃったよね」

クルスが唐突《とうとつ》に呟き、アスカの意識は現実に引き戻された。

小《こ》脇《わき》に抱《かか》える絵本を握る手をそっと緩める。僅かに汗《あせ》ばんでいた。

「せっかくだし、出店で何か食べていこう。頭をたくさん使ったから、お腹空《なかす》いたろ？　今回は先生であるこの僕が奢《おご》ってあげよう」

クルスの指摘《してき》に、アスカのお腹が元気よく返事をした。

爆笑《ばくしょう》するクルスに、アスカは顔を真っ赤にして黙《だま》り込む。

我《われ》ながら、正直な体である。

「よしよし、生徒の空腹をおいしいご飯で満たしてあげようね。何を食べよう――」

ドンッと全身を突《つ》き上げるような衝撃《しょうげき》が襲《おそ》った。

よろめいたアスカを、クルスが横から手を伸《の》ばして支える。

「何!?　今の揺れ……」

「様子を見てくる。アスカちゃんはここにいて！」

窓を開け放つなり、クルスは背の翼を広げて飛び立った。

アスカも窓に駆《か》け寄り、外へ視線を転じる。

すると、視界に巨大《きょだい》な氷の柱が突き出しているのが映った。

あれは中央広場の方角……。

窓から身を乗り出し、じっと目を凝《こ》らす。突き立った氷の柱の傍《そば》に、宙に浮かんでいる人影《ひとかげ》が見えた。真っ黒な外套《ローブ》をはためかせた人物がこちらを振《ふ》り返る。

ぞわっとアスカの背筋に悪寒《おかん》が走り抜《ぬ》けた。

今、目が合った……？

アスカのいる図書館から中央広場はだいぶ距離《きょり》がある。アスカを認識《にんしき》するには遠すぎて不可能なはずだ。しかし、アスカは中央広場に浮いている米粒《こめつぶ》ほどの人影から目が離《はな》せなかった。

無造作に、人影が両腕《りょううで》を振り下ろす。

その瞬間《しゅんかん》、大量の雪がガレルの街に降り注いだ。

「ひゃっ！」

アスカは咄嗟《とっさ》に壁《かべ》の陰《かげ》に隠れる。押し寄せる雪の重みに負けた建物は、激しい音とともにあっさり崩《くず》れた。

かろうじて残った瓦礫《がれき》の隙間《すきま》に身を横たえ、アスカは寒さと恐怖《きょうふ》に体を震《ふる》わせた。

「クルス……」

声を上げるが、雪に埋《う》もれたこの状況《じょうきょう》で誰《だれ》かがアスカの存在に気づいてくれるかは絶望的だ。

視界は雪に覆《おお》われ、指先や足先の感覚は徐々《じょじょ》になくなっていく。

「とにかく、まずは酸素を確保しなきゃ。空気穴を……」

かじかむ手で雪をかき分けようとするが、雪は自重で押し固められてビクともしない。ビッと目の前で真っ赤なものが飛び散る。手を見れば爪《つめ》の先が割れて血が流れていた。

サッと自分の周囲から音が消えた。

このままだと、死ぬ。

アスカの脳裏《のうり》に、東京駅でのことが蘇《よみがえ》る。

覆いかぶさる黒い影。崩れ落ちる天井《てんじょう》。燃え盛る紅の炎《ほのお》。

まるで心臓を鷲摑《わしづか》みにされたような圧迫感《あっぱくかん》が、アスカを襲った。全身を巡《めぐ》る血が激しく脈打ち、指先の傷から外へとこぼれ出していく。

キンッと音の消えた世界で、アスカは目を固く閉じた。

死にたくない――。

ホムラがガレルにたどり着くなり、それは起こった。

地鳴りと衝撃が、ガレル要塞《ようさい》を揺さぶる。

ホムラが視線を向ければ、中央広場に巨大な氷の柱が突き刺《さ》さっていた。

その傍に小柄《こがら》な人影が浮いている。

黒く染め抜いた外套《ローブ》を翻《ひるがえ》し、頭上に巨大な魔《ま》法陣《ほうじん》を展開していた。

その人影を認識するなり、ホムラの全身の血が沸騰《ふっとう》した。

「氷の魔人っ！」

ホムラは獣化《じゅうか》したまま、地を蹴《け》った。屋根を飛び越《こ》え、氷の柱を目指す。

接近するホムラに気づいた氷の魔人は、即座《そくざ》に両腕を頭上へ展開した魔法陣へ掲《かか》げた。

その動作が七年前、フェルノが雪に閉《と》ざされてしまった瞬間のそれと重なる。

「やめっ……」

――また、失うのか。

ホムラの脳裏に恐怖が蘇った。

――ホムラさま、お逃《に》げください！

ジルの鋭《するど》い声が放心していたホムラを殴《なぐ》った。十年前、為《な》す術《すべ》もなく絶命した父を置いて、
ジルによって首都から連れ出された日をまざまざと思い出す。

父を助けようと伸ばした手は、虚《むな》しく空を切った。

――ホムラさまだけは、命に替《か》えても守り抜け！

七年前、首都を目前にして、氷の魔人が起こした雪崩《なだれ》に巻き込まれて死んでいった仲間たち。目の前の部下を助けようとして伸ばした手は結局、誰の手も摑《つか》めなかった。

そして、また目の前で――。


「やめろぉっ！」


ホムラの叫《さけ》びも虚《むな》しく、氷の魔人が展開した魔法陣から生み出した大量の雪をガレルの街へと叩《たた》きつける。

咄嗟に、ホムラは己の全身を炎で包んだ。

間を置かず、大量の雪が津波《つなみ》のようにホムラを呑《の》み込む。踏《ふ》ん張ろうとするものの、爪を立てた四肢《しし》がじりじりと後ろへ押し流されようとしていた。

「まずい……」

ホムラは足元に魔法陣を展開すると、そこからさらに炎の渦《うず》を生み出した。雪に炎が吹《ふ》き消されそうになるのを気合で耐える。雪と炎がぶつかり合い、視界が蒸気で煙《けむ》った。

押し寄せる雪の速度が落ちたところを狙《ねら》って、ホムラは真上に大きく跳躍《ちょうやく》する。

改めて辺りを見《み》渡《わた》せば、街は白い雪で覆われていた。

高いところに避《ひ》難《なん》し、どうにか難を逃《のが》れた人々が見える。

「急げ、まだ下に人が……っ」

「くそっ、氷が厚く……」

炎を生み出し、生き埋めにされた仲間を必死に助け出そうとしている。それを嘲笑《あざわら》うように、彼らの前の分厚い氷が炎を阻《はば》んでいた。

「お願い、うちの子をっ……助けて、お願いっ！」

悲痛な声で、子を呼ぶ母の声が耳から離れなかった。

ホムラの頭にカッと血が上る。全身に纏《まと》う炎が勢いよく燃え上がった。

「ぶっ殺してやる！」

ホムラは中央広場に向けて駆け、虚空《こくう》に浮《う》かんでいる魔人へ炎を吐《は》いた。

「……」

氷の魔人はホムラの炎を避《よ》ける素振《そぶ》りも見せず、真っ向から受けた。炎が消え失《う》せた後に、平然と無数の氷柱《つらら》を放ってくる。それらをホムラは左右に跳《と》びながら避けた。

「フェルノの大将は俺だ！　狙うなら、直接俺を攻撃《こうげき》しやがれっ！」

吠《ほ》えるホムラの頭上を、巨大な竜《りゅう》が通り過ぎた。

青い鱗《うろこ》の竜を筆頭に、翼《つばさ》を持つ部隊が虚空に浮かぶ少年を包囲するように旋回《せんかい》している。

「カイセル……翼騎隊か！」

「翼騎隊、侵入者《しんにゅうしゃ》を捕縛《ほばく》しろ！　オルガ、兵を率いて民間人を保護しろ！」

「はっ！」

青い竜の姿のカイセルに命じられ、炎を纏《まと》った鷲《わし》がてんとう虫たちを引き連れて街の方へ降下していく。

「残った者は我に続け！」

カイセルが氷の魔人に向けて火炎《かえん》球を放つ。

氷の魔人を包囲した兵士たちも各々《おのおの》の魔法を叩き込んだ。

少年は防ぐ素振りも見せず、放たれた魔法を真っ向から受ける。炎はまるで吸い込まれるように集束し、やがて跡形《あとかた》もなく消え失せた。

「くそっ……魔法を相殺《そうさい》するのか」

カイセルが舌打ちする。

氷の魔人が煩《わずら》わしそうに腕を振る。すると無数の氷の刃《やいば》が翼騎隊を襲《おそ》った。

カイセルが口から炎を吐く。しかし、防ぎ切れなかった氷の刃が彼の鱗を掠《かす》めた。

塞騎隊の岩人形《ゴーレム》部隊に引けを取らないほどの頑強《がんきょう》さを誇《ほこ》る竜の鱗だ。それでも魔人の魔力を込めた刃までは完全に防げないらしい。

カイセルが警戒《けいかい》するように距離を取る。

「ホムラ！」

参戦しようと身構えていたホムラのもとに、切羽《せっぱ》詰《つ》まった様子のクルスが飛んできた。

彼の傍にアスカの姿はない。ホムラは自分の中で血の気が引いていくのを自覚した。

「アスカはどうした！」

「ごめん！　様子を見るために彼女から離れたばっかりに……まだ雪の下にいる！」

そこへ氷の魔人が再び魔法陣を展開する。

ホムラは急いで己《おのれ》の周りに炎を生み出し、放たれた氷礫《ひょうれき》を防いだ。

「ホムラ、急いで——」

「悪《わり》ぃ、クルス」

ホムラはクルスに背を向けたまま、氷の魔人を殺意の宿る目で睨《にら》みつけていた。

グッと己の唇《くちびる》を嚙《か》み締《し》める。

「俺はフェルノの大将として、氷の魔人を野放しにしておけねぇ。翼騎隊のオルガが率いている救助部隊がいるから、そちらに助力を頼《たの》んでくれ」

「ホムラ！　アスカちゃんを見捨てる気!?」

クルスは非難するように叫ぶ。

ホムラの脳裏に、不安げにこちらを見上げてくるアスカの顔が浮かんだ。

ホムラは唇を嚙み締め、アスカの残像を振《ふ》り払《はら》うように頭《かぶり》を振った。

「俺はフェルノを守る！　そのためには戦わなきゃならねぇ。それが、俺の責務だ！」

ホムラは跳躍する。氷の魔人がこちらを見た。伸《の》ばした腕《うで》の先に魔法陣が浮かび上がる。それをホムラが炎を吐き出して阻止《そし》した。

「氷の魔人さえ倒《たお》せば、フェルノは再び立ち上がる！」

ホムラは咆哮《ほうこう》とともに、生み出した炎塊《えんかい》を氷の魔人に向けて放った。

奮戦するホムラの背を見つめ、クルスはその目元を鋭くした。

「君も……結局は同じなんだね」

クルスの消え入りそうな声が、分厚い氷の上にこぼれ落ちる。その刹那《せつな》だった。

ドンッと空気が震《ふる》えた直後、遠くで火柱が上がる。それも眩《まばゆ》い黄金の炎だ。

「何だ⁉」

カイセルが火柱の上がった方角に振り向く。

あの方角には、図書館があったはずだ。

「アスカ……？」

ホムラたちが見守る中、黄金の炎《ほのお》は天高く吹き上げ、無数の火の粉となって街に降り注いでいく。火の粉が触《ふ》れた雪が激しい音を立てて溶《と》けていった。それも物凄《ものすご》い勢いだ。雪に覆《おお》われた街が、すぐさまその姿を見せていく。

「っ……」

火の粉が魔《ま》人《じん》の外套《ローブ》に触れた途《と》端《たん》、雪が熱で溶けるような音がした。

「今だっ！」

虚空で身じろぎする魔人に、カイセルが火炎球を放った。

氷の魔人がカイセルに向けて腕を突《つ》き出す。生み出された巨大《きょだい》な氷柱が放たれた。それがカイセルの腹部へめり込み、青い竜は地面に叩きつけられる。

「カイセル！」

「隊長！」

ホムラと翼騎隊の隊員たちがカイセルに気を取られた隙《すき》に、氷の魔人の姿が掻《か》き消えた。

ホムラは舌打ちとともに、立ち上る火柱の方へ顔を向けた。

「くそっ……」

「これは……すごい魔力だ」

呆然《ぼうぜん》と図書館の方角を見つめるクルスが、素早《すばや》く背の翼を広げた。

クルスは翼を羽ばたかせ、図書館の方へ飛んでいく。ホムラも彼に続き、アスカのいる図書館へ向かった。

図書館は悲惨《ひさん》な状態だった。

一階部分は崩《くず》れ、かろうじて残っていた二階部分も壁《かべ》が折り重なっている状態だ。瓦礫《がれき》と化した図書館の敷地《しきち》内で、クルスが地面に降り立つ。

クルスの傍《かたわ》らに並んだホムラも人型に戻《もど》った。

二人は瓦礫の中で座り込んでいるアスカを呆然と見つめる。

両手から血を流したアスカは、何事かを呟《つぶや》きながら虚《うつ》ろな瞳《ひとみ》を地面に向けていた。

「アスカちゃん！」

「アスカ！」

クルスがアスカに駆《か》け寄る。しかし、アスカの身体《からだ》を覆う黄金の炎が即座《そくざ》に燃え上がった。

「クルス、離《はな》れろ！　力が暴走している！」

「わかってるよ！　けど、放《ほう》っておけないじゃないか！」

燃え上がる炎を前に、クルスは苦い顔で叫び返した。アスカの纏う炎の熱気が、じりじりとクルスの羽先を焼いた。炎への耐性《たいせい》がない風の民《たみ》ではとても近づけない。

「アスカちゃん！　僕だよ、クルスだ！　もう大丈夫《だいじょうぶ》だから、落ち着いて――」

クルスが叫ぶ横を、無言でホムラが通り過ぎた。

「ホムラ、何をする気だい？」

クルスが警戒した様子で両手に魔《ま》法陣《ほうじん》を生み出した。

「早まるなよ、クルス。別に傷つける気はねぇ」

ホムラはクルスを落ち着かせると、臆《おく》せずアスカに歩み寄る。

「そういや、『光の祝福』ん時も、こんなことあったな」

ホムラがどこか懐《なつ》かしそうに苦笑《わら》った。

アスカを取り巻く黄金の炎がその火力を増していく。炎への耐性があるホムラでさえ、黄金の炎の熱気に皮《ひ》膚《ふ》がひきつった。ちらりと目をやれば、ホムラの皮膚の表面が赤く爛《ただ》れている。魔人の生み出した氷を一瞬《いっしゅん》で溶かすほどだ。これ以上近づけば、ホムラとて火傷《やけど》では済まないだろう。

かと言って、このままアスカを放置するわけにもいかない。アスカの炎の範囲《はんい》が広がれば、街にまで被《ひ》害《がい》が出てしまうだろう。

それを知ったら、アスカは悲しむだろうな。

ホムラは確信を持って断言する。

出会って間もないが、アスカの人となりはそれなりに分かったつもりでいた。

「ホムラ！」

叫《さけ》ぶクルスの声を背に、ホムラは顔を歪《ゆが》めた。じりじりと己の肌《はだ》を焼く炎に、一歩足を踏《ふ》み出す。全身へと広がる火傷を無視し、ホムラは懸命《けんめい》に足を動かした。腕で目元を庇《かば》い、ゆっくりとアスカに近づく。

「アスカ」

アスカの顔が僅《わず》かに動いた。

「アスカ」

ホムラは再度呼びかける。優《やさ》しく、怯《おび》える子どもを宥《なだ》めるように声音《こわね》を和《やわ》らげた。

「大丈夫だ、アスカ」

ホムラは両腕を広げてアスカの小柄《こがら》な体を抱《だ》きしめる。皮膚が焼かれるにおいが鼻につく。それでも、ホムラはアスカの身体をしっかり抱きしめて放さなかった。

「落ち着け。もう大丈夫だから……俺も、クルスも傍《そば》にいる。アスカ、力を抜《ぬ》け。大きく息を吸ってみろ」

アスカの目元を手で覆う。すると、アスカの全身から力が抜けていった。彼女の身体を覆っていた黄金の炎が消えていく。糸が切れたように倒れたアスカを、ホムラは安堵《あんど》の吐息《といき》とともに強く抱いた。

「すまねぇ……アスカ。俺は、結局……」

ホムラは固く目を閉《と》ざすと、小さく肩《かた》を震わせた。

クルスはホムラの背を黙《だま》って見つめた。正確には、彼の腕の中で眠《ねむ》るアスカを凝視《ぎょうし》している。

「間違《まちが》いない。不死鳥の力が再びアルファトリアの地に現れた……これも因果かな？」

ぽつりとこぼされたクルスの呟きは、ホムラの耳には届かなかった。


氷の魔人の襲撃《しゅうげき》から、一夜明けた早朝。

神殿《しんでん》の応接室に集まった面々を前に、カヅチは軽い眩暈《めまい》を覚えた。

「件《くだん》の魔人が、ガレル要塞《ようさい》を強襲。街の大半が雪に埋《う》もれたにもかかわらず、突如《とつじょ》上がった火柱によって一瞬で雪が消滅《しょうめつ》した。それを見た氷の魔人はすぐさま撤退《てったい》した、と……間違いありませんね？」

「はい、確かです。カヅチさま」

そう言って一歩前に出たのは、カイセルだった。

頬《ほお》に湿布《しっぷ》薬を貼《は》り、腕には包帯も巻いている。腹部に負った傷の具合は鎧《よろい》のせいでわからないが、決して軽くはないだろう。カイセルが負傷した様を見たのは七年ぶりだ。

そんなカイセルも、全身を包帯で覆ったホムラを一瞥《いちべつ》した。

「なんだ？」

喧嘩腰《けんかごし》に睨《にら》みつけるホムラに、カイセルの眉間《みけん》に深いしわが寄った。

「ガレルの街を覆った雪を一瞬にして消し去ったのは、闘騎隊の隊長殿《どの》が保護した娘《むすめ》であったと伺《うかが》っております。また氷の魔人もどのような手段で結界の中へ侵入《しんにゅう》したかは未《いま》だ調査中です」

「あいつを疑ってんのか？　今回の一件は、彼女も被害者《ひがいしゃ》だぞ」

カイセルがホムラの主張を鼻で笑った。

「ハッ、ただの小娘が魔人の氷を一瞬で消し去れるわけがないだろう」

「何が言いてぇんだ？」

「保護した娘は、一体何者だ？」

不機嫌《ふきげん》な様子を隠《かく》そうともしないホムラに、カイセルが焦《じ》れたように声を荒《あら》げる。

「あの魔人の放った氷をいとも容易《たやす》く消し去るなど、普通《ふつう》ではないと言っているんだ。あの小娘が放った炎も、強い魔力を感じた。おまけに神殿に保護される前の身元も定《さだ》かではない。魔人と通じている可能性もあるのではないか？」

「カイセルっ……」

「彼女に関しては私から身元の保証を致《いた》しましょう。彼女の身の潔白は事実です。先ほどあなたが言ったように少々事情が特殊《とくしゅ》ゆえ、公《おおやけ》にはできずにいるのです。そこはお察しいただけると助かります」

険悪な雰囲気《ふんいき》になりかけた二人の間に、カヅチがすぐさま口を挟《はさ》んだ。

カイセルはカヅチとホムラをしばらく見据《みす》えると、そっと身を引いた。

「では、街の被害について報告します。死傷者数はおよそ三百余名……瓦礫の撤去《てっきょ》等が進む中で、今後も増えるものと思われます」

「現在、翼騎隊が都市の外へ出て結界の確認《かくにん》を行っております。今のところ、異常はないとのことです」

　カイセルの部下である炎鳥人《ハルピュイア》の女性が報告する。

「潜騎隊の者たちにも地中から異常を確認してもらいましたが、外部から侵入の形跡《けいせき》はなかったとのことです。塞騎隊は魔獣《まじゅう》による強襲を警戒《けいかい》し、各防衛拠点《きょてん》にて待機しております」

「そうですか……」

　カヅチは重々しく頷《うなず》く。今回の襲撃も十年前同様、兆候さえ摑《つか》めなかった。皆《みな》、口には出さないが兵士たちの間でも不安を抱《かか》えている者は多いだろう。

「翼騎隊の皆さんは人命救助と、警邏《けいら》任務を続行してください。神殿からも人を出しましょう」

「恐《おそ》れ入ります」

　カイセルとその部下たちは敬礼とともに、部屋を辞す。その際、カイセルが一瞬だけホムラを睨んだ。ホムラもカイセルを睨みつけている。

「……あなたたちは本当に仲が悪いですね」

　カイセルたちが退出するなり、カヅチが頭を抱えた。二人の衝突《しょうとつ》は幼い頃《ころ》から見慣れていたが、成人してからはより顕著《けんちょ》になったとカヅチは感じている。

「仕方ありませんよ、神官長さま。お二人は幼い頃からの、言わば好敵手なのですから」

「ジル、無駄口《むだぐち》叩《たた》くなよ。あいつとは好敵手なんかじゃない。ただの腐《くさ》れ縁《えん》だ」

ホムラは脇《わき》に控《ひか》える副官の青年を睨みつける。ジルは涼《すず》しい顔で微笑《ほほえ》むだけだった。

柔和《にゅうわ》な面差《おもざ》しの青年はその青い瞳《ひとみ》をカヅチに向ける。

「それで、例のお嬢《じょう》さんのご様子は？」

「外傷は大したことないそうです。検査でも問題ありません。しかし……問題は心理的な面でしょう。念のため、今はフレイが傍にいます」

カヅチは椅子《いす》の背もたれに身を沈《しず》めると、ため息交じりに呟《つぶや》いた。

「しかし、昨日の襲撃で氷の魔人にアスカさんの存在が認知された可能性があります。ホムラ、彼女の周りに護衛としてあなたの部下を配置したいのですが……」

「構わねぇよ。人選は俺がしていいか？」

「ええ、お願いします」

ホムラが即座《そくざ》に応じ、カヅチも了承《りょうしょう》した。

「しかし、此度《こたび》もまた敵の侵入に気づくことができませんでした。十年前と同じです。結界の強度に綻《ほころ》びはありませんし、魔人たちの方が一枚も二枚も上手だと認めざるを得ませんね」

「ニビを筆頭に、魔人の動向には探《さぐ》りを入れていますが……現状、相手の動向は未だ摑《つか》めぬままです。こちらとしては現状、常に警戒態勢を厳にするしか取れる手段がありません」

唸《うな》るカヅチに、ジルも思案気に呟いた。ジルの視線がホムラに向く。

「あとはホムラさまの怪我《けが》です」

「舐《な》めときゃ治る」

「その程度の傷ではありませんし、話でもありません」

ジルは唇《くちびる》を尖《とが》らせたホムラにあっさり切り返す。そのまま呆《あき》れているカヅチに向き直った。

「ホムラさまの肉体強化魔法はフェルノ国でも随一《ずいいち》。そんな方の全身を、こんなにも傷だらけにするなど……アスカ殿の能力は非常に危険です」

ジルが声を低め、ホムラが鋭《するど》い視線で彼を睨んだ。

「ジル……お前、何が言いたい？」

ホムラ、とカヅチが殺気立つ彼を宥《なだ》め、窺《うかが》うようにジルを見やる。

「彼女の力の暴走……これは能力訓練をした上でどこまで制御《せいぎょ》できるのか、その経過を観察してからでも遅《おそ》くはないでしょう？」

「できれば早急に実施《じっし》したいところです」

カヅチとホムラもその点では意見が一致《いっち》している。

アスカの能力は未知数な面が多く、本人も持て余している状況《じょうきょう》だ。

それでは今回のような襲撃を受けた際、自身の安全を確保することが難しくなる。

「俺がアスカの傍にいる。魔人があいつを狙《ねら》うかもしれねぇってんなら、また襲《おそ》ってくる可能性が高い」

「ホムラ、あなたの怪我も決して軽いわけでは……」

「自分も補佐《ほさ》につきます」

ジルがカヅチの言葉を遮《さえぎ》った。カヅチは意外に思ってジルをまじまじと見つめる。

「こういうときのホムラさまは意地でも曲げませんので、我々《われわれ》が補佐して差し上げれば問題ないでしょう」

ジルは微笑みながら、心得た様子で頷いた。途《と》端《たん》に、ホムラが拗《す》ねたように顔を歪《ゆが》ませる。

「おい、俺を問題児扱《あつか》いするな」

「ジル、ホムラを頼《たの》みます」

ホムラの主張を無視し、カヅチもそっと頷いたのだった。


額に乗った手のぬくもりに、意識が浮上《ふじょう》する。

目を開けると、こちらを見下ろす女性と目が合った。

「アスカちゃん！」

「きゅっ、きゅっ！」

心配した様子で覗《のぞ》き込んでくるフレイとヒマリに、アスカはそっと頷いて応《こた》えた。

ここは……病室だろうか。

フレイの手を借りて体を起こす。両手には包帯が巻かれていた。

アスカは表情を強張《こわば》らせる。

そうだ、私……雪の下敷《したじ》きになって――。

「大丈夫《だいじょうぶ》、ここは病院よ。ここは安全だから、心配いらないわ」

震《ふる》え出すアスカに、フレイがしきりに声をかけてきた。

部屋の扉《とびら》が開いた。フレイが振《ふ》り返ると、ホムラが立っていた。

アスカの様子を見るなり、その表情が陰《かげ》る。

「少し、席を外してくれ」

ホムラの言葉に、フレイはヒマリを抱え上げて部屋を辞す。

「何かあったらすぐに呼んでください」

「おう」

短い会話を交《か》わした後、背後の扉が閉められた。

ホムラは大股《おおまた》でアスカの傍《そば》に歩み寄ると、ベッドに腰《こし》かけた。

彼の全身には包帯が巻かれている。アスカの胸がずきりと痛んだ。

「よっ、その……気分はどうだ？」

どこか気まずそうな口調でホムラが尋《たず》ねてくる。アスカは硬《かた》い表情のままうつむいた。

ホムラは優《やさ》しい。

自分の方がずっとひどい怪我をしているのに、こうしてアスカの身を案じてくれている。

アスカは包帯の巻かれた自分の両手を見下ろし、震える唇を開いた。

「……だい、じょぶ」

途切《とぎ》れ途切れに呟くアスカに、ホムラは軽く息をついた。

「どう見ても……大丈夫じゃねぇだろ」

ホムラはアスカの頭に手を乗せる。アスカの目が、ホムラに向けられた。

「……無理すんなよ。俺も肝《きも》が冷えたくらいだからな」

アスカは目を見開く。ホムラの表情を見る限り、嘘《うそ》ではなさそうだ。

「ホムラも、怖《こわ》かったの……？」

炎の獅子《しし》に変身して、魔人や魔獣たちに臆《おく》することなく突《つ》っ込んでいく彼でも「怖い」と思うことがあるのだろうか。

「当たり前だろ。自分の友人知人が死んじまったかもしれねぇ状況で、不安にならねぇ方がおかしい」

ホムラの手がアスカの頭から離《はな》れ、ぽすんっとシーツの上に力なく落ちた。

「十年前、親父《おやじ》が死んだときを思い出したんだ」

ホムラがアスカから視線を外し、天井《てんじょう》を仰《あお》ぎ見る。アスカはその横顔をじっと見つめた。

「何も、できなかった。今回の襲撃《しゅうげき》だって、俺は魔人の襲撃を未然に防ぐことができなかった。また、フェルノの民《たみ》を、みんなを不安にさせた……ははは、大将だってのに情けねぇな」

「そんなことはないっ！」

アスカはホムラの右手を握《にぎ》った。なぜだか、そうしなければホムラが目の前から消えていなくなってしまう気がしたからだ。

ホムラはアスカに振り向き、少し驚《おどろ》いた様子だった。

「ありがとな」

ホムラは表情を和《やわ》らげるとアスカの左手を握り返してくれた。

彼の浮《う》かべた笑《え》みが、アスカにはひどく痛々しいものに映った。

ホムラの「ありがとう」に、どうしてこれほど酷《ひど》く胸が痛むのだろうか。

アスカは自分の抱《いだ》いた感情に戸惑《とまど》った。

「俺はさ、フェルノ国の強さが誇《ほこ》らしかった。アルファトリアの防衛を一手に担《にな》い、色んな国に出向いて魔獣討伐《まじゅうとうばつ》を成し遂《と》げてきた。そんなフェルノに、カトレナやイノアは十分な支援《しえん》を欠かさず行ってくれた。だからこそ、フェルノの繁栄《はんえい》はこの世界に秩序《ちつじょ》をもたらすとまで言われていたんだ……」

ホムラは虚空《こくう》を眺《なが》めながら、昔を懐《なつ》かしむように呟いた。

「そんな国が、目の前で踏《ふ》みにじられるなんて、我慢《がまん》ならねぇ。昨日まで笑っていた連中が、翌日には冷たくなって戻《もど》ってくるなんざ許せねぇよ。そして、そんな状況に何もできない俺自身が、一番情けねぇ」

「ホムラ……」

「だから俺は、戦わなきゃなんねぇ。また、昔のように皆《みんな》に顔を上げてほしいんだ。しっかり胸を張って、前を向いて……親父を始め、歴代のフェルノ王がそういう国を作ってきたように、また以前のフェルノの姿に戻ってほしい」

そのためなら、命だって惜《お》しくない。

ホムラはまるで自分に言い聞かせるように呟いた。

「ダメだよ！」

アスカは思わず大声で叫《さけ》んだ。唇を噛《か》み締《し》め、必死に涙《なみだ》をこらえる。

ホムラも弾《はじ》かれたようにアスカを見た。

「なんでそう簡単に命を投げ出すなんて言えるの？　そうやって自分で全部抱《かか》え込んで、自分ひとりで結論付けて……それで本当にホムラが命を落とすようなことになったら、残されたみんながどう思うか考えたことはあるの？　本当にそれでみんなが顔を上げられるって本気で思う？　胸を張れるの？」

アスカは目じりに涙をためたまま、ホムラを真っ直《す》ぐ見つめた。

「ホムラが守りたいって思うフェルノに、どうしてホムラ自身は含《ふく》まれていないの？」

「っ……」

アスカの言葉にホムラは息を呑《の》んだ。

「私はホムラと違《ちが》って……弱いから。元いた世界で黒い人物と遭遇《そうぐう》したときも、爆発《ばくはつ》が起きたときも、自分の身すら守れなかった。もう、色んな後悔《こうかい》がたくさん思い浮かんだよ」

ぽつりとアスカは呟《つぶや》く。ホムラは無言のまま静かに頷《うなず》いた。

「お母さんやお父さんへの感謝だって、色々やってあげればよかったって……おばあちゃんのことだって、そう。私まで死んじゃって、きっとすごく悲しんでいる。悲しんでいるだけじゃない。孫が自分に会いに来る途中《とちゅう》で死んだんだって知ったら……おばあちゃん、絶対に自分を責めるもの！　それでおばあちゃんまでショックを受けて寝込《ねこ》んだりしたらって思うと、もう気が気じゃないよ！」

　ホムラの右手を握る手に自然と力がこもる。

「私……こんなところで何してるんだろうっていつも思うよ。争いの起こらないあっちの世界で、私は十分幸せに暮らしていたんだからっ！　できることなら、今すぐにでも家族のもとへ帰りたいよ！」

　堰《せき》を切ったように、自分の気持ちが口から滑《すべ》り落ちる。

「だいたい、なんで人が獣《けもの》になったり、魔法が飛び交《か》ったりしてるわけ？　おまけに魔獣討伐が日常茶《さ》飯事《はんじ》なんて、絶対おかしいでしょ！　こんな戦いばっかりの世界にいきなり放《ほう》り出されて、私……これからどうやって生きて行けばいいのっ！」

　視界が滲《にじ》んで、ぽたぽたと雫《しずく》がシーツにシミを作っていった。泣いてはいけない、とアスカは右腕《みぎうで》を持ち上げた。アスカが目を腕でこするよりも先に、ホムラの指先がアスカの目元を撫《な》でた。驚いたアスカは弾かれるようにしてホムラを見つめる。

「アスカの生まれ育った場所は……ここよりずっと平和だったんだな」

　ホムラは親指の腹でアスカの涙を丁寧《ていねい》に拭《ぬぐ》った。

「そりゃ、元の世界が恋《こい》しくなるのも当たり前だな」

　切なげにこちらを見つめるホムラに、アスカは罪悪感から頭を下げた。

「私……ごめ――」

「謝るのはなしだ。アスカは何も悪くねぇだろ」

ホムラは白い歯を見せて笑った。

「俺、母親は小せぇときにもう死んでいたから。親父との思い出しかねぇんだけどさ。やっぱ、寂《さび》しかったんだろうな。必死に親父の気を引こうとしてさ。馬鹿《ばか》ばっかやってた。城を抜《ぬ》け出して、近所の悪ガキと一緒《いっしょ》になって遊んだり、溶岩《ようがん》の中に飛び込んで泳ぎ回ったり……」

「え……泳いだの？　溶岩の中を？」

アスカは頬《ほお》を引きつらせながら呆《あき》れた。ホムラの頑丈《がんじょう》さは子どもの頃《ころ》から健在のようだ。

「アスカもやってみるか？　たぶん、身体強化の魔法さえ習得すりゃ、アスカもすぐにできるぞ？」

「一応聞くけど……身体強化の魔法って、どうやって習得するの？」

警戒《けいかい》するアスカに、ホムラは軽い調子で答えた。

「炎《ほのお》の中に腕突《つ》っ込んどけば、自然と体が馴染《なじ》んでいくもんだな」

「大雑把《おおざっぱ》すぎるでしょっ！　火傷《やけど》するじゃないっ！」

「いけるいける。炎が熱く感じ無くなればあっという間だ」

「それ、単に痛覚が麻痺《まひ》しているだけじゃないの!?」

「そもそも炎が出せるんだから、熱さに強いのは自然なことだろ？」

無理だと首を横に振るアスカに、大丈夫《だいじょうぶ》だとホムラが宥《なだ》める。

そんなアスカとホムラの応酬《おうしゅう》がしばらく続いた。

言い合っているうちに、互《たが》いの顔を見合わせる。ホムラがたまらず笑い出した。

「うっし、アスカも元気出たみたいだな。そんだけ文句言えりゃ、上等だ」

ホムラの言葉に、アスカは目を見開いた。

「ホムラ……わざと——」

「しんみりすんのはガラじゃねぇんだ。それに、励《はげ》ますつもりが、俺の方が励まされてんじゃ世話ねぇしよ」

ホムラはこつんとアスカの額に己《おのれ》の額を合わせた。ホムラの吐息《といき》が唇《くちびる》に触《ふ》れる。

アスカは自分の顔に熱が集まるのを感じた。

「あ、あの……ホムラ、近い、から……もう、少し離れて……」

赤面して目を泳がせているアスカに、ホムラは笑った。

「泣いたり、怒《おこ》ったり、慌《あわ》てたり……お前、忙《いそが》しいな」

「全部ホムラのせいでしょうがっ！」

アスカの叫びに、ホムラは不敵に笑ってみせた。左手でアスカの頭を撫で回す。

「そうかそうか……そりゃ悪かったな」

まったく悪びれた様子がない。

アスカが唇を尖《とが》らせ、不満そうな顔をする。

「アスカ、ここからは大事な話だ」

ホムラはアスカの頭から手を下ろすと、彼女を真剣《しんけん》な面持《おもも》ちで見つめた。

「明日《あした》からお前の能力訓練をやっていこうと思う」

ホムラの言葉に、アスカも彼を真っ直《す》ぐ見つめた。

「いきなり知らない場所に放り出されて、不安や怖《こえ》ぇ思いをしているのは理解している。どうしても元の世界に帰りたいっつうことなら、その方法を探すのも手伝う。だが、元の世界へ戻るにしろ、しばらくはこの世界で生活していかなきゃなんねぇ。なら、身を守る術《すべ》は会得《えとく》するべきだ」

アルファトリアにいる限り、魔獣や魔人の襲撃《しゅうげき》はどこにいても遭遇するだろう。

何もできずに死ぬようなことは、アスカとしても勘弁《かんべん》だ。

「ありがとう、ホムラ」

アスカはホムラの気遣《きづか》いに笑顔《えがお》を向けて頷いた。右手で、己の胸を押さえる。確かに脈打つ心臓がそこにはあった。

「自分の命を守るためだものね。どこまでできるかわからないけど、やってみたいと思う」

ホムラに救われた命だ。無駄《むだ》になどできない。

「ちゃんと自分で立てるように努力するよ。怖《こわ》いけど、泣いているだけじゃ状況《じょうきょう》は変わらないもの」

アスカは精一杯《せいいっぱい》の笑顔で、ホムラに頷いた。

「私も、ホムラみたいにがんばるよ。ちゃんとこの国のいいところも知りたいから！」

「アスカならやれるさ」

ホムラの表情が柔《やわ》らかくなった。おそらくこれが彼の素《す》の表情なのだろう。

初めて目にしたホムラの穏《おだ》やかな笑顔に、アスカはしばし我《われ》を忘れて見入った。

ホムラに握《にぎ》られた左手が心なしか熱い。

「お前は弱くねぇ。俺は今、お前の『強さ』に触れたからな」

「えっ……どういう意味？」

アスカは首を傾《かし》げた。

ホムラはアスカの疑問には答えず、彼女の手を少しばかり強く握ったのだった。


ホムラは神殿《しんでん》の正門をくぐり、長い石の回廊《かいろう》を進む。

アスカの部屋を辞した後、ホムラはそのまま神殿へ足を向けた。

さすがに夜も遅《おそ》い時刻だ。神殿もこの時間帯に人の行き来はない。

静寂《せいじゃく》に包まれた神殿の石廊下に、ホムラの足音だけがこだまする。

やがて見えてきた曲がり角を右へ折れると、カヅチの執務《しつむ》室に着いた。

「カヅチ、入るぞ」

ホムラが扉《とびら》をノックすると、部屋の主《あるじ》の返事を待たぬまま中へ入っていく。

「ああ……ホムラですか」

「……お前、ちゃんとあの後寝たのか？」

目の下に隈《くま》を作ったカヅチを前に、ホムラは呆れた。

「……」

沈黙《ちんもく》は雄弁《ゆうべん》だ。スッと視線を外したカヅチに、ホムラはため息をついた。

今の彼をフレイが見たら、問答無用で病室へ放り込むだろう。

「カイセルが押し掛《か》けでもしたか？」

「おや、会いましたか？」

「本当に来てたのかよ……。いや、会ってねぇよ。ただ、アスカを街へ連れ出した時から、監《かん》視《し》を付けているようだったからな」

ホムラの言葉に、カヅチは得心した様子で頷《うなず》いた。

「それで、アスカさんのその後のご様子は？」

「身体面での異常はなさそうだ。心理面も、少し落ち着いたと思う。ただ……今回の魔人《まじん》襲撃を引き金に、自分が死んだ時のことを思い出したみたいだ」

この世界を怖がるアスカを見ると、酷《ひど》く胸が痛んだ。

昔のフェルノ国であれば、もっと状況が違《ちが》ったことだろう。

アスカがあそこまでこの国や人々、世界を恐《おそ》れることはなかったかもしれない。

ホムラはそれを実現できない自分に苛立《いらだ》ちを覚えた。

「今回の一件を受け、アスカさんがより一層不安定にならないとよいのですが……」

カヅチも思案気にため息をついた。ホムラも黙《だま》ったまま唸《うな》る。

「その後、アスカの言っていた黒い人物については何かわかったか？」

ホムラは話題を変えた。

「ホムラがアスカさんを保護した周辺を、人を遣《つか》わせて調べてみました。結果は、特におかしなものはなかったとのことです。雪を掘《ほ》り起こして魔《ま》法陣《ほうじん》の類《たぐい》がないかどうかも見てみましたが、それらしい痕跡《こんせき》はなかったと」

カヅチは静かに首を横に振《ふ》った。

「アスカさんが語った『黒い人物』という存在。彼女のいた世界でもその存在が異質だったことは、彼女の話し方からわかります。ならば……こちらの世界のもの……」

「魔族、か？」

ホムラの言葉に、カヅチは黙った。

断言を避《さ》け、あくまで可能性です、とだけに止《とど》める。

異世界への道を作る術を持つのは、魔王以外では魔族のみである。

始祖王からの伝承で、そう伝わっていた。

その魔族も、フェルノを含《ふく》めた始祖王たちによって滅《ほろ》ぼされ、後は彼らが生み出した残滓《ざんし》たる魔獣や魔人がこの世界に残るばかりだと言われている。

魔人や魔獣に、異世界への道を開くだけの力があるとは思えない。

カヅチは眉間《みけん》のしわを深めた。

「それに魔人たちの侵入《しんにゅう》経路です。我らの結界や探査魔法をすり抜け、どうやって先王を殺《あや》めたのか……」

「世界を超《こ》える技術を持った魔族。そんな奴《やつ》らが生み出した魔人が相手なんだ。異世界に行くことはできずとも、アルファトリアであらゆる場所へ転移することくらいはできるだろう」

ガレル要塞《ようさい》を警邏《けいら》していた兵士たちも、氷の魔人が突如《とつじょ》として何もない空間から中央広場へ現れたと話していた。彼らに結界の類は意味がないと改めて突《つ》きつけられた瞬間《しゅんかん》だった。

「だが、クルスの助言は聞いておいて正解だった」

ホムラの呟《つぶや》きに、カヅチも苦い顔で頷く。

アルファトリアにおいて魔人を除いて、空間と空間を自在に転移する魔法を使えるのはルチアの民《たみ》だけだ。風の民と呼ばれる彼らが編み出した転移魔法は、あらかじめ魔力で目印を付けた場所へ任意に転移できるというものだ。詳《くわ》しい原理まではわからないが、クルスは地図にピンを差し、地点と地点を魔力で繋《つな》げて抜《ぬ》け道を作るようなものだと解説してくれた。

「転移魔法には膨大《ぼうだい》な魔力の波が不可欠。魔人どもはそこに干渉《かんしょう》し、無理やり魔力で自分の通る抜け道をこじ開けている。試《ため》しにガレル要塞の主要な施設《しせつ》の結界をあえて張らずにいたが……氷の魔人は中枢《ちゅうすう》機関ではなく、街の中央広場に現れた。氷の魔人は街全体を覆《おお》う結界に干渉せざるを得なかったということだ。クルスの仮説は正しかった。十年前も、今回も、侵入の際の原理はおそらく同じだろう」

フッとホムラは鼻を鳴らした。

「頭の固いカイセルも、結果が示されれば嫌《いや》でも納得《なっとく》するだろうな」

最後の台詞《せりふ》は完全にカイセルへの皮肉だ。カイセルだけではない。クルスが外部の人間であることを理由に、結界を張らない防衛形態に反対した塞騎隊への皮肉でもある。

「あなたの気持ちもわかりますが、あまりルチアの民に信用を置くものではありません」

カヅチはカイセルや塞騎隊の皆《みな》を擁護《ようご》する。

「ルチアの民は気まぐれで、その飽《あ》き性《しょう》は有名です。国を持たぬゆえ、弱き者に手を差し伸《の》べ、守り育《はぐく》むという概念《がいねん》とは無縁《むえん》の集団なのですから。己《おの》が興味の引く物事をひたすらに追い求めるような集団を、信用しろというのは酷《こく》でしょう」

それもこれも、ルチア王が自分以外のことに無関心なせいだろう。

風のように気まぐれに、この世界を目的もなくひたすら巡《めぐ》る。

かの王と始祖王は仲が悪かったことから、フェルノはあまりルチアの民と交流してこなかったことも弊害《へいがい》としてあるのだろう。

「だが、クルスは違う。まぁ、あいつの場合は飽き性というより、好奇《こうき》心《しん》が強すぎて目に映るものに手あたり次第《しだい》首を突っ込むから移り気な印象を周囲に与《あた》えるだけだ。とはいえ、ルチアの民の知識は本物だ。今回のことで証明されたな」

ホムラの言葉に、カヅチは微妙《びみょう》な表情のままだ。

普《ふ》段《だん》は温和な彼がここまで頑《かたく》なな態度になるのも、フェルノの現状のせいだろう。

だからこそ、ホムラはそれ以上そのことには触《ふ》れなかった。

「不死鳥王の行方《ゆくえ》はどうだ？」

「始祖王の足跡《そくせき》は未《いま》だ途絶《とだ》えたまま……やはり、アスカさんに是《ぜ》が非でも死んだ当時の状況を思い出していただかないと」

頭を抱《かか》えるカヅチを見下ろしたまま、ホムラは目を細めた。

「心当たりなら、あるだろう？」

自分でも驚《おどろ》くほど、ホムラは落ち着いた声で続けた。

「首都ヴェモルティアだ」

カヅチの目が鋭《するど》さを帯びた。彼の双眸《そうぼう》を、ホムラも真っ向から見つめ返す。

「不死鳥王が本当にこのアルファトリアの地に蘇《よみがえ》ったというのなら、その候補として真っ先に思いつくのはそこだろう」

王の間には、不死鳥王フェルノが己の炎《ほのお》で生み出した特別な武器——王器アレイディアがある。かの武器は代々、不死鳥王の遺志を受け継《つ》ぐための人材を王に選んできた。

不死鳥王が蘇ったとするならば、やはりアレイディアを目印として降り立つのではないか。

「カヅチも、その可能性を考えていなかったわけじゃねぇんだろ？」

「不確かな情報で、部下を死地に追いやることはできません」

「なら、俺が直接確かめてくる」

「却下《きゃっか》です！　あなたはご自分の立場をいい加減自覚してください！」

珍《めずら》しく声を荒《あら》げるカヅチに、ホムラは僅《わず》かに眉間のしわを寄せた。

「お前こそ、今の状況《じょうきょう》を見ろよ。こうしている間も、フェルノの地は氷に閉《と》ざされようとしている。ガレル要塞を含めた各都市への魔獣《まじゅう》の襲来《しゅうらい》も、今回はなんとか防いだものの、甚大《じんだい》な被《ひ》害《がい》を受けたことに変わりはねぇ」

このままでは数か月……いや、数日後にはフェルノの民が全滅《ぜんめつ》してしまうかもしれない。

それだけは何としてでも防がなくてはならない。

「俺たちの炎が吹《ふ》き消されるなど、絶対にあってはならない。俺たちはアルファトリアの剣《けん》であり、盾《たて》。アルファトリアの命を守る、誇《ほこ》り高き一族だ！」

ホムラは身を乗り出した。

「カヅチ、首都ヴェモルティアへ俺を行かせてくれ」

ホムラの申し出に、カヅチが顔を顰《しか》めた。

「あくまでも闘騎隊の隊長として、冷静にその判断を下したと言うのですね？」

「ああ……」

ホムラは頷いた後、ふと表情を曇《くも》らせた。

「カヅチ、俺はこの国が好きなんだよ。だから、昔みたいなフェルノに戻《もど》ってほしい。アスカやクルスにもいい国だろって胸張って言えるような、強く揺《ゆ》るぎない国であってほしいんだ」

「それは、あなたの本心なのですか？」

カヅチの静かな声音《こわね》が、諭《さと》すように問いかける。

「ホムラ、私にはあなたが自ら進んで死地へ赴《おもむ》こうとしているように見えます」

拳《こぶし》を固め、苦しそうに歪《ゆが》んだホムラの表情を前に、カヅチは続けた。

「先王であるあなたの父君が、今のあなたを見たなら……私と同じことを言ったことでしょう。ホムラ、人の上に立つ者はいかなる理由があっても、己を軽《かろ》んじるような行動は慎《つつし》まねばなりません。王亡《な》きフェルノの民たちの心の支えとなっているのは、ホムラ……あなたの存在が大きいのです。いい加減、自覚なさい」

「……俺は、王じゃねぇ」

「国を支えるのは、何も王の存在だけではありません。今、あなたが無闇《むやみ》に血を流すことになれば、フェルノの民の結束は揺らいでしまう。あなたが今までしてきた努力を、私たちはずっと傍《そば》で見てきました。お願いですから、冷静になってください」

カヅチの言葉に、ホムラはしばし沈黙《ちんもく》する。

「おう……カヅチも、ジルも、フェルノの民全員が苦しい中、俺についてきてくれた。お前らはいつだって、俺を最優先に守ってくれていた」

ホムラは己の右手に視線を落とした。そのまま、ぽつりとこぼす。

「だからこそ、俺は自分が許せなかった」

親父《おやじ》が殺された時、もう少し早く駆《か》けつけていれば……。

その後悔《こうかい》は今なお、ホムラを苦しめる。

七年前、氷の魔人を倒《たお》していれば、フェルノの民をこんな状況に追いやることもなかった。

王を死なせた奴が、次の王だなんて笑わせる……。

「俺は、王を守れなかった。民を苦しめた代償《だいしょう》を、俺は払《はら》わなきゃならねぇ」

ホムラは見つめていた手のひらを握《にぎ》りしめる。


――ホムラが守りたいって思うフェルノに、どうしてホムラ自身は含まれていないの？

病室で聞いたアスカの声が囁《ささや》いた。涙《なみだ》に濡《ぬ》れながらも、真っ直《す》ぐな目がホムラを射貫《いぬ》く。今までの怯《おび》えた様子から一転、その強い眼差《まなざ》しから目が離《はな》せなかった。

ホムラは握りしめた拳を見つめる。すると、アスカに握られたときのようなぬくもりがそこから伝わってきた。そんな気がした。

「今でもその後悔は消えてなくならねぇし、正直、カヅチの指摘《してき》は間違《まちが》いじゃねぇ。俺はそうすることがこの国のためだって言い訳して、自分が楽になる選択《せんたく》ばかりしていたんだ」

握りしめた拳を、カヅチの鼻先へ突きつける。

「カヅチ、俺はフェルノの民を守る。親父がそうしたように、俺はフェルノの盾として、民たちの前に立つ必要がある。そして、民たちが進む道を示す剣でなければならない。だから俺は、決して折れてはいけないんだ」

たとえ王として皆の前に立てなくとも、それくらいのことは今のホムラでもできる。

「カヅチ、俺は不死鳥王フェルノに誓《ちか》い、宣言する。俺は『死ぬ』という選択肢《せんたくし》を捨てる。首都へ進軍し、必ず生きて魔人の弱点や不死鳥王の存在を確かめ、フェルノ国を取り戻すまで戦い続ける。折れぬ剣、砕《くだ》けぬ盾として、民と共にあり、国とともに歩み続ける」

ホムラはそこまで言って、穏《おだ》やかに笑った。

「だから、戦況《せんきょう》が芳《かんば》しくなけりゃ、ちゃんと逃《に》げるからよ。俺のことも、少しは信用してくれ」

そう言って無邪気《むじゃき》に笑ったホムラの顔を、カヅチは信じられないと言わんばかりに見つめてきた。自分が、生きるために「逃げる」とまで言ったのが、余程意外だったのだろうか。

「一体……どういう心境の変化ですか？」

驚きを隠《かく》しきれない様子で、カヅチが思わず呟《つぶや》いた。

「どうもこうもねぇよ。王がいない今、俺たち闘騎隊が動かなきゃ何も始まらねぇってだけだ」

カヅチの言いように、ホムラはどこかばつの悪そうな顔で反論する。

「だからカヅチ、アスカの件に関しては引き続きそっちで調査を頼《たの》む。アスカにとっても、自分の立場がいつまでも宙ぶらりんじゃ落ち着かねぇだろう」

ホムラの指示に、カヅチはしっかりと頷《うなず》いた。

「ヴェモルティアへの途中《とちゅう》にギリル要塞《ようさい》がありますね」

カヅチの視線が、机上《きじょう》に広げられた地図に向く。

「その奪還《だっかん》を以《もっ》て、首都進軍を許可することとします」

顔を上げたカヅチが微笑《びしょう》とともに、ホムラの肩《かた》に手を置いた。

「いいですね、ちゃんと戻ってきてください。無傷で、とは言いません。とりあえず、肉体の八割が無事ならよしとします。嫌《いや》だとあなたが主張しても、私が全力で生かしますから」

「お前……俺の決意、ちゃんと聞いてたか？　全然、信用してねぇじゃんか」

「ちゃんと信用していますよ。あなたの実力を疑ったことはありませんし、先程《さきほど》の言葉も本心であることはわかりました。ただ、あなたは誰《だれ》かのために無茶《むちゃ》しがちなんです。ニビ辺りを常に傍に置いておきましょう」

　カヅチの言いように、ホムラは乱暴に頭を掻《か》いた。

「ったく……お前にゃ敵《かな》わねぇな」

「当たり前ですよ。私の方が若造のあなたより、何百歳長命《うえ》だと思っているんです？」

　カヅチがそっと柔《やわ》らかい表情を浮《う》かべた。

「教育係として、あなたの成長をとても喜ばしく思います。私は、あなたならよい王になると思いますよ」

「……編制を考える。邪魔《じゃま》したな」

　ホムラはどこか困ったように笑い、部屋を出ていった。

　カヅチは立ち上がると、窓辺に歩み寄る。そこからはガレルの街並みを一望できた。

「先王よ、どうぞ私の不忠義をお許しください。けれど、ホムラは十年前に比べて見違えるほど強くなりました。そして偉大《いだい》なる不死鳥王……どうぞ、ホムラにご加護をお与《あた》えください」

　カヅチが祈《いの》るように両目を閉じた。

「せめて、彼の無事の帰還《きかん》を」

神殿《しんでん》の執務《しつむ》室で一人、カヅチは小さく呟いたのだった。

「アスカー、もうちょい早く走れーっ！　当たるぞーっ！」

イナビが助言とともに指先を頭上へ翳《かざ》す。すると魔《ま》法陣《ほうじん》が虚空《こくう》に展開し、そこから人の頭ほどの大きさの火炎《かえん》球が噴石《ふんせき》のように襲《おそ》い掛《か》かった。

「ひぇっ!?」

アスカは岩の間を縫《ぬ》いながら、飛んでくる火炎球を避《よ》ける。

際《きわ》どいものは、障害物を盾にすることで難を逃《のが》れた。

氷の魔人による要塞都市ガレル襲撃《しゅうげき》事件から一週間が過ぎた。

アスカはホムラからの提案を受け入れ、能力訓練に励《はげ》んでいる。

能力を自在に操《あやつ》る術《すべ》を身につければ、生存率が格段に向上する。

そのため、ホムラがまずアスカに与えた課題は「とにかく逃げる」だった。

「アスカちゃん、ほら炎《ほのお》！　炎出して！」

「きゅっきゅっ！」

外野でアスカの訓練を見守っていたフレイが叫《さけ》び、ヒマリが応援《おうえん》するように鳴いた。

アスカは手のひらを前に突《つ》き出し、意識を集中する。イメージするのは、炎の壁《かべ》だ。

手のひら全体が熱を帯び、次の瞬間《しゅんかん》には黄金の炎が迫《せま》りくる火炎球を呑《の》み込んだ。

「やった！」

アスカは安堵《あんど》した。その途端、膨《ふく》れ上がる炎が手の中で弾《はじ》けた。

その威力《いりょく》に、アスカの身体《からだ》が大きく後方へ吹っ飛ばされる。

「痛っ……」

「だ、大丈夫《だいじょうぶ》か？」

岩に頭をぶつけ、アスカはうずくまった。アスカの傍へ、イナビたちが慌《あわ》てて駆け寄る。

「……ちょっとコブになっているけれど、大丈夫そうね」

アスカの頭を撫《な》でながら、フレイが素早《すばや》くチェックしている。痛みで涙目になったアスカの顔に、ヒマリが飛びついてきた。今度は危《あや》うく窒息《ちっそく》しかける。

「うーん、やっぱ炎の制御《せいぎょ》が難しいかぁ」

アスカの能力訓練の監督《かんとく》を任されたイナビがつるりと頭を撫でた。

イナビは闘騎隊の中で最も炎魔法の扱《あつか》いに長《た》けている。教え方もわかりやすく、不器用なアスカを根気よく指導してくれていた。

最初のお題で指先に小さな炎を出してみろと言われた時も、炎を爆発《ばくはつ》させたアスカを見て即《そく》座《ざ》に訓練内容を見直してくれた。ホムラが言うように、イナビは要領がいいのかもしれない。

「回避《かいひ》に関してはかなり上達したよ。今度は敵の動きをちゃんと見ながら避けて、反撃《はんげき》するっていうのをやってみよう」

「は、反撃……？」

「あー、うん。相手の意表をつくために、威嚇《いかく》目的で行う攻撃《こうげき》ね。相手を傷つけるのが主目的じゃないから」

苦い顔になったアスカに、イナビが即座に言葉を添《そ》えた。

こちらの意を汲《く》みつつ、必要な技術を教える。それがイナビのやり方らしい。

「あとは炎の制御訓練だけど……指先に小さい炎を灯《とも》すのは毎日やってる？」

アスカは頷き、ヒマリを頭に乗せると人差し指を立てる。その爪《つめ》の先に、蠟燭《ろうそく》の火のような炎が燃え上がった。

「きゅっきゅっ！」

ヒマリがはしゃいだ鳴き声を上げて、アスカの炎に向けて前足を伸《の》ばしている。

「おっ、それはちゃんとできるようになったんだね」

「昨日、ようやく……」

喜ぶイナビの横で、アスカは遠い目をする。

「いやいや、大きな進歩だよ」

微妙《びみょう》な顔のアスカに、イナビは人差し指を立てて同じように小さな火を灯した。

「まずは魔力を抑えることを覚えて、そこから徐々《じょじょ》に火力を増していけばいいんだ。何事も、抑えるっていうのは難しい。それができたら、今度は炎を少しずつ大きくしていく感覚でやってみて」

そう言って、イナビの指先の炎が二回りほど大きくなった。

アスカもじっと自分の爪の先の炎を睨《にら》みつけながら徐々に炎を大きくし——爆《は》ぜた。

「……すみません」

「うん、練習あるのみだね」

もろにアスカの炎の爆発を受けたイナビが、自分に回復魔法をかけながら苦笑《くしょう》した。彼が自《じ》慢《まん》しているピカピカの鱗《うろこ》が訓練のたびに煤《すす》で汚《よご》れるのを、アスカは心苦しい思いで見つめる。

「お、励んでいるな！」

ホムラとジル、ニビが訓練場に入ってきた。

「会議お疲《つか》れ様でした。アスカ、だいぶいい感じになりましたよ」

イナビは立ち上がると、アスカを目で示す。

「回避行動は目に見えて上達しましたし、炎の制御も毎日課題をやらせてみて効果が出てきました。いきなり膨大《ぼうだい》な魔力を使って炎を出すことはまだ無理ですけど、まったく制御不能なわけじゃない。素質はあると思います」

イナビの評価に、アスカは感激のあまり思わず両手を合わせて彼の背を拝む。

訓練の監督がイナビで本当によかった。アスカはつくづくそう思う。

最初こそ基礎《きそ》体力作りだけだったが、こうして回避行動もできるようになった。やはり訓練の成果が目に見えてくると嬉《うれ》しいものだ。

アスカは自分の手を見下ろし、気合を入れるように静かに拳《こぶし》を握《にぎ》りしめる。

そんなアスカを眺《なが》めていたホムラが思わず笑《え》みをこぼした。

「そうか、それならよかった」

「いいなぁ……イナビばっか。俺もアスカちゃんと一緒《いっしょ》に訓練したいぃ～」

ニビが笑顔とともにアスカへ手を振ってきた。とりあえず、アスカも手を振り返して応《こた》える。

するとニビは物凄《ものすご》く嬉しそうに耳をピンッと立てた。

「そんなに訓練をしたいのなら、私がご一緒致《いっしょいた》しましょう。期待は裏切りません。有意義な訓練項目《こうもく》を提供できる自信がございますよ」

ニビの肩《かた》に手を置いたジルが朗《ほが》らかな笑顔で提案する。

彼の言葉に、ニビだけでなくホムラとイナビまでも顔を真っ青に染めた。

「いえいえ、そんな副隊長の手を煩《わずら》わせるほどではありません！」

「おやおや、遠慮《えんりょ》はいりません。存分に飛び込んできてください。受け止める自信はあります」

「確実にこっちの息の根が止まるじゃないですか！」

ニビが全身でジルの提案を断っている。

アスカにはそれが不思議で仕方なかった。

ジルとは以前に自己紹介《しょうかい》して、挨拶《あいさつ》をかわす程度しか交流がない。

だが、アスカのジルへの印象は好ましいものだった。

容姿も金髪《きんぱつ》に碧眼《へきがん》、白磁の肌《はだ》に神官服を思わせるぴっしりした衣服を纏《まと》っていることも理由ではあるだろう。ただそれがなくとも彼の物腰《ものごし》は落ち着いているし、口調も丁寧《ていねい》だ。ちょっとした気遣《きづか》いも忘れない紳士《しんし》というイメージが、アスカのジルに対する印象である。

「アスカ、この後いいか？」

「えっ？　うん……今日はクルスの授業もお休みだから大丈夫だけど？」

言い合うジルとニビを横目に、ホムラがアスカに声をかけてきた。首を傾《かし》げてホムラを見上げれば、ホムラは自分の腰《こし》のベルトに装着した宝珠《ほうじゅ》を示した。

「昨日話しただろ？　手荷物を収納できる魔法具を買うから、ベレ爺《じい》さんの工房《こうぼう》へ行くぞ」

彼の言葉に、ようやくアスカは思い出す。

フェルノ国では収納魔法のかかった宝珠を持ち歩くことが一般的《いっぱんてき》だ。

それはフェルノ国が戦闘《せんとう》民族であり、誰《だれ》もが戦地で必要な応急処置のための道具類一式を常に身に着ける必要があるからだ。

もちろん、それだけではなく日常生活を送る上でも便利だから、アスカとしても一つくらい持っておこうという話になったのだ。

またこの前のような魔人の襲撃があるかもしれない。

身一つで逃《に》げるにしても、必要な道具類は常に身に着けておいた方がいい。

「うん！　作っているところとか見たい！」

「さすがにそれは見せてくれねぇと思うぞ。ベレ爺さん、職人気質《かたぎ》だからな」

なんだ、見られないのか。

魔法の道具を作っているところなど、なかなか見られるものではない。

「ジル、会議での決定内容を隊員たちへ通達しておけ。ニビ、イナビは部隊に戻《もど》ってすぐに準備にかかってくれ」

　ホムラはジルたちにそれぞれ指示を出すと、アスカを連れて訓練場を後にした。後ろでニビの非難が聞こえた気がしたが、ホムラは何事もない様子でアスカの隣《となり》を歩いている。

　ベレの工房は訓練場を出て少し歩いたところにあった。

　火山灰を混ぜて生成されたというコンクリートで覆《おお》われた道を進むと、大きな武器工房が見えてくる。その脇《わき》に小ぢんまりと店を構えているのがベレの雑貨工房だと言う。

「フェルノは武器屋や工房が多いんだね……」

「きゅっ、きゅっ」

「そりゃな。フェルノは国民に兵役《へいえき》を課している。戦闘民族が武器の扱いもままならないようじゃ、他《ほか》の民族どころか自分の身も守れない」

　そう語ったホムラも、十歳になる頃《ころ》には座学をはじめ、実戦訓練を受けたという。その訓練内容は実に幅広《はばひろ》い。武器の扱いや構造を知るだけでなく、調達方法……それも場合によっては自作する実習まであるというのだから驚《おどろ》きだ。さらには救命・救助訓練、災害対策等土木作業、建築、輸送手段……アスカには途方《とほう》もないように思える教科数だ。

「ま、命預けんだ。当然だよな」

　平然と言ってのける彼に、アスカは苦笑する。

　平和な国で生まれ育った身としては、ホムラたちの国の感覚に慣れるまでもう少し時間がかかりそうだ。

「きゅっきゅっ」

ヒマリの前足がアスカの頬《ほお》を撫でる。アスカはヒマリの頭をそっと撫で返した。

「さ、着いたぞ」

ホムラが店の扉《とびら》を開く。

扉に取り付けられた鈴《すず》が高らかに鳴り、店内で作業をしていた老人が顔を上げた。

「また何の用だ、獅子坊《ししぼう》！」

「爺さん！　いい加減、その獅子坊って呼び方やめてくれよ！」

ホムラが心底嫌《いや》そうに顔を歪《ゆが》めた。

「おっ、来たね。お二人さん」

「あれ、クルスも来ていたの？」

商品棚《だな》の間から顔を覗《のぞ》かせたクルスに、アスカは目を丸くした。

「何だ、クルス……また旅にでも出るのか？」

「いやいや、こんな吹雪《ふぶき》の中飛び出したら遭難《そうなん》するよ」

ホムラの言葉にクルスは苦笑した。

「とはいえ、いつでも逃げ出せる用意はしとこうと思ってね。この前の襲撃《しゅうげき》事件のこともあるし。気を悪くするかもしれないけど、僕は所詮《しょせん》、部外者だ。自分の身が危なくなったら、即刻《そっこく》逃《に》げるからね」

「おう、別にそれでいいぜ」

ホムラがあまりにあっさり言うので、クルスの方が驚いた様子で目を丸くしている。

「お前は籠《かご》の鳥じゃねぇんだから。広い世界を飛び回っている方が似合ってる」

「……まいったね、こりゃ一本取られたよ」

あはは、と愉快《ゆかい》そうに笑うクルス。

「……それで、今日は何の用だ？」

ベレは不機嫌《ふきげん》な様子で鼻を鳴らした。彼がアスカをちらりと見る。

「彼女に何か買ってやるなら、入る店を間違《まちが》えとるぞ」

「いや、間違えてねぇよ。こいつの炎《ほのお》に耐《た》えられる収納魔法具を作って欲しいんだ」

「何だと……？」

ホムラとベレ、クルスの視線を受け、アスカは指先に炎を灯《とも》す。

黄金の炎が灯火として穏《おだ》やかに燃え上がった。

「おぉっ！　以前も見たけど、炎が綺麗《きれい》な黄金だっ！　珍《めずら》しいねっ！」

「クルス、それ以上は近づくなよ」

すぐさま目を輝《かがや》かせてアスカに詰《つ》め寄ろうとしたクルスを、ホムラが肩を掴《つか》んで押し止《とど》める。

「アスカはまだ炎の制御《せいぎょ》がうまくできねぇ。変に刺激《しげき》を与《あた》えると爆発《ばくはつ》する」

「あは、まるで火鼠《ひねずみ》の子みたいだね」

ホムラから事情を聞かされたクルスが可笑《おか》しそうに笑った。

アスカは居たたまれない気持ちで、炎を維持《いじ》することに全神経を集中させる。

「とりあえず、炎を少し貰《もら》うぞ」

爆発すると聞いて、ベレががさごそとカウンターを漁《あさ》り出す。

そこからランタンのようなものを引っ張り出した。

ベレはランタンを作業机に置くと、それを開く。アスカの指先に灯った炎が、ランタンの中へ吸い寄せられていった。次の瞬間《しゅんかん》、軽い破裂《はれつ》音とともにランタンが灯る。

「すごい！　何これ！」

「きゅうっ！」

歓声《かんせい》を上げるアスカの横で、ヒマリもランタンに灯った炎に前足を伸《の》ばしていた。

「これも魔《ま》法具《ほうぐ》の一種だよ。見ての通り、このランタンは魔力を炎の形で発現し、夜道を歩く際に使われるんだ。保存の魔法がかかっているから、数週間くらいなら炎は保存される。ベレさんはこの炎の色から、その性質を見出《みいだ》して様々な魔法具の開発に勤《いそ》しんでいるんだ」

すぐさま横からクルスが解説する。

「へー……魔法具って、便利だね」

アスカは感心した様子でホムラを振《ふ》り返る。

「おう。道具で補えるもんは道具を活用する。そうすりゃ、その国の技術や文化の発展にも関《かか》わってくるからな」

ベレはランタンの中で燃える炎をじっと凝視《ぎょうし》して動かない。

「見たことのない炎の色だ……」

ベレはポツリと呟《つぶや》くと、穴が開くほどアスカの炎を観察している。

その尋常《じんじょう》ならざる目つきに、アスカは思わずホムラに囁《ささや》いた。

「あの、そんなに珍しい？」

ダンッとベレが作業机を叩《たた》いた。その音に驚いたヒマリがアスカの頭の上で跳《は》ねる。

「当たり前だ！　本来、炎の色とは術者の体質か、あるいは放射する炎の波長で変わる！　こう、はっきりとした黄金の炎はわしが知る限りでは初めてのことだ！」

「あー、炎色《えんしょく》反応や色温度とか言うやつかな？」

クルスが納得《なっとく》した様子で声を上げた。

「炎色反応っていうのはね、金属を燃やした際にその種類によって決まった色を放出する現象のことだよ。例えば銅なら淡《あわ》い青色。鉛《なまり》なら淡い紫色《むらさきいろ》っていう具合に、鉱石の性質によって炎を当てた際に色という形で反応を示すんだ。フェルノ国に住む人々の体には様々な金属を含《ふく》んでいる人も多い。彼らが纏《まと》う炎に色がつくのはそのせいだったんだね」

クルスはアスカに解説しながら、しきりに自分の立てた仮説を手帳へ書き込んでいる。

「色温度の方は物質に高熱を加えた際、その物体が放射する様々な光の波長を黒体からの光と対応させ、その時の温度を基準とするものだ。赤や橙色《だいだいいろ》の炎より、青い炎の方が実際は高温であるってやつだよ」

「さすがに学者を名乗るだけあって、知識はあるようじゃな」

ベレの誉《ほ》め言葉に、クルスは両腕《りょううで》を広げる。

「当たり前さ！　むしろそんな僕ですら知らないことがこの世界にはまだまだ存在している！　それらを追究し、真実を見出したときこそ、学者冥利《みょうり》に尽《つ》きるというものであり――」

「なっ？　だから従来品だともしかしたら誤作動起こしちまうか、壊《こわ》しちまう可能性がある。こいつの炎に合った収納と防御《ぼうぎょ》、防寒の魔法具を作ってくれ」

未《いま》だに何やら講釈《こうしゃく》を垂れているクルスを放置し、ホムラはベレに注文をつける。

さりげなく注文内容が増えていた。

ベレはわなわなと両手を震《ふる》わせている。

「わしはこういうのを待っていたんじゃ！　なんでも作ってやるから、少し時間を寄越《よこ》せ！」

やる気に満ちたベレはホムラにそう言い放つ。その目は絶えずランタンに注がれていた。

ホムラが満足そうに頷《うなず》いた。

「それで、品物はどれくらいでできそうだ？」

「そうだな……炎の性質分析《ぶんせき》で二日。材料集めや型取り等で五、六日はかかる。まぁ、ざっと十日は見といてくれると助かるな」

「わかった。できる限りで構わねぇ、急いでくれると助かる」

ホムラが了承《りょうしょう》の旨《むね》を伝える。次いでベレはクルスへ目を向けた。

「おい、そこの学者。どうせ今日も店に入り浸《びた》る気じゃろ。暇《ひま》ならわしを手伝え」

「あはは、一応客なのに容赦《ようしゃ》ない。でも、僕も気になるからお言葉に甘えようじゃないか」

嬉々《きき》としてベレとともにランタンにかじりつくクルスの背を、アスカとホムラは呆《あき》れた顔で眺《なが》めていた。二人は似た者同士なのだろう。

「決まりだな。ほれ、お前さんたちはまた後日品物を取りに来い。もう今日は帰れ」

ベレはホムラとアスカへ顔を向けると、まだいたのかと言わんばかりにこちらを追い払《はら》うような仕草をした。

クルスはアスカとホムラを振り返り、満面の笑《え》みで手を振ってきた。

「僕はこのままベレさんの手伝いするから、二人はデートでもしてきなよ」

「デッ……！」

「はぁ？　でぇと？」

クルスの言葉にアスカは顔を真っ赤に染め、ホムラは聞き慣れない単語に首を傾《かし》げた。

「逢引《あいびき》のことさ。お邪魔《じゃま》はしないから、楽しんでおいで～」

クルスはホムラの反応に、口元に手を当ててからかうような笑みを浮《う》かべる。

「そうか……」

ホムラが不意に、意味深な笑みを浮かべた。

「んじゃ、そうさせてもらう」

「えっ……!?」

「ホ、ホムラッ!?」

平然と頷いたホムラに、クルスとアスカは目を丸くした。

ホムラはアスカの手を摑むと、固まってしまったクルスに背を向けた。

そのまま、アスカの腕を引いてベレの工房《こうぼう》を後にする。

「ちょっと、ホムラ……さっきの、意味わかって言ったの？」

腕を引かれながらアスカは、半ばパニックに陥《おちい》っていた。耳元で心臓の音がうるさい。

ホムラが足を止める。

小刻みに肩《かた》を震わせているホムラの背を、アスカは戸惑《とまど》いがちに見上げた。

「悪《わり》ぃな。なんせ、いつもクルスにやられっぱなしは癪《しゃく》だからよ」

くるりと振り返ったホムラは、悪戯《いたずら》っ子が浮かべる笑みを顔に貼《は》り付けていた。我慢《がまん》できないとホムラが笑い出す。

ああ、そういうこと……。

アスカはすぐさま冷静さを取り戻《もど》した。

次いで、己《おのれ》の中にむくむくと膨《ふく》れ上がる不満に唇《くちびる》を尖《とが》らせる。

「さっきのはクルスもどうかと思うけど……ホムラ、今後はあんなこと軽々しく言ったらダメだからね。周囲が勘違《かんちが》いして、変な噂《うわさ》を立てられるのはホムラだって迷惑《めいわく》でしょ？　闘騎隊の隊長さんなんだから、その辺しっかりしないと！」

アスカは強い口調でホムラを窘《たしな》めた。

「アスカ、ジルみたいなこと言うんだな……。俺だって好きでもない奴《やつ》にさっきみたいな真似《まね》はしねぇよ」

「だから、そーいうのはよくないの！　男女の仲っていうのは――はい？」

アスカはぴたりと口を閉《と》ざす。まじまじとホムラを見上げた。

「まぁ、アスカが嫌《いや》な思いをしたんならもうしねぇよ。悪かったな」

ホムラは眦《まなじり》を下げ、少しだけ寂《さび》しそうに笑った。

「え？　あ、うん。えっと……いや、その……」

「お詫《わ》びに何かごちそうする。俺も腹減ったし、飯でも食いに行こう！」

ホムラはアスカの手を引いて再び歩き出した。

アスカはホムラの言葉をようやく理解すると、もう片方の手で己の顔を覆《おお》った。

だからそうやって、相手に期待を持たせる言い方はよくないんだって！

アスカは顔を真っ赤にしながら内心で叫《さけ》んだ。

ホムラのことだから、あくまでも親愛の意味で言っているのだろう。

この場にクルスやニビたちがいなくてよかったと、アスカはつくづく思った。

ベレの工房があった路地から、大通りへ出るとすぐさま人々の喧噪《けんそう》に呑《の》まれた。

色とりどりの布を張り出し、客引きの声がひっきりなしに飛び交《か》っている。

まだ襲撃《しゅうげき》の傷跡《きずあと》も各所で目立ち、撤去《てっきょ》されずに残った瓦礫《がれき》の山が道の脇《わき》に積み重なっている。

それでも、忙《いそが》しそうに行き交う人々の表情は悲嘆《ひたん》に暮れている様子はなかった。

「わっ、すごい人……」

アスカは行き交う人にぶつかりそうになりながら、ホムラの傍《そば》へ避難《ひなん》した。

まだ魔人の襲撃があって一週間しか経《た》っていない。

イナビやフレイたちから、まだ街は復興途中《とちゅう》だと聞いていた。

「フェルノの底力を舐《な》めんなって。だてに十年、魔人と戦い続けているわけじゃねぇよ」

ホムラはどこか不敵に笑って、通りを行き交う人々を眺めている。

「たくましいね」

ホムラの傍についで歩きながら、アスカも表情を和《やわ》らげる。

「俺も、それで救われてる。だからこそ、ここで折れちゃいけねぇって思えるんだ」

穏《おだ》やかな表情のホムラを見上げ、アスカは目を瞬《しばたた》かせた。なんとなく、ホムラの雰囲気《ふんいき》が変わった気がしたからだ。出会った当初は、もっとギスギスと棘《とげ》のある雰囲気だった気がする。

「なんだよ、人の顔をジロジロと……」

ホムラが怪訝《けげん》そうにアスカを見下ろす。自分でも無意識に彼の横顔を凝視《ぎょうし》していたようだ。

「ううん……その、なんか……ホムラ、変わったなぁって」

アスカの感想に、ホムラはなぜか苦笑《くしょう》を浮かべる。

「そんなに変わったのか？　カヅチにも同じようなこと言われたぞ」

軽く笑いながら、ホムラは流れる人々を避《よ》けつつ、食べ物を売っている露店《ろてん》を探して歩みを進めた。

すると、お肉の焼けるおいしそうなにおいがした。

いくつもの幕を垂らした露店が立ち並んでいる一角がある。

炊《た》き出しも兼《か》ねた露店では、皆《みな》が様々な食材を調理し、道行く人々に振舞《ふるま》っている。

ホムラの話では今も救助活動が続いていて、そちらにも人員が回っているとのことだ。

「おっ、ホムラさま！　串焼《くしや》きはいかがですか？」

露店の店員の一人が、ホムラを見るなり声をかけてきた。

周囲の人が一斉《いっせい》に振り向き、

「まぁ、隊長さん！」

「お仕事終わりですか？　お疲《つか》れ様です」

「おやおや、可愛《かわい》いお連れさんだね」

皆が気さくに挨拶《あいさつ》を寄越《よこ》す。アスカも軽く会釈《えしゃく》をして声をかけてきてくれた人たちに返した。

「とりあえず、二本くれ。あと火鼠《ひねずみ》の子用にミルクを」

「えっ、火鼠……？　いや、はい、毎度！」

露店の店員は一瞬《いっしゅん》だけ目を丸くした。しかしすぐに笑顔になると、焼き立ての串肉を二本、ホムラに差し出した。

「ありがとう。材料は足りているか？　足りなかったら遠慮《えんりょ》なく言ってくれ。ひとっ走りして狩《か》ってきてやる」

「食材は十分いただいてますよ。もう二、三日は持ちます」

差し出された串焼きを受け取り、ホムラが笑った。

「おう、よかった。それと、後で人を寄越すからそいつらに焼き立てを百本売ってくれ。現場で働く兵士たちに振舞いたい」

「もちろんです！　皆で手分けしてお作りしますよ！」

露店から離《はな》れると、ホムラがアスカに串焼きを差し出してきた。

「ほれ、冷めねぇうちに食べろ」

「ありがとう、いただきます」

アスカはホムラから串焼きを受け取ると、一口頬張《ほおば》る。

「おいしいっ！」

柔《やわ》らかく、肉汁《にくじゅう》が口の中に広がってお肉そのものが溶《と》けていくようだ。

アスカの様子に、ホムラはパッと表情を輝《かがや》かせた。

「だろっ！　フェルノの岩竜《がんりゅう》の尾肉《おにく》は最高なんだぜ！」

「げほっ！　が、がんりゅうって……あの？」

アスカは喉《のど》を詰《つ》まらせ、軽く咳《せ》き込んだ。

蘇《よみがえ》るのはガレルへ来たばかりの頃《ころ》に見た、岩をばりばりと砕《くだ》いて食べる巨大《きょだい》な竜の姿だった。

思わず食べていた串焼きを見つめる。

「そうそう、アスカが驚《おどろ》いて気絶した、あの岩竜だ」

ホムラが当時のことを思い出したようで、笑いながら己の串焼きにかぶりついた。

「岩竜はその名の通り、岩を主食とする大型の竜のことなんだけどよ。岩を食べ、己の肉体を強固にすることから歩く要塞《ようさい》とも言われている。まぁ、欠点はそのまま何もせず食べ続けると自分の体が重くなって、圧死しちまうことか」

「うわー……なんて難儀《なんぎ》な体質」

アスカは思わず同情してしまう。

どこの世界も、食べすぎは体に毒というわけか。竜も例外ではないらしい。

「だから一か月に一回、尾を斬《き》ってその破損部位を修復するためにエネルギーを使ってもらうんだよ。再生能力の高さは竜の特徴《とくちょう》だ。フェルノでは岩竜の尾肉は特産……というかもう主食だな」

メタボ予防に食料供給。

この二つがいい具合に機能しているのだろう。

さすが異世界、とアスカは変なところで感心した。

「こんなにおいしいごはんになってくれていたなんて……また今度、岩竜に会ったらありがとうって言わなきゃ」

「今度は気絶すんなよ。岩竜は体こそでけぇが気性《きしょう》はおおらかなんだから」

「もう無闇《むやみ》に怖《こわ》がったりしませんよー」

「どうだか。言っとくけど、アスカが見たのは子どもだったんだぜ？　大人はもっとでけぇんだから」

「嘘《うそ》でしょ、あれで子ども!?」

目を丸くするアスカに、ホムラは笑う。

ホムラの余裕《よゆう》ある態度が面白《おもしろ》くなくて、アスカは頬を膨らませた。

「きゅうきゅっ！」

アスカの頭の上で、ヒマリがしきりに鳴く。

「ああ、悪ぃ。ほれ、これならヒマリも食えるだろ」

ホムラは先ほどの露店から受け取った器《うつわ》をアスカに差し出す。

白い液体が入っていた。おそらくミルクだろう。

「あぁ、ありがと……」

受け取ろうとしたアスカが、腕《うで》を伸《の》ばした時だ。

「きゅっ！」

業《ごう》を煮《に》やしたヒマリが、ぴょんっとホムラの腕に飛び移った。

そのまま彼が手にした器からミルクを舐め始める。

「うおぉ!?　お、おい、ア、アスカ……はやくどけてくれ！　爆発《ばくはつ》するっ！　ってお前、笑ってないで助けろ！」

顔面蒼白《そうはく》のまま固まっているホムラに、アスカは口元を押さえて肩《かた》を震《ふる》わせた。

ヒマリはホムラの様子などお構いなしにミルクの入った器に頭を突《つ》っ込んでいる。

そんなヒマリを刺激《しげき》しないよう、右腕を伸ばしたまま耐《た》えるホムラは必死だ。

「ごめ、無理……おかしいっ……」

アスカは痛む腹部に腕を当てて笑った。

あんなに大きな獣《けもの》になる青年が、手のひらサイズの小動物に翻弄《ほんろう》されている。その様がたまらなくおかしかった。ひとしきり笑った後、アスカは目元を拭《ぬぐ》った。

「ホムラ。そのまま指先で優《やさ》しく頭を撫《な》でてあげて。すごく安心するんだって」

「はぁ!?　……こ、こうか？」

ホムラがおっかなびっくりといった手つきで、ミルクを舐めているヒマリの頭を人差し指で撫でた。ヒマリの身体《からだ》を覆《おお》う炎《ほのお》が、小さくなる。リラックスしている証拠《しょうこ》だ。

「うんうん、上手上手」

アスカはホムラの分の串焼きを彼の手から奪《うば》うと、口元へ差し出した。

ホムラは苦い顔のまま、差し出された串焼きへかぶりつく。

「ったく、ヒノの入れ知恵《ぢえ》か？」

「うふふ、それもあるけど。やっぱりホムラには、ヒマリにも普通《ふつう》に接してもらいたいなって。ヒマリは私にとって、フェルノで初めての家族みたいなものだから」

「……そういえば、そうなるのか」

ホムラもどこか納得《なっとく》した様子で、ヒマリを見下ろしている。ヒマリが口の周りをミルクで汚《よご》したままホムラを見上げた。つぶらな瞳《ひとみ》が、真っ向からホムラに注がれる。

「……努力は、する」

即座《そくざ》に顔を引きつらせたホムラに、アスカも笑った。

「私も、頑張《がんば》るから」

アスカはホムラの目を真っ直《す》ぐ見つめたまま続ける。

「まだ、色々怖いことも多い。不安なことだって。でも、私もフェルノの皆《みんな》みたいに、ひとまずできることから始めようと思う」

周囲へ視線を移せば、皆が忙《いそが》しそうに立ち回っている。

みんな、自分にできることで誰《だれ》かを助けようとしている。こんなことではいちいち立ち止まらないという、そんな連帯感みたいなものさえ感じた。

目を見開いたホムラが、次の瞬間、表情を綻《ほころ》ばせた。

「おう、なら競争しようじゃねぇか」

「競争？」

ホムラはヒマリの乗る腕を掲《かか》げる。

「俺がヒマリを克服《こくふく》するのと、アスカがフェルノに馴染《なじ》むのと……どっちが早《はえ》ぇかな？　勝った方が一つ、相手の願いを叶《かな》えるってのはどうだ？」

彼の言葉に、アスカは目を見開いた。


よし、勝負だ。飛鳥――。

祖父の声が耳元で囁《ささや》いたような気がする。向こうの世界での、祖父とのやり取りのようだ。もう色々あり過ぎて、随分《ずいぶん》昔のことのように感じる。

アスカは顔を綻《ほころ》ばせると、ホムラに挑戦的《ちょうせんてき》な笑《え》みを向ける。

「そういうことなら受けて立つよ！　断然、私が勝つだろうけどね！」

「そういう台詞《せりふ》は、勝ったときに言えよな」

アスカとホムラは言い合いながら、串焼《くしや》きを手に大通りを進む。

おじいちゃん。私も一度は死んじゃったけど……なんだかんだでやって行けそうです。

胸の内で呟《つぶや》くアスカの足取りは、どこまでも軽《かろ》やかだった。

第三章　魔人の過去

クルスは宿泊《しゅくはく》している宿の部屋に戻《もど》った。壁《かべ》をくり貫《ぬ》いた形で設けられた寝台《しんだい》と、木製の机と椅子《いす》、絨毯《じゅうたん》は火鼠《ひねずみ》の毛皮をなめしたものだ。

簡素な家具しか置かれていない部屋だが、掃除《そうじ》は今まで旅したどの街よりも行き届いている。

クルスとしてはかなり気に入っていた。

現在、クルスの全身の羽毛《うもう》は冬毛だ。ほんの少しの埃《ほこり》もまとわりついてくる。羽の手入れが面倒《めんどう》になるので、部屋が清潔であるかどうかはクルスにとってかなり重要なポイントだった。

それに、木製の家具はこの国では高級品だ。頑丈《がんじょう》さを誇《ほこ》る石卓《せきたく》も嫌《きら》いではないが、やはり長年親しんだ木製の机の方が作業しやすいというものだ。

クルスは木製の机に荷物を置く。

手にした透明《とうめい》な筒《つつ》には、先ほどベレの工房《こうぼう》で交渉《こうしょう》の末に手に入れたアスカの炎が封《ふう》じ込められていた。じっと筒の外からその揺《ゆ》らめく炎をしばし観察する。ややあって、クルスは机上《きじょう》を敷布《しきふ》で覆い、そこへ右手をかざした。

「空間隔絶《かくぜつ》」

手のひらに浮《う》かんだ魔法陣《まほうじん》が、敷布に複雑な図式の魔法陣を浮かび上がらせる。

クルスは次に、露店《ろてん》で売られていた小動物を取り出した。

食用のために、つい先ほど絞《し》めたものだ。

それを無造作に敷布の上に載《の》せると、筒の封を解いた。黄金の炎を魔法陣の中へ放《ほう》り込む。

すると、一気に燃え上がった炎が小動物を覆い尽《つ》くした。クルスの張った結界の中で、やがて炎の勢いが衰《おとろ》えていく。クルスが見守る中、黄金の炎は間もなく鎮火《ちんか》した。

敷布の上では、茶色のつやつやした毛に包まれた小動物が目を瞬《しばた》かせている。きょろきょろと首を室内へ巡《めぐ》らせては、鼻をひくつかせてクルスを見上げていた。

つい先ほどまで、自分が死んでいたことなど知らぬといった様子だ。

小動物は結界の張られた敷布の上を動き回り、机の木目を鋭《するど》い爪《つめ》でガリガリ引っ掻《か》いていた。

その様子に、クルスの顔に笑みが浮かぶ。

「間違《まちが》いない……正真正銘《しょうしんしょうめい》、不死鳥の炎だ」

フェルノに滞在《たいざい》してわかったことだが、フェルノ国の民《たみ》が扱《あつか》う炎にはその特質が出る。

喩《たと》えるなら、魔力によって生成された炎と火打石で発生させた炎との違いだ。火打石で発生させた炎は薪《まき》をくべ、風通しをよくして消えないよう配慮《はいりょ》しなければすぐに消えてしまう。

それに引き換《か》え、魔力という燃料で燃える炎は常に爆発的なエネルギーを内に秘《ひ》めた状態だ。

もちろん、薪も必要ない。

極端《きょくたん》な話、酸素のないところでも訓練次第《しだい》で燃焼《ねんしょう》を持続させることだって可能だ。

その火力をうまく調整することで、この国の民は日常生活に役立てているのだ。

だからこそ、ベレは道具を作る際に必ず所有する者の炎を分析《ぶんせき》する。燃える炎の威力《いりょく》がどれほどのものかは個体差があるからだ。

長年、フェルノの民の炎を見続けたベレでさえ、アスカの炎にはかなり驚《おどろ》いていた。

それもそのはずだ。

不死鳥の炎を操《あやつ》れた者は、後にも先にもフェルノ国の始祖王ただ一人なのだから。

室内で空気が小さな渦《うず》を巻いた。

クルスが振《ふ》り返ると、黒いフードを目深《まぶか》に被《かぶ》った女性が降り立った。全身を黒い外套《ローブ》に包んだ女性は、曇りのない翡翠色《ひすいいろ》の瞳をクルスへ注いでいる。

「アミルがご立腹よ。一体、何をしたの？」

女性の淡々《たんたん》とした声音《こわね》がクルスに問う。

こちらを責めている様子はないが、事情を聞くまでこの場を退く気はないようだ。

「何も。僕はただ可愛《かわい》い教え子を助けようとしただけさ」

クルスが軽く肩をすくめてみせる。しかし、女性は呆《あき》れた様子でため息をついた。

「それね。あの子が気に入らなかった理由は」

「アルファトリアの民はすべて消す、っていつも吠《ほ》えているものねー」

クルスも苦笑《くしょう》とともに頷《うなず》いた。

女性の鋭い視線がテーブル上で動き回る小動物に向いた。

「小動物でも飼うつもり？」

「違う違う。実験してたんだよ」

クルスが軽く手を振ると、その笑みを深めた。

「不死鳥が蘇《よみがえ》った」

「っ！」

クルスの言葉に、女性が息を呑《の》む。

「かの王が!?」

「いや、不死鳥の炎を宿していたのはか弱いお嬢《じょう》さんだったよ」

女性が怪訝《けげん》な顔をする。クルスも軽く頭《かぶり》を振った。

「君の言いたいことはわかるけど、僕としてもこれ以上は何とも言えないよ。ただ、僕が先日の襲撃《しゅうげき》事件で助けた教え子が、不死鳥の炎を操る子だってわかった。現状知り得たのはそれくらいだよ」

クルスは机上に置いていた書籍《しょせき》を手に取ると、それを開いた。

そこには不死鳥の王のことが記載《きさい》されている。

曰《いわ》く、魔王の討伐《とうばつ》を成した英雄《えいゆう》王。

曰く、死者を蘇らせることができたとされる救済王。

曰く、不老不死ゆえにこの世のどこかでまだ生きており、フェルノの危機には皆《みな》を導くとされているなど……。その記述はもはや神がかっていた。

「かつてこの地にフェルノ国を建国した、始祖王フェルノ。不死鳥の能力を有している者はかの王のみだった。王の消失以来、不死鳥の炎《ほのお》を操る者は存在していなかったとされる。それがここにきて、僕らの前に現れた。いよいよ、世紀末っぽい感じがしないかい？」

「その炎を操る子を、どうするつもり？」

女性の問いかけに、クルスはしばしの間沈黙《ちんもく》する。

「確かめようと思う」

「確かめる？」

「うん、この炎が魔獣《まじゅう》や魔人に及《およ》ぼす影響《えいきょう》を確かめたい」

クルスは黄金の炎が入っていた透明な筒を見下ろす。

「無駄《むだ》よ。もう、後戻《あともど》りはできない」

女性は目を伏《ふ》せて呟いた。

「私たちには時間がない。これ以上、兄弟たちを苦しませるようなことを言わないで」

女性の言葉に、クルスは彼女の両手を掬《すく》い取った。

「アリア、決めつけるのはあらゆる手段をやり尽くしてからでいいだろう？　僕らはまだ、ここにこうして存在している。ならば、僕らは今もまだ、世界の一部だ」

クルスはアリアの両手を握《にぎ》りしめる。

「魔王がただ一人、この世界の行く末を託《たく》した『彼《フェルノ》』の力。あの少女の力が本物ならば……この世界を変えられるはずだ。不死鳥の力が、この滅《ほろ》びに向かう世界を復活させるだろう」

クルスの微笑《ほほえ》みがアリアに向く。

「諦《あきら》めないで、アリア。僕らは必ず、生き残るんだ」

「……」

アリアは言葉を発さない。代わりに、彼女の両手が僅《わず》かにクルスの手を握り返した。

異世界より降り立った少女の名は、贄姫《にえひめ》。

この世界に満ちる邪悪《じゃあく》な気を鎮《しず》めるため、翼人《よくじん》王が召喚《しょうかん》した。

しかし、二人は出会った瞬間《しゅんかん》、恋《こい》に落ちる。

心優《やさ》しい少女は人々のため、その命を削《けず》ってこの世に満ちる邪気を消し去っていった。

贄姫はこの世の邪気をその身にため込み、日を追うごとにその命が消えかけていった。

翼人王は決断する。

「君を死なせない。元の世界へ、帰すべきだ」

翼人王は民たちの反対を押し切り、少女を元の世界へ帰した。その際、異世界へ通じる「門」も同時に閉《と》ざしてしまったという。

贄姫を失った世界は荒《あ》れ果て、やがて翼人王は民たちによって惨殺《ざんさつ》されてしまう。

それでも翼人王は笑っていた。

愛する者を救うことに何の罪があるだろう、と。

「……異世界へ通じる『門』か」

アスカは絵本を広げてぽつりとこぼした。

広げたページでは、元の世界へ帰される贄姫が手を伸《の》ばしている。その先に佇《たたず》むのは、己《おのれ》が愛した男性だった。絵本の中の翼人王は穏《おだ》やかに、贄姫へ告げている。

「生きてください。私の大切な人。私のすべて。私の希望。あなたの帰る先に、きっと未来は繋《つな》がります」

子どもに向けて、分かりやすい言葉で描《えが》かれたフェルノ国の童話『翼人王と贄姫』。

その描かれた絵を指先でなぞり、静かに息を吐《は》いた。

もしも異世界を行き来する手段があるのなら、アスカはそれを知りたかった。

現在、フェルノ国は氷の魔人との戦いで疲弊《ひへい》しきっている。そんな中、このような童話の、実際に存在するかも定《さだ》かでない事柄《ことがら》をホムラたちに手伝ってもらうことには気が引けた。

おまけに、アスカは、この世界の常識非常識を未《いま》だに判断することができない。

アスカは申し訳ないと思いつつ、先日この絵本を手にカヅチを訪ねた。

彼も絵本の内容をよく知っていたこともあり、秘密裡《ひみつり》に調べていたという。その心遣《こころづか》いにアスカの胸がいっぱいになって不覚にもカヅチの前で泣いてしまったのは、ホムラには内緒《ないしょ》だ。

「礼ならホムラに。彼が一番、あなたのことを気にかけていましたから」

カヅチはそう言って「あ、今聞いたことはホムラには内緒ですよ？」と悪戯《いたずら》っぽい笑《え》みとともにこの会話を終わらせた。

たぶん、ホムラに口止めされていたのだろう。

アスカはアスカで、胸のあたたまる思いだった。

フェルノが大変な中、アスカの身を案じ、元の世界へ戻《もど》るために手伝うとまで言ってくれたホムラだ。彼は約束したことを必ず行動で示してくれる。

「私も……ホムラに何かしてあげられることはないかな……」

脳裏《のうり》に、数日前にガレルの門前で見送ったホムラの顔が過《よぎ》る。

「行ってくる。首都奪還《だっかん》が叶《かな》ったら、勝負の続きしような」

ギリル要塞《ようさい》に向けて出陣《しゅつじん》するホムラはそう言って、アスカの頭を乱暴な手つきで撫《な》でた。

「これから戦場に行くっていうのに、よくそんなこと言えるね」

自分が戦いに行くわけではないのに、アスカはひどく緊張《きんちょう》した面持《おもも》ちだった。

目の前に立つホムラたちが帰って来なかったらと思うと恐《おそ》ろしかった。身近な人がいなくなってしまうことの悲しさは、とても耐《た》えられないものだ。

対するホムラは、どこか吹《ふ》っ切れた様子だった。

むしろ今までで一番穏やかな表情をしている。

「こんな時だから、だろ。アスカにはでっけぇ借りができたからな。借りを作ったままじゃ、死んでも死にきれねぇよ」

「……何の話？」

ホムラの言葉に、アスカは首を傾《かし》げた。

お世話になりっぱなしなのはアスカの方だ。

アスカからホムラに何か世話を焼いた記《き》憶《おく》はまったくない。

「お前の、その無自覚さは時に罪だよな。自分の言動を思い返してみろ」

どこか照れ臭《くさ》いような、苦い顔でそっぽを向くホムラ。

アスカはただ戸《と》惑《まど》うばかりだった。

「えー何なにナニ？　僕も気になって、夜も眠《ねむ》れなくなっちゃう。教えて、ホムラぁー」

案の定、クルスがすぐさま食いついた。声色《こわいろ》もアスカに似せようと高めにしている。

「気持ち悪《わり》ぃ」

「全然似てない」

ホムラとアスカが同時に言った。

「ぐふっ……二人とも、精神的な打撃が半端《はんぱ》ないよ」

クルスが大げさに仰《の》け反ってみせる。

「これじゃ、今日はとても安眠《あんみん》できそうにない。その時間を有効活用して、アスカちゃんの勉強時間を増やそうか」

「先生、それは横暴です」

細やかな仕返しとしてクルスが提案し、アスカは首を激しく横に振《ふ》った。

二人のやり取りに、ホムラは噴《ふ》き出している。

出陣前だというのに、ホムラを始め、アスカとクルスのやり取りは普段《ふだん》とあまり変わらない。

おかげで、この時ばかりはアスカの中に居座っていた不安な気持ちも薄《うす》れていく。

ホムラが戻ると言ったのだ。彼ならば必ず帰ってくるだろう。

アスカは自分にそう言い聞かせた。

そんな和《なご》やかな雰囲気《ふんいき》に終わりを告げるように、ホムラがクルスに向き合った。

「クルス、アスカのこと、頼《たの》むな」

ホムラの言葉に、クルスは軽く肩《かた》をすくめた。

「君に言われるまでもないよ。アスカちゃんは僕の可愛《かわい》い教え子だからね」

クルスは不敵に笑ってみせる。ホムラも穏やかに笑った。

「おう、お前はいつだって約束は守ってくれたからな。信頼《しんらい》してる」

ホムラの何気ない言葉に、クルスは初めて表情を硬《かた》くした。不審《ふしん》に思ったアスカが、クルスを見上げる。クルスはアスカの視線に気づくと、また普段のへらへらした顔で笑った。

「んじゃ、行ってくる」

アスカとクルスに見送られ、ホムラは魔人に占拠《せんきょ》された首都を目指し、ギリル要塞を奪還するため闘騎隊を率いて出陣した。

アスカは己の手にすり寄ってきたヒマリの頭を指先で撫でる。

そのまま、視線を部屋の窓へ向けた。

窓の外に広がるガレルの街並みは変わらない。瓦礫《がれき》の撤去《てっきょ》が進み、今日も大通りには露店《ろてん》が並び、人々が行きかっている。

以前と変わったことと言えば、空を飛んでいる兵士たちが多くなったくらいか。

フェルノ国唯一《ゆいいつ》の航空戦力である翼騎隊。

彼らは闘騎隊が出撃《しゅつげき》している間、このガレル要塞の守備を担《にな》っているのだという。

以前、この街を襲撃《しゅうげき》してきた氷の魔人《まじん》にも、勇敢《ゆうかん》に立ち向かったと聞いている。

「空を飛べたら、私も……」

そこまで呟《つぶや》いて、ハッと我《われ》に返った。

空を飛べたら、どこへ行こうと言うのだ。

気を取り直して、文字の読み書きの練習を再開する。

描かれている内容が恋愛《れんあい》ものだから、変な気を起こしたに違《ちが》いない。

「うーん……」

どうしても進まない筆先に視線を落とし、ため息をつく。

部屋の扉《とびら》をノックする音がした。

「はーい」

ペンを置き、返事とともに扉を開ける。

「ごめんごめん、遅《おそ》くなっちゃって」

大量の資料を率いたクルスが満面の笑みで挨拶《あいさつ》を寄越《よこ》した。両手で抱《かか》えきれなくなったのだろう。魔法で宙に浮《う》かせている大量の書籍《しょせき》を前に、アスカの顔は引きつった。

彼はどんな時でも通常運転らしい。

「相変わらず……すごい量」

「いい資料を選《え》りすぐっているうちに、どんどん増えちゃってねぇー。あ、ヒマリちゃんどけてくれるかな？」

アスカは言われた通り、卓上《たくじょう》でくつろいでいたヒマリを抱《だ》き上げる。

そこへクルスは持参した資料をどさっと置いた。

「ふぃ……さて、今日の授業は――」

クルスは机上《きじょう》に広げられたノートを見下ろし、言葉を切った。

「今日はあまり集中できてないみたいだね」

「うっ……」

図星を指され、アスカは沈黙《ちんもく》する。

クルスの笑顔に屈《くつ》する形で、アスカは項垂《うなだ》れた。

「スミマセン。ホムラたちのことが気になって。ちゃんと勉強しなきゃって気持ちはあるのに」

「別に責めてるわけじゃないよ」

クルスは苦笑《くしょう》すると、アスカが広げている絵本を見た。贄姫《にえひめ》と翼人王《よくじんおう》の別れのシーンで、アスカのノートの文字は乱れている。

「なるほど、恋《こい》かな？」

「はぁっ⁉」

クルスの言葉に、アスカは顔を真っ赤にして叫《さけ》んだ。

「こんな時にからかわないで！　私は純粋《じゅんすい》にみんなを心配しているだけで……」

「外は猛吹雪《もうふぶき》だし、きっと凍《こご》えているだろうねぇ」

「ホムラは頑丈《がんじょう》だよ！　子どもの頃《ころ》、溶岩《ようがん》に飛び込んだような子だよ⁉　私を保護してくれた時も、吹雪の中でケロッとしてたっ！」

「何なにナニ……僕、ホムラだって一言も言ってないよぉ」

にやけるクルスに、アスカは息を呑《の》んで固まった。

百面相するアスカを満足げに眺《なが》め、クルスは持参したノートを取り出した。

随分《ずいぶん》と使い込まれており、表紙が色落ちして擦《す》り切れている。

「じゃあ、今日は特別に……魔獣《まじゅう》について勉強しよう」

「えっ⁉」

声が裏返ったアスカに、クルスは人差し指を振った。

「ホムラたちのことが心配なんだろ？　なら、下手《へた》に別のことへ意識を向けるより、腰《こし》を据《す》えてその問題についての知識を得た方が頭に入るものなんだよ」

クルスの提案はアスカにとってもありがたい申し出だった。

ホムラと約束したのだ。

この世界で生きる以上、この世界のことを知らないといけない。

ホムラたちがどれほどの脅威《きょうい》と戦っているのか。

アスカとしても「知らない」で通したくはなかった。

「お願いします」

アスカはすぐさま席についた。

「よし、まず魔獣が生まれた一般的《いっぱんてき》な歴史から。魔王のことは知ってる？　この世界を破滅《はめつ》に導く禁忌《きんき》を犯《おか》したっていう……」

「うん。魔人がその側近たちで、魔獣はその配下だってことは以前聞いたよ。知能的には魔獣の方が低くて、魔人は私たちと変わらない。けれどその魔力の強さから危険視してるって」

よくできました、とクルスが満足そうに笑った。

「アルファトリアに魔獣が現れたのは、魔王の討伐《とうばつ》時期の前後だと言われている」

クルスは手にしたノートを軽く振った。

「魔獣っていうのはさ、魔人が生み出す理性なき獣《けもの》だとされる。破壊衝動《はかいしょうどう》が強く、目につくものすべてを破壊する存在。けれど、僕は研究を続けていて、魔獣の誕生はそれだけでないとわかったんだよ」

彼はどこか思案げに続ける。

「喩《たと》えるなら、病と一緒《いっしょ》さ。仮に形態を四段階に分けるとしよう。初期、中期、後期、末期だ」

初期は家畜《かちく》や野生の獣とほとんど大差はない、とクルスは続ける。

初期段階の魔獣は縄張《なわば》り争いや、民家・家畜を襲《おそ》うことが多くなると言う。しかしその被害《ひがい》は限定的で、比較的軽微《ひかくてきけいび》な程度に止《とど》まるものらしい。

「けれど中期になるとガラッとその狂暴《きょうぼう》性が変わる。魔力の高い獣や人を探し出し、自ら襲うようになるんだ。そうして仕留めた獲物《えもの》の血肉を喰らい、自らの糧《かて》とする。その過程を経て、後期に至る」

後期には肉体が目に見えて変異を起こす。

クルスはそう言うと、ノートを差し出した。

そこには犬のような愛らしい獣が描《えが》かれている。

アスカが生まれ育った世界で見かける犬種で喩えるなら、コーギーに近い。

「この動物は？」

「フェルノ国北部に広がるアミューガ平原、そこに生息するコボロという動物だよ。温和な性格で、穴掘《あなほ》りが得意でね。穴に住み着く小動物の猟犬《りょうけん》として人に飼われていることもあるんだ。そんなこいつが魔獣化したら――」

クルスがページをめくると、そこにはアスカも知っている魔獣の姿が描かれていた。

「この狼《おおかみ》っ！　私を襲ってきた奴《やつ》だ！」

「雪狼《ゆきおおかみ》は環境《かんきょう》に適応した形でこのコボロが魔獣化したものだ。耐寒性《たいかん》に優《すぐ》れた毛皮に、視界の利《き》かない吹雪の中でも、獲物の位置を正確に把握《はあく》できる角を生やした。体に無数に生えた氷柱《つらら》みたいなものは獲物を魔法で仕留めるために、体にため込んでいる魔力が結晶《けっしょう》化したものだよ」

「……こんなに、変わり果てた姿になるの？」

「魔獣は取り込んだ獲物の能力を発現したり、より上位のものへと進化していく。ホムラたちが民衆の安全のため、討伐隊として狩《か》った魔獣の大半はこの後期の魔獣が相手なんだ」

そして、末期——。

「これは後期とは比べ物にならない。その魔力保有量は飛躍的《ひやくてき》に高まり、肉体は黒化《こくか》が始まる」

「黒化って……？」

アスカの疑問に、文字通りだよ、とクルスが告げる。

「全身が『黒く』なるんだ。肉体が壊死《えし》し、身にため込んだ魔力だけでその存在を具現化し、場合によっては……魔人に近い存在となる」

クルスの言葉に、アスカは目を見開いた。

全身が黒くなる。

「じゃあ、その黒化した魔獣が魔人になったの？」

アスカが死ぬきっかけとなった「黒い人物」とも関係しているのだろうか。

「さすがにそんな話は聞かないけれど、まったく違うとも言い切れない。現時点ではっきりしているのは黒化した魔獣が死んだとき、その周辺は草木も生えない不毛の大地となる、というくらいさ」

ごくり、とアスカの喉《のど》が鳴った。

もしも、人が魔獣のようになったら……やはりその全身を黒く染めた、人に近い存在になるのだろうか。

アスカに接触《せっしょく》してきた「黒い人物」はその辺の魔獣と違《ちが》い、意思を持ってこちらへ助けを求めてきていた。だとすると、「黒い人物」は魔獣でなく「魔人」ということになるのだろうか。

「……魔人も、黒化したりするのかな？」

アスカは無意識に唇《くちびる》を動かしていた。

「ねぇ、クルス。そもそも魔人って何者なの？　魔獣とも違う、魔王の側近的立場にあり、こうしてフェルノを氷の国に変えるとんでもない存在……彼らはどうやって生まれたの？」

顔を上げたアスカは、クルスを真っ向から見据《みす》えた。

すると、それまで穏《おだ》やかな雰囲気《ふんいき》だったクルスが、その唇を吊《つ》り上げた。

「知りたい？」

クルスがノートを仕舞《しま》うと、アスカの顔を覗《のぞ》き込んだ。

縦に裂《さ》けた瞳孔《どうこう》がひたりとアスカを捉《とら》える。

「なら、会って話す方が早いよ」

「え？」

アスカはクルスの背後に渦巻《うずま》く風に目を向け、そこから現れた女性に釘付《くぎづ》けになる。

無表情な女性の冷たい視線が、じっとアスカに注がれていた。

ギリル要塞《ようさい》は、フェルノ国の首都へと続く玄関《げんかん》口であった。

カルガス火山帯の最北端《さいほくたん》に位置しており、他国からの使節団などを受け入れる第二の首都として重要な役割を担《にな》ってきた都市である。

その街の外観はドーム型の分厚い防壁《ぼうへき》に包まれていた。もともとの用途《ようと》は、カルガス火山帯の山々から噴《ふ》き出す噴石《ふんせき》や噴煙《ふんえん》から旅人たちを守るためだった。

それが今は、ホムラたちの行く手を遮《さえぎ》る形で聳《そび》えている。

平時は街の正面の防壁が左右にスライドし、街中へ入るための入り口が出現する。しかし、今は街全体を覆《おお》うドームが凍《こお》り付いてしまい、左右への開閉ができない状態だった。

「まぁ、仕方ねぇ」

ホムラは傍《かたわ》らに控《ひか》える青年に振り向いた。

目元をマスクで覆った青年は、おもむろに腰を落とす。次の瞬間《しゅんかん》には、目にも留まらぬ早業《はやわざ》で防壁を切り崩《くず》した。崩れた岩が轟音《ごうおん》とともに散らばり、白煙が吹雪《ふぶき》の中に消える。

「あぁー……貴重な金剛岩《アダマンタイト》入りの防壁がぁ……」

ホムラの背後で、イナビが頭を抱《かか》えた。

「その防壁……後で修繕《しゅうぜん》すんの大変なんですよ！」

「一切《いっさい》、躊躇《ちゅうちょ》しなかったなぁー。さすが、ガルダの旦那《だんな》」

ニビも感心したように拍手《はくしゅ》を送る。

ギリル要塞の防壁が大きく縦に裂け、中からホムラたちを待ち構えていた魔獣《まじゅう》たちが押し寄せる。

ホムラも背に負った大剣《たいけん》を引き抜《ぬ》くと、飛び込んできた雪狼の胴《どう》を払《はら》った。

「ギリル要塞へ突入《とつにゅう》する！　皆《みな》、俺に続け！」

ホムラは部下たちに命じると、真っ先に要塞内へ踏《ふ》み込んだ。

氷柱に覆われた回廊《かいろう》を進んでいたホムラは、大剣に炎《ほのお》を纏《まと》わせると横へと薙《な》ぐ。

「邪魔《じゃま》だ！」

襲い来る雪狼たちに向けて、大剣を一閃《いっせん》させて払い除《の》ける。追従していたイナビとジルがホムラの脇《わき》から飛び出し、頭上から襲い来る氷の槍《やり》を悉《ことごと》く打ち払った。

「隊長たち、左右に避《よ》けろ！」

構えた槍に炎を纏わせたボルヴが、蹄《ひづめ》を高らかに鳴らしながら回廊を駆《か》ける。彼の眼前には氷漬《こおりづ》けの鉄扉《てっぴ》が聳えていた。ボルヴは速度を落とすことなく、自分の肉体に強化魔法を施《ほどこ》すとそのまま鉄扉に突進《とっしん》した。

鉄扉は大きく歪《ゆが》み、留め具が外れて高々と宙に舞《ま》う。

「はっはっは、ご覧いただけたかな？　これこそ闘騎隊が誇《ほこ》る突進力だ！」

傷一つなく鉄扉を破ってみせたボルヴが高々と槍を掲《かか》げた。

ギリル要塞の中央広場へ躍《おど》り出た面々にホムラの指示が飛ぶ。

「ジル、お前は司令塔《しれいとう》へ向かえ。イナビの部隊はジルを補佐《ほさ》し、ボルヴとガルダは左右から挟撃《きょうげき》しろ。残りは俺とともに正面突破《とっぱ》だ！」

応《おう》っ、と皆がそれぞれの持ち場へ駆けていく。

「後続は魔法支援《しえん》を！」

ジルが叫《さけ》ぶなり、群がる雪熊《ゆきぐま》に手刀を叩《たた》き込む。

「攻撃《こうげき》開始！」

イナビの号令とともに、後方で詠唱《えいしょう》を終えた兵士たちがジルへと群がる魔物たちへ無数の火《か》炎《えん》球を浴びせる。その間にも、近接戦闘《せんとう》を得意とする者たちが支援員たちに迫《せま》る敵を薙ぎ払っていった。

「補助魔法、火炎定着」

イナビは抜き放った剣に手を添《そ》える。すると剣身を炎が包んだ。

「はぁあっ！」

イナビの一閃が巨大《きょだい》な雪男《ゆきおとこ》を真っ二つに切り裂いた。そこへ足元に潜《ひそ》んでいた雪狼たちがイナビへ群がる。

「補助魔法、肉体強化！」

イナビは己《おのれ》の身体《からだ》に魔法で防壁を張る。

狼たちの牙《きば》は彼の自慢《じまん》の鱗《うろこ》を傷つけることなく弾《はじ》かれた。

「火炎魔法、炎蛇《えんじゃ》！」

イナビが剣を振り下ろすと、その刃《やいば》に纏《まと》った炎が無数の蛇《へび》となって雪狼《ゆきおおかみ》たちに襲《おそ》い掛《か》かる。

雪狼たちの喉にかみついた炎の蛇たちは、一斉《いっせい》に爆発《ばくはつ》した。

粉々に砕《くだ》けた氷片《ひょうへん》が辺り一帯に散らばる。

「まぁ、こんなもんかなっ！」

剣身で肩《かた》を叩きながら、イナビが得意げに胸を張った。

「イナビさん、急ぎますよ！」

ジルが促《うなが》し、イナビたちは司令塔へ向かう。司令塔へと続く石橋に到着《とうちゃく》したところで、覆面《ふくめん》の青年が姿を現した。ニビの部下だ。

「罠《わな》がございます。ここより先導は私が」

「お任せします」

覆面の青年が鬼火《おにび》を出現させ、それを虚空《こくう》へ放った。

するとその鬼火に向けて何もない空間から無数の氷の槍が飛び出した。

「根本を狙《ねら》え！」

イナビの指示に、即座《そくざ》に火炎球が放たれる。

火炎球が爆発すると、虚空に姿を隠《かく》していた宝珠《ほうじゅ》が粉々に砕かれた。

氷の槍が溶《と》けるように消えていく。

「あちらはもう司令塔へ入ったか……こちらも負けられんぞ！」

　ボルヴは後続の部下たちへ活を入れると、自ら槍を構えて真っ先に氷人形《アイスゴーレム》へ突《つ》っ込んでいく。

彼の槍が氷人形《アイスゴーレム》の関節を捉《とら》え、細かな亀裂《きれつ》が走った。

「我《われ》らも続け！」

炎馬人《フェルタウロス》の女性副官が声を張り上げ、氷人形《アイスゴーレム》たちの足関節へ槍を突き立てていく。

「構え！」

速度を落とさず、氷人形《アイスゴーレム》たちを取り囲んでいた炎馬人《フェルタウロス》の兵士たちが一斉に弓を構えた。鏃《やじり》の先に炎が灯《とも》り、一斉に弦《つる》が鳴る。火矢は氷人形《アイスゴーレム》の頭部や肩などの関節に食い込み、爆《は》ぜた。

粉々に砕かれた氷が山を成し、その上を炎馬人《フェルタウロス》たちは飛び越《こ》えていく。

「ガルダの旦那！」

　ニビの放った短剣が額に黒い角を頂く青年に迫る。すると、その途中《とちゅう》で見えない何かに突き刺《さ》さった。絶叫《ぜっきょう》とともに、青年に忍《しの》び寄っていた雪蝙蝠《ゆきこうもり》が姿を現す。

「余計な世話だ」

　青年は淡々《たんたん》と言い捨てると、刀を鞘《さや》から払い、目にもとまらぬ早業で己に忍び寄る雪蝙蝠を両断する。

「えぇー、せっかく助太刀《すけだち》したのに……冷たいなぁ」

「ふん……両目が見えずとも気配でわかる」

　青年はマスクの下に隠れた両目を撫《な》でると、居合の構えを取った。

「そう言わないでよ。罠だってあるんだから」

「……問題ない」

ガルダはそう言って口元に獰猛《どうもう》な笑《え》みを浮《う》かべた。

「すべて斬《き》り捨てれば済む」

ガルダが地を蹴《け》り、虚空から放たれた氷の槍が出現と同時に霧散《むさん》する。彼の通った後には、粉々に切り裂かれた宝珠が大地を覆い尽《つ》くしていた。

「ったく……冗談《じょうだん》抜きでやってのけちゃうところが、ガルダの旦那のすごいとこだけどさー」

引退したんだから少しは大人しくしてっ、とニビは短剣で雪蝙蝠を仕留める。

「はぁっ！」

気合いのこもった掛け声とともに、ホムラの大剣が雪狼の脳天を割った。

「強力な干渉《かんしょう》術式確認《かくにん》！」

索敵《さくてき》魔法で周囲を探《さぐ》っていた部下が叫んだ。

「全員、散開！　出現と同時に攻撃しろ！」

出現しますっ、と部下が叫ぶ。

ホムラたちが先程《さきほど》まで立っていた地面が急激に盛り上がる。正確には地面を覆《おお》っていた氷が合わさり、巨大な狼《おおかみ》が出現した。

獣化《じゅうか》したホムラと同じくらいだろう。その巨体を震《ふる》わせ、咆哮《ほうこう》する。

「出現した対象、烈氷狼《フェンリル》！」

部下たちが一斉に火炎球を放ち、出現した巨大な狼の足止めを行う。

烈氷狼《フェンリル》は煩《わずら》わしそうに頭を振ると吠《ほ》えた。その足元から、無数の雪狼たちが湧《わ》き出てくる。

「雑魚《ざこ》は任せたぞ！」

言うなり、ホムラは大剣を投げた。彼の放った大剣が、飛びかかってきた雪狼の身体を貫《つらぬ》く。

ホムラは虚空に身を躍《おど》らせ、全身に炎を纏った。炎が霧散すると、ホムラは巨大な獅子《しし》の姿へ変貌《へんぼう》して烈氷狼《フェンリル》の前に立ち塞《ふさ》がる。

「この姿の方がやりやすいだろ？」

ホムラの挑発《ちょうはつ》に、烈氷狼《フェンリル》が地を蹴った。

鋭《するど》い牙の並んだ口を開き、氷の吐息《といき》をホムラへ浴びせた。ホムラも炎を吐《は》いて対抗《たいこう》する。

白煙《はくえん》とともに氷が砕け、炎が雪に散らされる。

その中で、両者は止まることなく入れ替《か》わりながら、爪《つめ》や牙で相手の皮膚《ひふ》を切り裂《さ》いていく。

二人の攻撃に城壁《じょうへき》の一部が砕け、瓦礫《がれき》が雪塵《せつじん》を宙へ撒《ま》き散らした。

「そこだ！」

ホムラが渾身《こんしん》の力で烈氷狼《フェンリル》に体当たりを仕掛《しか》けた。烈氷狼《フェンリル》が体勢を崩《くず》して踏《ふ》み止《とど》まる。

烈氷狼《フェンリル》の足元に、巨大な魔法陣《まほうじん》が展開した。

「捕縛《ほばく》魔法、炎獄《えんごく》！」

部下たちが掲げる魔法具が輝《かがや》き、魔法陣から炎の檻が烈氷狼《フェンリル》の全身を捕《と》らえた。

烈氷狼《フェンリル》の咆哮が、周囲の人々を吹《ふ》き飛ばす。地面に展開した魔法陣が揺《ゆ》らぎ、炎の檻が煙《けむり》となって消えた。

「これで、最後だ！」

ホムラが掲げた爪が鈍《にぶ》く光り、烈氷狼《フェンリル》の額を割る。彼の爪が何か硬《かた》いものを砕き、烈氷狼《フェンリル》が力なく地面に倒《たお》れ伏《ふ》した。そのまま形を崩し、氷の山となって沈黙《ちんもく》する。

「お見事」

ボルヴが肩に槍《やり》を担《かつ》いでこちらへ駆けてくる。

「他《ほか》の皆《みんな》は？」

獣《けもの》から人の姿へ戻《もど》ったホムラは、地面に突き刺さった己の大剣《たいけん》を拾いあげ、背に負った。

「ジル・イナビ隊は司令塔奪還《だっかん》に成功。ガルダ隊はニビ隊とともに逃亡《とうぼう》した残党を追っている。私の部隊は簡易救護所の設営と、要塞《ようさい》内に魔獣が残ってないか警邏《けいら》している」

ボルヴの報告に、ホムラは頷《うなず》いて応《こた》えた。

先程の烈氷狼《フェンリル》が、ここの指揮官的な立場だったのだろう。

「氷の魔人、現れませんでしたね」

こちらの心情を察したボルヴが、声を低めた。

「どちらにせよ……首都ヴェモルティアは目と鼻の先だ」

「隊長ーっ！」

司令塔の方から、イナビが慌《あわ》てて走り出てくる。

その尋常《じんじょう》でない様子に、ホムラとボルヴは思わず顔を見合わせた。

「どうした？」

「通信魔法具を再稼働《さいかどう》させたら、ガレルから緊急《きんきゅう》通信が入って……とりあえず、来てください！」

急《せ》かすイナビの後に続き、司《し》令塔《れいとう》へ入ったホムラとボルヴ。

二人を出《で》迎《むか》えたのは、無表情のジルだった。

ジルの前には通信傍受《ぼうじゅ》を阻《そ》止《し》した特殊《とくしゅ》な造りの魔法具が稼働している。

ギリル要塞が敵に占領《せんりょう》された際は、偽《にせ》情報を流《る》布《ふ》されるのを防ぐため、特殊暗号を使用する状態へ切り替わっていた。最も、魔人にとっては利用価値がなかったものと見え、ギリル要塞を放棄《ほうき》した際の状態のままだったようだ。ざっと見回してみたところ、損耗《そんもう》も軽微《けいび》なようだ。

「カヅチさまと繋《つな》がっています」

ジルの報告に、ホムラは通信魔法具に取り付いた。

「カヅチ、ガレルで何かあったのか!?」

〝アスカさんとクルスさんが消えました。ガレルにおいて強い転移魔法の執行《しっこう》が確認され……おそらく魔人によるものと思われます〟

通信魔法具の宝珠から、カヅチの焦《あせ》った声が響《ひび》く。

「なぜ、ガレルに……？」

「それに、アスカさんやクルス殿《どの》を拉致《らち》した目的は一体……？」

ボルヴとジルが顔を見合わせている。

「そんなことより、早く見つけ出さないと！　こんな寒さの中だと、凍《こご》えちゃいますよ！」

イナビが身を乗り出した。

〝翼騎隊隊長のカイセルだ〟

「っ！　カイセルか……街の被害《ひがい》は？」

〝街に被害はない。先程、カヅチさまがおっしゃったように、二名の消息が途絶《とだ》えたのみだ。翼騎隊もガレル周辺や他の都市と連絡《れんらく》を取り合って二人の行方《ゆくえ》を捜索《そうさく》中だ〟

　ホムラがギリッと唇《くちびる》を噛《か》み締《し》めた。

〝現状での予測に過ぎないが……魔人が絡《から》んでいるとしたら二人は首都にいる可能性が高い。そこで闘騎隊隊長ホムラ、そちらにも首都での二名の捜索を要請《ようせい》する。先ほど、ギリル要塞に向け、物資輸送のためにアナリルの部隊を派遣《はけん》した。早急《さっきゅう》に受け入れ態勢を整えてほしい〟

「っ!?　馬鹿《ばか》！　お前はまた――」

〝部下たちからの申し出でもある。それに、二度も魔人の侵入《しんにゅう》を許したんだ。我々としても、何らかの形で奴《やつ》に報《むく》いたいところだが……こんな天気だ。荷運び程度ならこなしてみせる、必要なものがあったら教えてほしい〟

「……後方支援《しえん》、感謝する」

　ホムラは一瞬《いっしゅん》だけ微笑《ほほえ》むと、ボルヴに視線を向けた。

「兵たちの凍傷《とうしょう》がひどい。バルト草と爆弾《ばくだん》草、炎珠《えんじゅ》を一定数送ってほしい。それから食料と、清潔なガーゼ、そして包帯だな」

〝承知した。すぐに準備して第二陣で送り出す〟

「イナビ、ガルダ隊とニビ隊を呼び戻せ！　ジル、要塞上空、空路の安全確保を。罠《わな》がないか、ジェイドとともに確認作業を」

「わかりました」

「了解《りょうかい》です！」

二人が出ていくと、カイセルの声が呼び掛《か》けてくる。

〝ホムラ〟

「何だ？」

〝攫《さら》われた二人が直前まで過ごしていた部屋だが、荒《あ》らされた形跡《けいせき》はなかった〟

「……つまり、二人は自分から魔人たちについていった、そう言いてぇのか？」

ホムラは慎重《しんちょう》に尋《たず》ねる。

〝氷の魔人は、今まで一貫《いっかん》して破壊《はかい》行動のみをとってきた。敵味方関係なく、周囲を巻き込むような……力任せな魔法で我々《われわれ》を圧倒《あっとう》してきた。それが街に侵入して、何の被害も出さずに二人を連れ去っただけというのは……いささか腑《ふ》に落ちん。二人が魔人に通じていたと言われた方が、一連の事態に納得《なっとく》がいく。相手側になんらかの意図があることは明白だ〟

「ふむ……」

カイセルの言葉に、ホムラも唸《うな》った。

〝用心しろ。敵方の思惑《おもわく》がわからん以上、こちらはすでに後手に回っている。貴様の下す判断が、闘騎隊を全滅《ぜんめつ》に追い込むことがないようにな〟

「肝《きも》に銘《めい》じておく。こちらからも偵察《ていさつ》隊を出す。情報提供、感謝する」

〝武運を……死ぬことは許さん〟

カイセルの無愛想《ぶあいそう》な声がそう言い捨てて通信を切った。

「……どれくらい持つと思う？」

ホムラの問いかけに、ボルヴは黙考《もっこう》する。

「環境《かんきょう》適応の魔法具を持たせているとはいえ……一日、二日が限度でしょうね」

ホムラの眉間《みけん》のしわが深まる。

アスカはまだ炎《ほのお》を自在に操《あやつ》ることができない。

クルスに至っては炎の魔法そのものへの適性がない。

一刻の猶予《ゆうよ》もなかった。

「ホムラさまは、二人を助けるおつもりですか？」

ボルヴの問いかけに、ホムラは無言で振り向いた。

「カイセルさまのご指摘《してき》もそうですが……クルス殿はルチアの民《たみ》。実際にかの者の言動から、魔人に対して強い興味関心をお持ちのようだ。あなたが保護した少女にしても、彼女が現れたころから魔獣《まじゅう》の動きが活発になった。そして今回の消息を絶ったことといい、まったく魔人たちと無関係とは思えません」

自分たちの敵である可能性のある二人を、それでも助けるのか。

ボルヴはそうホムラに問いかけていた。

「なぁ、ボルヴ」

ホムラは虚空《こくう》を睨《にら》み据《す》えたまま、静かな声音《こわね》で続けた。

「なんで魔人たちは、この世界を破壊しようと俺たちと戦っているんだろうな」

「……は？」

ボルヴが珍《めずら》しく頓狂《とんきょう》な声を上げる。

何を言っているんだ、とホムラの問いかけを不可解に思ったのだろう。

少し前のホムラでも、今の自分の発言を聞けばボルヴと同じ反応を返しただろう。

フェルノの民は、幼い頃《ころ》から魔獣や魔人と戦う術《すべ》を教えられる。

アルファトリアの秩序《ちつじょ》を乱す存在を討伐《とうばつ》することは、フェルノ国の存在意義であるからだ。

ホムラも今まで、魔獣や魔人を討伐することに疑問を持ったことなどなかった。

破壊の先に、魔人たちは何を望んでいるのだろうか。

ホムラは自分の中に浮《う》かんだ疑問に、じっと黙考する。いくら考えてみたところで、結局は答えが出なかった。


——魔人や魔獣たちを討伐したら、本当にフェルノは平和になるのかな？


クルスの言葉が鋭《するど》く胸を突《つ》いた。

ルチアに身を置いていた彼の言葉は、戯言《たわごと》と片づけるには核心を衝《つ》いていた。

「……怖《こわ》い、か」

ホムラはボルヴにも聞こえないほど、小さな声でもらした。

泣きじゃくるアスカの姿が、脳裏《のうり》に浮かぶ。この世界のことを何も知らない少女は、魔法が飛び交《か》うことが当たり前のこの世界を「怖い」と言った。

ホムラは己《おのれ》の手を見下ろす。小刻みに震《ふる》えているのは、果たして寒さのせいだろうか。

魔人たちと十年近く戦ってきた。今更《いまさら》ながら、彼らの思惑がわからないことが、こんなにももどかしく、空恐《そらおそ》ろしいと感じたのは初めてだった。


俺は、一体……何と戦っているのだろう。


強い憎悪《ぞうお》でそれまで見えていなかったものが、はっきりと目の前に居座っている。

ホムラが置き去りにしてきた感情を、クルスとアスカは真っ直《す》ぐな言葉でホムラに差し出してきた。いや、今まで気づく機会はありながら、ホムラが見て見ぬふりをしてきたせいだろう。

親父《おやじ》だったら……先代の王ならば、どう結論を下しただろうか。

ホムラはそっと震える手を握《にぎ》りしめた。

「急ぎ軍議を開く」

ホムラはそれだけ言うと、司令室を後にした。

ひんやりとした冷気に、身を震わせながら目を開く。

視界に飛び込んできたのは、灯《あか》りの落ちた部屋だった。

天井《てんじょう》からは氷柱《つらら》が垂れ、絢爛豪華《けんらんごうか》な装飾《そうしょく》の類《たぐい》も全《すべ》て凍《こお》ってしまっている。そのせいで廃墟《はいきょ》の城を思わせる薄気味悪《うすきみわる》い印象だ。

「きゅう……」

アスカの頭に乗っていたヒマリが、寒さのために服の隙間《すきま》へ身を隠《かく》す。がたがた震える小さい体を、アスカは服の上からそっと撫《な》でた。

「ここは……？」

周囲を見回してアスカはクルスに問いかけた。

「フェルノ国首都、ヴェモルティア王城の一室よ」

クルスが答える前に、黒いフードを目深《まぶか》に被《かぶ》った女性が淡々《たんたん》と答える。

女性はまるで能面のように表情が乏《とぼ》しい。全てを諦《あきら》めたような、どこか虚無《きょむ》を抱《かか》えた雰囲気《ふんいき》を纏《まと》っている。そんな彼女の憂《うれ》い顔から、アスカは目が離《はな》せなかった。

「まぁまぁ、そう警戒《けいかい》しないでよ。今のところ、僕らはアスカちゃんに危害を加えるつもりはないからさ」

クルスが両手を広げ、女性とアスカの間に割って入った。

「クルス、これは一体……？　そちらの女性は、お知り合いですか？」

「うん、彼女は僕の命の恩人でね。ついでに僕らは相思相愛な恋人《こいびと》同士で——」

「サトル、適当なこと言ってないで本題に入りなさい」

クルスは穏《おだ》やかな表情のまま頬《ほお》を赤らめた。そんな彼とは対照的に、女性の方はつれない。

両者の温度差に、アスカはどう反応すべきか戸惑《とまど》ってしまった。

「もぅ、アリアはせっかちだな」

クルスはそうぼやきながらも、目を細めた。

彼が鋭い視線を向けた先に、アスカも目を向ける。

「何のつもりだ、クルス」

凍った壁《かべ》から一人の少年が姿を現した。少年は氷の中をすり抜《ぬ》けて、音もなく着地する。漆黒《しっこく》のフードから覗《のぞ》く青白い顔に生気はない。

「幽霊《ゆうれい》っ!?」

アスカは青ざめて尻《しり》ごみした。

「アスカちゃん……君、本当に素直《すなお》だよねぇ」

怯《おび》えるアスカを、どこか微笑《ほほえ》ましいと言わんばかりにクルスが眺《なが》める。

「おい、質問に答えろ。何だ、コレは？」

フードを取り去り、目つきの鋭い少年がアスカを一瞥《いちべつ》した。

少年は陶磁《とうじ》器《き》のような滑《なめ》らかな白い肌《はだ》に、透《す》けるような青い髪《かみ》と瞳《ひとみ》を持っている。黙《だま》っていれば人形のように美しいが、その気性《きしょう》はだいぶ荒《あら》そうだ。

クルスは少年の詰問《きつもん》もどこ吹《ふ》く風で、余裕《よゆう》の態度を崩《くず》さなかった。

「僕とアリアのお客様だよ。ちょっと場所借りるねー」

「ふざけるな、出ていけ」

「いいじゃん、部屋はいっぱい余ってるんだし。第一、アミルは普段《ふだん》から氷の中を移動して王城は部屋を使ってないでしょ！」

「氷漬《こおりづ》けにされたいのか？　目障《めざわ》りなんだよ！」

アミルと呼ばれた少年の視線がアスカに向く。

刃物《はもの》を向けられたような圧迫感《あっぱくかん》に、アスカは肩《かた》を揺《ゆ》らした。

「アルファトリアの民は皆殺《みなごろ》しにする。俺の目の前に連れてきたんなら、殺されても文句は言えないぞ？」

そう言ってアミルは手のひらを掲《かか》げる。彼の手の中で無数の氷の粒《つぶ》が浮かび、やがて氷柱のように尖《とが》った。

殺される、とアスカが身構えた時だった。

「彼女はこのアルファトリアとは別の場所から来たんだ。君たちの父様は彼らと仲良くしていたんだよ」

アスカとアミルが同時にクルスを見た。

どうして、クルスがそのことを？

アスカはクルスから一歩、距離《きょり》を取った。

「それは本当なのか？」

「ああ、それは僕が保証する」

確認《かくにん》するアミルに、クルスはしっかりと頷《うなず》いた。

「アスカちゃんの言動は、アルファトリアで生きていくにはあまりに不自然な点が多い。この世界のことは何も知らない。そうかと言って、まったく教養がないわけじゃない。その矛盾《むじゅん》はかえってアスカちゃんの存在が異質であることの証明だ」

アスカはクルスの笑顔《えがお》に警戒の眼差《まなざ》しを向ける。

普段から、クルスがくだけた調子で話しかけてくるから気を緩《ゆる》めすぎたのだろう。

しっかり観察されていたことに、言い知れぬ空寒さを感じた。

「……」

アミルが手を下ろすと、浮《う》いていた氷の刃《やいば》も砕《くだ》けて床《ゆか》に散らばった。

「勝手な行動をしてみろ。その時は容赦《ようしゃ》なく殺す」

「はいはい」

アミルが吐《は》き捨てるように言うと、その姿が氷の中に溶《と》けて消える。

クルスはへらへらと笑いながら手を振った。

「さて、改めて紹介《しょうかい》させてもらうよ」

仕切り直すように、クルスは己の背に生えた翼《つばさ》と両腕《りょううで》を大げさに広げた。

アスカは唇《くちびる》を引き結ぶ。

「さっきの少年の姿をしているのがアミル。補足するまでもないけど、フェルノ国で『氷の魔《ま》人《じん》』と呼ばれているのは彼だよ」

クルスは次いで、己の背後に佇《たたず》む女性を示す。

「彼女の名前はアリア。さっきも言ったけど、僕の命の恩人であり、風を操《あやつ》る魔人だ」

「……」

アリアは腕を組んだまま、壁に背を預けて成り行きを見守っている。

口出しせず、クルスの好きにさせることにしたらしい。

「そして僕の名前は、来栖《くるす》 悟《さとる》。君と同じ、日本からこの異世界アルファトリアにやってきた異世界人だよ」

クルスは己の胸に手を当て、目を見開いて固まっているアスカににっこりと笑いかける。

「君は僕にこう問うたね。魔人とは何者なのか。どのようにして生まれたのか、と」

クルスは広げた背の翼を見せつける。

「僕のこの姿が、その疑問に対する答えだよ」

クルスの口元が笑い、縦に裂《さ》けた瞳孔《どうこう》が爛々《らんらん》と輝《かがや》く。

「アルファトリアに満ちる魔力によって、この世界の住人たちは魔法を行使したり、肉体を変化させたりすることができるようになった。彼らが習得した魔法技術は、過酷《かこく》な環境《かんきょう》下でも生活できるよう文明を発展させてきた。アルファトリアに住む以上、文化の発展や生活環境を構築する上で魔力は欠かせない存在となっている」

しかし、どの力にも代償《だいしょう》はつきものだ。

クルスは静かに呟《つぶや》いた。

「やがて魔力をその身に受け続けた結果、理性をなくして害獣《がいじゅう》化した人間や野生生物が出現するようになった。僕はその現象を『魔獣化』と呼んでいる」

「まさか、魔人は……人が魔獣化したの？」

「少し、違《ちが》うかな。もうこの世界に、魔人を生み出す技術は失われてしまったから。アルファトリアの民《たみ》は、この世界に生まれた瞬間《しゅんかん》から、下手《へた》をしたら母体を通して常に魔力の影響《えいきょう》を受けてきた人々だ。彼らは魔獣化する場合がほとんどだって、知り合いに聞いたよ」

魔人になるには条件がある、とクルスは目を細めた。

「魔獣化の末期、肉体が黒化《こくか》する魔獣に人為的《じんいてき》な処置を施《ほどこ》した人々を『魔人』と呼ぶんだ。その処置を施すことができたのが、この世界で『魔王』と呼ばれた存在だけなんだよ」

理性を残し、強力な魔力を体に宿してもなお存在を維持《いじ》できる奇跡《きせき》の技術。

しかし、それも万能《ばんのう》ではない。

「喩《たと》えるなら、水だね。水は高い所から低い所へ流れ込むだろう？　肉体を器《うつわ》とするなら、魔法を使い続けて自分の体内に蓄積《ちくせき》された魔力量が減っても、一晩寝《ね》ればこの世界に満ちる魔力が自分の身体《からだ》の中へ流れ込んで元《もと》に戻る。まぁその容量も個人差があるんだけどさ」

この世界に満ちる魔力はより影響の少ない方へ流れ込んでいく性質がある。

　クルスの笑顔が陰《かげ》った。

「その性質が、この世界の悲劇の始まりだ」

　クルスは部屋を歩き回りながら、虚空《こくう》を見つめている。

「アルファトリアの民は、昔……定期的に異世界から人を召喚《しょうかん》し、生贄《いけにえ》にしていたんだ。少しでも魔獣化を遅《おく》らせるため、自分たちに魔力の影響が少なくなるよう、異世界の人間へこの世界に満ちる魔力を押し付けていたんだよ」

「それって……大丈夫《だいじょうぶ》なんですか？」

「大丈夫なわけないわ」

　初めて、アリアが口を開いた。その形のよい眉《まゆ》が不快げにひそめられている。

「強力な魔力を注ぎ続ければ、異世界から召喚された人間の姿も変容するわ」

「僕みたいにね」

　クルスは立ち止まって自分を示した。

　彼の容姿は、背に翼を生やし、両足は鋭《するど》い鉤爪《かぎづめ》を持つ鳥のそれ。尖った耳は髪と同じ羽毛《うもう》で覆《おお》われている。その外見だけでは、クルスがアスカ同様、異世界からやってきた人間だなどと誰《だれ》が信じるだろうか。

「そして限界を超えた瞬間、肉体は『黒化』し始める」

「末期の魔獣に起《こ》こる、身体的変化のこと？」

「その通り。肉体が壊死《えし》し、身にため込んだ魔力だけでその存在を具現化する。乱暴な言い方をすると、全身が真っ黒になって目や鼻立ちなどの容姿が判別できなくなる感じかな。言わば器である肉体が壊《こわ》れている状態だから、最終的には膨張《ぼうちょう》した己《おのれ》の魔力が外へ飛び出してしまう。こう、びしゃっと水が壊れた器からこぼれた感じだね。そうして、限界を超えた末期の魔獣は存在が消滅《しょうめつ》する。黒化した魔獣が死ぬと数千年経《た》とうと草木の生えない不毛な土地を生み出すんだ」

「それって……」

アスカはひゅっと息を吸い込んだ。

アスカがあちらの世界で接触《せっしょく》した黒い人物は、まさにクルスの言う黒化した魔獣の特徴《とくちょう》と一致《いっち》する。

かの黒い人物は、アスカに助けを求めていた。

それは、この世界で生贄にされたからなのだろうか。

それとも、魔獣化する苦しみに耐《た》え兼ねていたのか。

今となっては知る由《よし》もない。

言葉にこそしなかったが、アスカはクルスの言葉に確信を得る。

あの『黒い人物』はこちらの世界の住人か、無理やり連れてこられた人だったのだ。

「今のところ、魔獣化した人間や動物を救う手立てはない」

クルスがフッと自嘲《じちょう》気味に呟く。

「魔人の強力な魔力は本人の意思に関係なく、周囲へ影響を及《およ》ぼす。魔人の魔力に中《あ》てられ、魔獣化する人々が多発した。そうなれば、自然と彼らの憎悪《ぞうお》は魔人たちに向いた。彼らこそ、アルファトリアの民のために強《し》いられた犠牲者《ぎせいしゃ》だってのに」

「そうして、アルファトリアの民は真実を隠《かく》したわ。魔人が魔獣を生み出し、自分たちを滅《ほろ》ぼそうとしている。そう焚《た》き付けることで、この世界の秩序《ちつじょ》を保とうとしている」

アリアが苦々し気に呟く。

「けれど僕に言わせれば、そんなものは何の解決にもならない」

クルスが皮肉交じりに吐き捨てた。

「アスカちゃん、この世界で強い魔力にさらされ続ければ、いずれ君も僕のような異形の姿になる。魔人の大半は、異世界からやってきた普通《ふつう》の人間たちだった。僕らとなんら変わらない」

クルスはアスカに歩み寄ると、そっと手を差し出した。

「何も知らない、罪のない人々が犠牲になり、あげく悪として排除《はいじょ》されるなどもってのほかだ。間違いは正さなきゃならない。僕らと一緒《いっしょ》に異世界からやってきた同胞《どうほう》を助けよう。不死鳥の炎《ほのお》を持つ君なら、この世界を変えることができる」

アスカはクルスの差し出す手を凝視《ぎょうし》する。

クルスが嘘《うそ》を言っているとは思えない。彼の話すことが事実であるならば、アスカは差し出された手を握《にぎ》り返すべきなのだろう。

過《よぎ》ったのは、ホムラの横顔だった。

僅《わず》かに浮いていた己の腕が、力なく落ちる。

「……ホムラは――」

アスカはクルスを見つめたまま、静かに問いかけた。

「その話を、ホムラたちにはしたの？　ちゃんと、彼らにそう訴《うった》えた？」

ぴくりとクルスの眉《まゆ》がひそめられる。

「魔人を擁護《ようご》するような奴《やつ》の言葉など、この世界の人間は聞く耳持たないよ」

クルスは険しい顔のまま、そう吐き捨てた。

そんなことはない。

アスカはクルスを真っ向から見据《みす》えた。

「ホムラは私が異世界から来た人間だと知っても、とても親切にしてくれたよ。そりゃ、最初は親の仇《かたき》……その仲間かもしれないって警戒《けいかい》していたみたいだけれど。私にこの世界で生き残る術《すべ》をたくさん教えようとしてくれた。それだけじゃない。どうしても元の世界に帰りたいなら、その手伝いもするって言ってくれた」

そんなホムラが、クルスの言うような「誰かを犠牲にして自分たちだけが助かる道」を進むだろうか。苦しんでいる人を見て、それを見過ごすだろうか。

「ホムラは……放《ほう》っておけばそのまま消える命を、わざわざ拾い上げて抱《かか》え込むようなことをする人だよ」

出会ったときのことを思い出し、アスカは自然と表情を綻《ほころ》ばせた。

アスカはそうして、生を繋《つな》いだ。なんやかんや理由を並べ立ててはいたが、ホムラは基本的にお人好《ひとよ》しなんだと思う。

「私よりもクルスの方がホムラと付き合いが長いんだから……改めて言われなくてもわかっているはずじゃない？」

アスカがそう言えば、クルスは沈黙《ちんもく》する。ひどく歪《ゆが》んだクルスの顔は不快げだ。

「そういえば、君は知らなかったね。ホムラはガレルが襲撃《しゅうげき》された時、雪に埋《う》もれた君を見捨てたんだ。僕が君を助けてくれって頼《たの》んでも、聞き入れてくれなかった」

クルスの目が不穏《ふおん》な雰囲気《ふんいき》を宿す。

「それでも、同じことが言えるかい？」

荒《あら》ぶる感情を無理やり落ち着けたような、静かな声音《こわね》だった。クルスが感情的になるにつれて、アスカの心は落ち着いていく。自分でも不思議なほどだ。

「氷の魔人《まじん》が街を襲《おそ》っていたんだよ？　放っておいたら、もっと被害《ひがい》が広がっていたかもしれない……」

ホムラはこの国の王子だ。王がいないうちは自分がフェルノを守ろうとするだろう。

「君は……自分を見捨てたヤツを許すのか⁉」

クルスが信じられないと言わんばかりに目を見開いた。

「許す……とは、少し違うかな。ホムラなら、そうしても仕方ないなって思っただけ。それを非難するのは、筋違《すじちが》いだなって思うの。クルスや魔人の皆《みんな》がそれぞれ譲《ゆず》れないように、ホムラも譲れないものを守っただけなんだから」

ホムラがフェルノ国とその住民をどれほど大切にしているか。短い間ではあったが、それは痛いほど伝わった。

アスカももし、自分の家族が大変な目に遭《あ》っていたら、ホムラと同じようにどうにかして助けようと行動するだろう。

「ホムラはクルスのこと、すごく信頼《しんらい》していた。傍《はた》から見ていても、私は二人がすごく仲が良いことはすぐにわかったよ。お互《たが》い遠慮《えんりょ》なく、でも確かな尊敬と信頼がそこにはあったと思ったから。正直、羨《うらや》ましいなって思ったくらいだよ」

「羨ましい、か……アスカちゃんは変なことを言うね」

アスカの言葉に、クルスは戸《と》惑《まど》った表情を浮《う》かべた。

まるで得体の知れないものでも見るような顔だ。

アスカは構わず続ける。

「ねぇ、クルス。本当にアルファトリアの人たちは、異世界の人間である私たちの話を聞いてくれないの？　だって、魔獣《まじゅう》化の原因が魔力にあるなら、それはやがて自分たちの生存すら危《あや》うくするんでしょ？　それをどうにかしないことには、いずれはすべてが手《て》遅《おく》れになる。そんなこと、彼らだって望まないはずだよ」

偏《かたよ》った見方、それこそより多くの悲劇を生むのではないか。

「君は何も知らないから！　そんな呑気《のんき》なことが言えるんだよ！」

　クルスは差し出した腕《うで》を振《ふ》って、叫《さけ》んだ。

「余所者《よそもの》の言葉など、誰《だれ》が鵜呑《うの》みにするんだ？　仮に信じてくれたとしても、中には現状のままを望む奴もいる！　ただ自己の利益のみを考え、他者がどうなろうが関係なしだ！　まるで虫けらを見下ろすかのような、冷淡《れいたん》な奴も世の中にはいるんだよ！」

　クルスの瞳《ひとみ》は瞳孔《どうこう》が縦に裂《さ》け、怒《いか》りを剥《む》き出した怪鳥《かいちょう》そのものだ。全身の羽毛《うもう》も総毛立ち、まるで威嚇《いかく》するように広がっている。

　視界を塞《ふさ》いだ真っ白な羽毛を前に、アスカは一歩後ずさった。

「サトル」

　アリアの落ち着いた声が、クルスを窘《たしな》めるように名を呼んだ。

　すると、興奮して広がったクルスの羽毛が、目に見えて縮んでいく。

「悪いね……少し興奮しちゃった」

　クルスが深呼吸を繰《く》り返すと、苦い顔をした。

「アスカちゃん。君が何を考え、何を感じようと関係ないんだよ。この世界にいる限り、己の意思にかかわらず、異世界の人間はアルファトリアの民《たみ》の手によって消されてしまうだろう」

「そんなこと――」

「魔人たちという前例があるのに、そうでないと断言できるのかい？　どの世界でも、歴史とは繰り返すものだ。異物は排除され、世界は破滅《はめつ》へと直走《ひたはし》る。真実を知った者として、僕らと同じ境遇《きょうぐう》の同胞に救いの手を差し伸《の》べることができるのは僕らしかいないんだ」

アスカの言葉を遮《さえぎ》り、クルスは淡々《たんたん》と告げる。彼はくるりとアスカに背を向けた。

「少しだけ時間をあげる。どのみち、この気温の中ではもって一日だ。それまでに結論を出してほしい」

「クルス！」

アスカの伸ばした手が空を切る。

クルスとアリアの姿は、凍《こお》り付いた室内から忽然《こつぜん》と消え失《う》せていた。


「ホムラ、少し話をしよう」

父王はそう言って、ホムラをバルコニーに連れ出した。

当時、十歳になったばかりのホムラはびくりと全身を強張《こわば》らせる。

また、怒《おこ》られる。

ホムラは暗い顔のまま、父王の後についていく。

三日前、父やカヅチに内緒《ないしょ》で王の間に忍《しの》び込み、王器アレイディアに触《ふ》れた。

幸い、王器がホムラを焼くことはなかったが、そのことを知ったカヅチが烈火《れっか》のごとくホムラを叱《しか》りつけたのはまだ記憶《きおく》に新しい。

さすがのホムラも、今回ばかりは悪戯《いたずら》が過ぎたと反省している。

父王は無言でバルコニーから首都ヴェモルティアの街並みを望んでいた。

噴《ふ》き出すマグマが周囲を明るく染め、建物の陰影《いんえい》が濃《こ》くなる瞬間《しゅんかん》が外界の夕焼け空を連想させて物悲しい。ホムラは父の傍《かたわ》らに並ぶと、視線をうつむかせて唇《くちびる》を引き締《し》めた。

「ホムラ、顔を上げなさい。そんなことでは大切なものすら見失ってしまう」

父王が穏《おだ》やかな口調で諭《さと》した。ホムラはおずおずと顔を上げる。ちらりと父の顔を盗《ぬす》み見れば、こちらへ笑いかけてきた。

「見なさい、今日もヴェモルティアの街が活気づいている。こうして変わらぬ日々を送ることができるのも、皆《みな》がそれぞれの役割に励《はげ》み、たゆまぬ努力を積み重ねている成果だ。それを忘れることはあってはならない」

「……はい」

ホムラは父の言葉に神妙《しんみょう》に頷《うなず》いた。大人しいホムラに、父王は堪《たま》らず噴き出す。

「私は別にお前を叱るつもりはないから、安心なさい。三日前に、こってりカヅチに絞《しぼ》られただろう。それでもう十分だ」

てっきり怒られるものと思っていたホムラは目を丸くする。

すぐさま、パッとホムラの表情が輝《かがや》いた。我《われ》ながら現金な性格だったと思う。

「親父《おやじ》、また俺に稽古《けいこ》をつけてくれよ！」

すぐさま父の外套《マント》を掴《つか》むホムラに、父王は苦笑《くしょう》した。

「お前の指南役にジルをつけただろう？　まだまだ若いが、彼はかなりの実力者だぞ」

「あんなのに付き合っていたら死んじまう」

真顔で言い切ったホムラに、父王は頷いた。

「だから死なんように鍛《きた》えるんだろうが。訓練で死ぬような奴《やつ》が戦場で生き残れるわけがあるまい」

父王はホムラから視線を外すと、ヴェモルティアの街並みを一望する。

「フェルノ国の王には『役目』がある」

唐突《とうとつ》に呟《つぶや》かれた父王の言葉に、ホムラは即座《そくざ》に首を傾《かし》げた。

「役目？　国を守るために魔獣どもと戦うことか？」

父王は首を横に振り、ホムラの答えを否定する。

「んー……フェルノの民を守ること、は当然か。なら他《ほか》の民族も守ること？」

悩《なや》むホムラの言葉に、先王はただ違うと答えるばかりだ。

「フェルノの民は不死鳥王のご遺志を受け継《つ》ぐ者。そのフェルノ国を背負う王とは、すなわち不死鳥王の代行者だ。フェルノの王は不死鳥王のご遺志を全《まっと》うするためだけにある」

フェルノ国を建てた始祖王――フェルノは、常に最前線で戦った勇猛《ゆうもう》な王であったと言われている。魔王を討伐《とうばつ》する際も、他の王に後方を託《たく》して兵を伴《ともな》い、真っ先に敵陣《てきじん》へ突《つ》き進んでいったという。

フェルノで生まれた子は、寝物語《ねものがたり》にかの王の武勇伝を必ず聞かされて育った。

結果として、それがそのまま国民が誇《ほこ》る王の姿となった。

だから、フェルノの民は臆《おく》さない。臆してはならない。

臆病であることは、自分の大切な人を失うことに繋《つな》がるからだ。

「親父……不死鳥王は一体、何を望んでいたんだ？」

ホムラが父王に尋《たず》ねる。すると、父王の大きな手がホムラの頭を撫《な》でた。

「お前が本当に次代のフェルノ王にふさわしいのならば、おのずと示されるだろう」

その沈《しず》んだ声に、思わず父王を見上げた。その表情は、太陽が陰《かげ》ってしまったように力ないものだった。

「ホムラ、これだけは忘れるな。王器アレイディアは不死鳥王のご遺志を伝える。お前が辿《たど》るべき道を見失った時は、手にした王器の姿を見てその標《しるべ》としろ。これはフェルノ王として、そして父の言葉として胸に刻んでおけ」

「うん……わかった！」

ホムラは父王に元気よく答えた。

「お前にも、辛《つら》い宿命を背負わせるな……」

ホムラの頭を撫でる父王の表情は、その日以来、晴れることはなかった。

氷の魔人に、その胸を貫《つらぬ》かれて絶命したその瞬間まで、ずっと。


ホムラは顔を上げ、目の前に聳《そび》える高い山を見上げる。

その山頂からはヴェモルティア王城の尖塔《せんとう》と高い見張り台が見えた。

吹雪《ふぶき》の中に煙《けぶ》るカルガス火山帯。噴火《ふんか》と地震《じしん》を繰り返し、毎日違《ちが》った景色を見せていた山々はすっかり氷の下へと身を潜《ひそ》めてしまった。

　ホムラは、つめていた息をゆっくりと吐《は》き出す。

　フェルノ国の中心地は、今や真っ白な雪に覆《おお》われた氷山と化していた。行き交《か》う行商も、かつてフェルノへ軍事訓練を行うために各国から集まってきていた訓練生の姿もない。

　ただ大地を大粒《おおつぶ》の雪が叩《たた》く音だけが、ホムラの耳に虚《むな》しく届いた。

「首都近郊《きんこう》にはギリル要塞《ようさい》以上の罠《わな》の数ですねー」

　偵察《ていさつ》から戻《もど》ってきたニビが、巨大《きょだい》な猫《ねこ》の姿でこちらへ歩み寄ってきた。止《や》まない吹雪のせいで、彼の毛には雪の塊《かたまり》が重くこびりついている。まるで巨大な雪玉が歩いているようだ。

　本人も煩《わずら》わしいのか、不機嫌《ふきげん》な顔を隠《かく》そうともしない。

　ギリル要塞での軍議の後、すぐさま首都ヴェモルティアへと進軍を開始した。

　ホムラ率いる一団は、雪に埋《う》もれた道なき道を進んでいた。視界は変わらず最悪で、吹雪《ふぶ》く中の行軍に皆は必死についてきてくれていた。

「吹雪で視界も悪い……このまま首都に突っ込んだら敵の思う壺《つぼ》だと思いますがね」

　ニビは二つに分かれた己《おのれ》の尻尾《しっぽ》を軽く振《ふ》った。尻尾の先で、鬼火《おにび》がゆらりと揺《ゆ》れている。

「ジル、このまま首都に攻《せ》め入った場合、氷の魔人《まじん》はどう動くと思う？」

　ニビの進言に、ホムラは答えなかった。代わりに、己の傍らに控《ひか》える副官に問いかけた。

「かの魔人ならば、ガレル要塞襲撃《しゅうげき》の時同様、雪崩《なだれ》でも引き起こして生き埋めが定石でしょう」

ジルは顔色一つ変えることなくいつも通りの調子で答えた。ホムラも無言で頷く。

氷の魔人の強みは、その常識外れな魔力量だ。枯渇《こかつ》を知らないのでは、と思える潤沢《じゅんたく》な魔力を惜《お》しみなく使い、自然に干渉《かんしょう》した大規模な魔法を得意とする。

それは同時に、細かい魔力調節を伴う魔法は不得手であると言えた。

ここ十年、氷の魔人との戦争を経て、ホムラたちは氷の魔人が攻撃《こうげき》系以外の魔法を使ったところを見たことがない。まるで子どもが癇癪《かんしゃく》を起こしたときのように、氷の魔人は敵味方関係なく自分以外の存在全《すべ》てをその膨大《ぼうだい》な魔力を叩きつけることで破壊《はかい》していた。

すなわち、大規模な魔法を発動させる暇《ひま》さえ与《あた》えなければ、ホムラたちにも勝機があるということだ。

「まず、氷の魔人の動きを封《ふう》じる」

ホムラの言葉に、一同が彼の顔を注視する。皆が、ホムラの次の指示を待っていた。

「その役目は俺が担《にな》う。先に言っておくが、反対はするなよ。何も考えなしにそんなことを言ってるわけじゃねぇ。それからジル、ニビ、イナビ、お前たちはそれぞれの部隊を率いて、城内でやってもらいたいことがある」

続くホムラの指示に、ジルは眉間《みけん》のしわを深めた。

「ホムラさま、それはいくらなんでも御身《おんみ》が危険に……」

「城内は狭《せま》い。相手が氷の魔人なら、どこにいても危険度は同じだ。むしろ、俺の場合は存分に戦うことができる分、お前たちよりずっと楽してると思うぞ」

不満そうなジルに、ホムラは軽く笑った。

「楽してる、のかな？　氷の魔人に正面切って挑《いど》むんだから、むしろ危険しかないと思うけど？」

「うーん……とはいえ、作戦内容自体は悪くないと思う。氷の魔人も、大将が出てきたらそちらに意識が向くだろうし」

困惑《こんわく》した顔のイナビがニビに振り向く。ニビは軽く肩《かた》をすくめ、ホムラの意見を支持した。

「相手は魔人だ。誰一人《だれひとり》として気を抜《ぬ》くことは許さない。皆が無事にガレルへ帰還《きかん》できるよう、最善を尽《つ》くせ」

「はい！」

ホムラの激励《げきれい》に皆が一斉《いっせい》に頷いた。

「ねー、副隊長。お願いだからそんな露骨《ろこつ》に不満を出さないでもらえるかな？」

「おや、私がいつそのような反応を？」

相変わらず満面に笑《え》みを浮《う》かべたジルに、ニビが呆《あき》れ顔を向ける。

「ならその身体《からだ》からにじみ出る殺気を仕舞《しま》ってくれない？　過保護も考えものだよ」

「ホムラさまの決断に異を唱えるつもりはありませんよ。実際、此度《こたび》の指示は適切だろうと私でも思います。最善の方法でしょうが……」

ジルは笑顔のまま、ニビに振り向いた。

「ニビ、もしもホムラさまに何かあったら、消しますからね」

「あのさ、もうちょい穏《おだ》やかな言葉で包んでくれない？　俺、泣いちゃいそうだよ」

「まぁまぁ、副隊長もその辺で。今の隊長を見る限り、大丈夫《だいじょうぶ》じゃないですかね？　ぱっと見、冷静みたいだし。氷の魔人も、下手《へた》な小細工なんてすぐ気づきます」

　身体を丸めるニビの傍《かたわ》らで、イナビは渋《しぶ》るジルに指摘《してき》した。

「それに、今度の戦場は勝手知ったる首都ですからね。地の利は俺たちにあります」

　指先で頬《ほお》を掻《か》きながら、イナビは努めて明るく言った。

「行くぞ！　十年の戦争に幕を閉じる！」

　ホムラの号令に、兵士たちの声が呼応した。

第四章　首都奪還

空気が僅《わず》かに波打った。次いで、爆発《ばくはつ》音が耳に届く。

アミルは伏《ふ》せていた瞼《まぶた》を開いた。

淡《あわ》い光の中で、天井《てんじょう》に描《えが》かれた不死鳥王の絵が目に飛び込んでくる。不死鳥王は勇ましい立ち姿で、氷の外からアミルを見下ろしていた。

眠《ねむ》るように沈んでいた氷の中からアミルは身を乗り出した。眼下で白煙《はくえん》を上げる階層へ視線を転じる。

そこにはあの炎獅子《えんじし》の姿があった。獣《けもの》の姿から人の姿へと変じると、真っ直《す》ぐアミルを睨《にら》み据《す》える。背に負った大剣《たいけん》を抜き放ち、ゆっくりと構えた。

王族のみが知る、抜け道でもたどってきたのだろう。

「手間が省けた」

アミルの口元に、残忍《ざんにん》な笑みが浮かぶ。

これで、アルファトリアの民の希望を潰《つぶ》すことができる。

アミルは氷の中から抜け出ると、手すりを踏《ふ》み台に高々と虚空《こくう》に身を躍《おど》らせた。

両手を広げ、魔《ま》法陣《ほうじん》を展開する。狙《ねら》いを炎獅子へ定めた。

「潰《つい》えろ、炎《ほのお》の！」

アミルの魔法陣から無数の氷礫《ひょうれき》が階下へ降り注いだ。

ホムラが大剣を一閃《いっせん》させる。彼の剣身に纏《まと》った炎が、アミルの氷礫を呑《の》み込んだ。

アミルはかぶっていたフードを取り去ると、階下からこちらを見上げる青年を睨み返す。

いつも炎獅子の護衛をしている顔ぶれがいない。

探査をかければ、いくつもの気配が地下を移動していた。

「……囮《おとり》か」

たとえ戦力を分散させたところで、無意味だ。

アミルの得意とする魔法は広範囲《こうはんい》へ干渉する攻撃系魔法。街一つを覆うことは造作もない。

すぐさま、アミルが両手を頭上へ掲《かか》げ、魔法陣を生み出す。

ホムラが地を蹴《け》った。炎を纏《まと》う刃《やいば》をアミル目掛《めが》けて振り下ろす。

「ちっ……」

アミルは腕《うで》に氷を纏って剣へと変化させ、大剣を真っ向から受け止めた。

「囮じゃねぇよ……魔人」

ホムラの大剣とアミルの氷剣が離《はな》れ、二人は大きく距離《きょり》を取った。

「お前と俺の、一騎《いっき》討《う》ちってやつだ。他《ほか》の連中に邪魔《じゃま》はさせねぇよ！」

「馬鹿《ばか》なの？　……まぁ、この際、どっちでもいい」

ホムラは瓦礫《がれき》が散乱する地面に着地し、アミルもホムラと対峙《たいじ》する形で高度を下げた。

「お前を潰《つぶ》せば、炎は瓦解《がかい》する」

アミルの瞳《ひとみ》が昏《くら》い紺青《こんじょう》へと変化する。

「憎《にく》き不死鳥王の末裔《まつえい》ども……まずはお前たちをこのアルファトリアの歴史から消してやる！」

アミルはそうして腕に纏った氷剣を構えた。

フェルノ国さえ潰れてしまえば、あとは時間の問題だ。

アルファトリアの民《たみ》にはゆっくりと絶望を味わわせ、一人残らずこの地から消えてもらう。

その最大の障害であるフェルノ国の排除《はいじょ》こそ、アミルが成し遂《と》げなければならない使命の一つだった。

「やってみろよ、魔人。俺の炎で呑み込んでやる」

大剣を構え、ホムラも嗤《わら》う。

互《たが》いに一気に距離を詰《つ》め、炎と氷が真っ向からぶつかり合った。


「――始まりました」


耳に両手を添《そ》え、目を閉じて周辺を探査していた部下の報告にジルは頷《うなず》いた。

隠《かく》し通路に身を潜《ひそ》ませた部隊を、ジルは振り返る。

「これより我《われ》らはヴェモルティア王城内の罠《わな》を解除しつつ、制御《せいぎょ》室へと向かいます。同時に要救助者の探索《たんさく》と残敵の殲滅《せんめつ》も行いますので、皆さん気を引き締《し》めてください」

ジルの言葉に、皆が武器を取った。そうしてジルの部隊も細長い通路を駆《か》ける。

「こちらへ」

ニビの部下である笹穂耳《ささほみみ》の女性が先導する。

「距離、三ブロック先。魔法具による防衛網《もう》あり。視覚阻害《そがい》魔法がかけられています」

「数は？」

速度を緩《ゆる》めず問うジルに、

「およそ三十」

ニビの部下は即答《そくとう》した。

「問題ないようですね」

ジルは軽く腕を振《ふ》ると、瞬時《しゅんじ》に問題の地点へ飛び込む。

視界に、いくつもの瞬《また》きが過《よぎ》った。

「排除します」

ジルがくるりと身をよじる。

息を吐《は》く間もなく、罠として仕掛《しか》けられた宝珠《ほうじゅ》が砕《くだ》けて床《ゆか》に散らばった。

「罠の発動を確認《かくにん》。連動しているようです！」

女性が声を上げ、兵士たちが一斉に魔法陣を展開する。そして、ジルを巻き込む形で法撃《ほうげき》を放った。爆発と同時に、無数の破片《はへん》が通路内の床や壁《かべ》を叩《たた》く。

「やれやれ……我々が留守にしていた間に、随分《ずいぶん》と物騒《ぶっそう》になりましたね」

ジルは全身を氷の刃に貫《つらぬ》かれたまま笑った。

しかし彼の身体を貫いていた氷の刃が徐々《じょじょ》に押し出され、ジルの足元に転がり落ちる。ジルは軽く腕を振って顔を上げた。

ジルの視線の先には、通路を塞《ふさ》ぐ形で佇《たたず》む氷魔《ひょうま》の姿があった。

氷魔《ひょうま》が虚空に生み出した魔法陣から、氷柱《つらら》が放たれる。ジルの腕が液体のようにうごめき、鋼《はがね》の刃へと変化した。そのまま腕を振り下ろし、放たれた氷柱を叩き落とす。

「私に打撃武器は効きません」

にこやかに微笑《ほほえ》んだジルは、通路の先で再び魔法陣を生み出す氷魔《ひょうま》を見据《みす》える。

「私の父は金剛岩人形《アダマンタイトゴーレム》。それも魔法を無効化するという希少鉱石の体です。そして母は水様性《スラ》軟体《イム》、己《おのれ》の意のままにその形状を変化させることができます。ですので、私は魔法が使えませんが――」

ジルの姿が掻き消える。氷魔《ひょうま》が魔法を放つ暇《ひま》も与《あた》えなかった。

「そもそも攻撃《こうげき》が効きませんので、すべて近距離《きんきょり》で粉砕《ふんさい》してしまえばいいだけのことです」

ジルの腕が鉄の膜《まく》となって氷魔《ひょうま》を呑み込み、そのまま握《にぎ》り潰す。彼の腕が元に戻《もど》ると、床に割れた宝珠の欠片《かけら》がバラバラと落ちた。

「敵性反応、一。正面です」

女性の報告に、ジルは正面に向き直る。

そこには全身が氷でできた人形が佇んでいた。氷魔《ひょうま》の改造版といったところだろう。氷の魔人のとっておきと思われる氷魔《ひょうま》の両腕には、魔鋼《まこう》によって生成された機銃《きじゅう》が装着されている。

「皆《みな》さん、弾《たま》に当たらぬよう全力で防壁《ぼうへき》を展開してください」

ジルは部下に指示を出すと、氷魔《ひょうま》との距離を一息で詰めた。

機銃が稼働《かどう》し、無数の弾丸《だんがん》が放たれる。それらを己の肉体で受け止め、突《つ》き出した腕で氷魔《ひょうま》の頭部を貫いた。

頭部を貫かれてもなお、氷魔《ひょうま》は機銃を発射し続けている。ジルは氷魔《ひょうま》を吊《つ》るし上げ、機銃の銃口を自分に向けさせた。

「やれやれ、自動《オートマチック》ですか。服が穴だらけになるのですが……」

銃弾を雨粒《あまつぶ》のように受けながら、苦笑《くしょう》する。やがて弾が尽《つ》き、氷魔《ひょうま》が沈黙《ちんもく》した。

ジルが氷魔を放《ほう》り出すと、ニビの部下である女性兵士が困った顔で報告してきた。

「ホムラさまとの距離、離れていきます……これ以上の併行追尾《ついび》は難しいかと」

「そうですか……」

彼女の報告に、ジルは苦笑をもらす。

「ホムラさまは武勇誉《ほま》れ高い方ですから、ご心配には及《およ》びません」

「はい。別にホムラさまや皆さんを疑っているわけではありませんよ」

ジルは穏《おだ》やかな笑顔《えがお》で、ニビの部下に頷く。

「ただ、私はホムラさまが幼い頃《ころ》からの側仕《そばづか》えでしたから……色々と心配してしまうだけです」

過保護なのは自覚しています、とジルが笑いながら飛んできた氷刃《ひょうじん》を片手で叩き落とす。

「罠の作動を確認……こうなっては、事前の解除が難しいかと」

「なら、方針は決まりましたね」

ジルは満面に笑みを浮《う》かべ、腕を振るった。

「全部返り討ちにいたしましょう。案外、その方が手っ取り早いでしょうしね」

彼はにこやかに告げると単身、罠の検知された地点へと躍《おど》り込んでいった。


「今のは……地震《じしん》？」

「きゅう？」

ヴェモルティア王城。その一室に取り残されたアスカは、座り込んだ姿勢のまま凍《こお》り付いた扉《とびら》を振り返った。服の隙間《すきま》から顔を覗《のぞ》かせたヒマリの頭をそっと撫《な》でる。その動作だけで、少しだけ落ち着くことができた。

「きゅう！　きゅう！」

「え、ヒマリ？」

鼻を突き出してひくひくと動かしていたヒマリが、唐突《とうとつ》にアスカの服の中から飛び出した。真っ直《す》ぐ扉の方へ走り寄り、ガリガリと前足で扉を覆《おお》う氷をひっかき始める。

「もしかして、ホムラたちが来てくれた？」

ヒマリの様子に、アスカも立ち上がる。扉を覆う氷に耳を近づけ、外の様子を窺《うかが》った。

時折、何かが崩《くず》れる音が聞こえた。次いで爆発《ばくはつ》音。間違《まちが》いない。誰《だれ》かが戦っている。

「首都を目指して出立したホムラたちが、到着《とうちゃく》したのかもしれない……」

ならばすぐにでも彼らと合流すべきだ。どのみち、このままでは凍《こご》え死んでしまう。

「ヒマリ、隠れて」

「きゅっ！」

アスカはヒマリを抱《だ》き上げる。そのまま、自分の服の中へその小さな体を押し込んだ。

「アスカちゃん、君が何を考え、何を感じようと関係ないんだよ。この世界にいる限り、己の意思にかかわらず、異世界の人間はアルファトリアの民の手によって消されてしまうだろう」

クルスの言葉が、一瞬だけアスカの動きを封《ふう》じた。

扉を覆う氷に、そっと手を添える。

指先にかみつく氷の冷たさが、即座《そくざ》にアスカの熱を奪《うば》っていった。

「ホムラは違う……」

まだフェルノに来て一か月にも満たない。それでもアスカは、ホムラを通して出会った人々が異世界の人間を排斥《はいせき》しようとしているとは思えなかった。

「だいたい、クルスは人の話を聞かないんだから。部外者だから信じてくれない？　出会って間もない私の言葉だって聞いてくれたホムラだよ？　長年の付き合いがあって、それも真剣《しんけん》に話すクルスの言葉を、ホムラが笑い飛ばしたりするわけないじゃん！　ホムラが出陣《しゅつじん》するのを見送ったとき、ホムラはクルスのことを信頼《しんらい》してるって言ってたじゃない。ちゃんと聞いてた？」

　呟《つぶや》いているうちに、アスカの中にふつふつと怒《いか》りの感情が湧《わ》き出てきた。

　クルスも、ホムラも、どうして自分の中だけで結論づけてしまうのか。

「まずは、ちゃんと話すべきだよ。じゃなきゃ、いつまでもすれ違ったままだもの！」

　アスカは氷にグッと手のひらを押し付ける。訓練でイナビに習ったことを思い出しながら、己の中の熱を手のひらへ集めた。かじかむ両手を握りしめて、アスカは顔を上げる。

「止まってちゃ、何もできないんだから！」

　祖父の口癖《くちぐせ》を吐き捨て、自分の手のひらに灯《とも》った炎《ほのお》を力任せに放った。

　もうこの際、派手に爆発すればいい。

　アスカは感情の赴《おもむ》くまま、手のひらに生まれた黄金の炎を解き放つ。アスカの炎はあっという間に室内に広がった。こちらの意思に添《そ》って、炎は室内を覆った氷を消し去る。軽く爆《は》ぜて、装飾《そうしょく》品の一部を吹《ふ》っ飛ばしたのは、この際ご愛嬌《あいきょう》としておこう。

「よし、行くよ！　ヒマリ！」

「きゅっ！」

　アスカは重厚《じゅうこう》な扉を両手で押し開け、部屋を飛び出した。

　そこへ大きな衝撃《しょうげき》が、建物全体を襲《おそ》う。

廊下《ろうか》へ一歩踏《ふ》み出した途端《とたん》、アスカの身体《からだ》が唐突に浮き上がった。胃の腑《ふ》が急激に持ち上がり、吐き気を覚える。咄嗟《とっさ》に口元を押さえた。

「なっ⁉」

「きゅっ！」

アスカは迫《せま》る天井《てんじょう》を見て受け身を取り、シャンデリアにしがみついた。激しい音ともに、天井に叩《たた》きつけられたアスカは、自分の身体に伸《の》し掛《か》かる圧力に顔を顰《しか》めた。

もしかして、これって——

「この城、落ちてる⁉」

アスカの叫《さけ》びに応《こた》えるように、何かが盛大に割れる音がした。再び激しい衝撃が建物全体を揺《ゆ》るがす。今度は天井から床《ゆか》に向けて引っ張られる力に従い、足から廊下へ着地した。絨毯《じゅうたん》がべしょりと濡《ぬ》れた音を立てる。見れば建物全体を覆っていた氷が溶《と》けていた。

「一体何が……？」

アスカは辺りを見回し、窓の外へ視線を転じる。

そこでアスカは言葉を失った。

城の外には、真っ赤に燃え上がる海が広がっている。

ヴェモルティア王城は、波打つ溶岩《ようがん》の中に浮かんでいた。

「おっ、やっぱりここにいた！」

「っ……ニビさん！」

背後から歩み寄ってきた青年に、アスカはホッと安堵《あんど》の表情を浮かべる。

ニビは人懐《ひとなつ》っこい笑顔とともに、アスカにひらひらと手を振《ふ》ってきた。

「アスカちゃん無事？　あら〜……あちこちすりむいちゃってるね。他《ほか》に怪我《けが》したところは？」

「だ、大丈夫《だいじょうぶ》です……そ、そんなことよりっ！　外！　マグマ！　早く避難《ひなん》しないと！」

アスカは窓の外を指さすと、ニビの服を掴《つか》んで引っ張った。

慌《あわ》てるアスカの様子を、ニビは不思議そうに見下ろす。

「アスカちゃん、慌てすぎ。たかだか溶岩の中に入ったくらいじゃフェルノの民《たみ》は死なないよ、普通《ふつう》。ほら、アスカちゃんだって今、平然と動き回れるでしょ？」

ニビの指摘《してき》にアスカは動きを止めて、己《おのれ》の両手をまじまじと見下ろす。彼女の服からヒマリが顔を出し、よじよじとアスカの頭の上に登ってきた。

「どういうこと？」

「きゅっ！」

頭にヒマリを乗せたまま、アスカは真顔でニビに尋ねた。

これにはさすがのニビも呆《あき》れ顔になる。

「いや、だからフェルノの民以外の者なら、この城が溶岩に浮いて数秒したら暑さで死ぬんだよ。それくらい、今の王城内の気温は高いんだ」

「嘘《うそ》でしょっ⁉」

アスカは信じられない思いで外とニビの顔を交互《こうご》に見回した。しかし言われてみれば、先程《さきほど》までの死にそうな寒さは感じない。むしろ、快適とも言える。

（いつの間に私もフェルノの民と同じだけ暑さに強くなったのか）

アスカの百面相を見て、ニビが「たぶんね……」と口を開いた。

「炎をだんだん制御《せいぎょ》できるようになってくると、無意識に体が自分の中で熱をうまく調整しようとするんだ。それが耐性《たいせい》って言うやつね。フェルノの民は幼い頃《ころ》から、溶岩に入って遊んだりしているうちに自然と身につくものなんだけど。アスカちゃんの場合は、イナビとの訓練で己の炎の出力調整を重点的にやっていたから、その機能が働くようになったんじゃない？」

ニビの言葉に、アスカは納得《なっとく》する。同時に、心からイナビに感謝した。

今度会ったら師匠《ししょう》と呼んで、また訓練してもらえるようお願いしよう。

「おっと、世間話してる場合じゃなかった。クルスは？　一緒《いっしょ》じゃないの？」

ニビの問いかけに、アスカの表情が曇《くも》った。

「一緒だったけど……魔人《まじん》と一緒にいなくなって。ホムラは!?　ホムラはどこ？　急いで伝えなきゃいけないことがっ！」

「ちょっ、アスカちゃん、落ち着いて！」

ニビの服を掴み、アスカは激しく揺すった。ニビも困惑《こんわく》顔のままアスカの肩《かた》を掴む。

そこへドンッと突《つ》き上げる衝撃が二人を襲った。

「ひゃっ、こ、今度は何っ!?」

「隊長たちだ！　こっち！」

ふらついたアスカの腕《うで》を摑み、ニビは廊下を直走《ひたはし》る。

やがて、天井の高い回廊《かいろう》に出た。

手すりから階下を見下ろした時、アスカは一瞬《いっしゅん》、呼吸を忘れた。

「いや……ホムラ！」

彼女の目に飛び込んできたのは、アミルの氷の刃《やいば》に貫《つらぬ》かれたホムラの姿だった。

カルガス火山帯の中で最も巨大《きょだい》な活火山、ヴェモルティア山。

フェルノ国の首都ヴェモルティアとは、かつて始祖王フェルノがヴェモルティア山の噴火《ふんか》口内に建設した街をそのまま首都としたものだ。

戦《いくさ》のない平時においてヴェモルティアの街は、噴火口内にたまった溶岩から数百メートルの上空に浮《う》いていた。それも街を支える浮島《うきしま》に、マグマの熱を浮力《ふりょく》に変える魔法具を設置させたことで可能となった。

だからと言ってその熱さが和《やわ》らぐわけではない。

基本的に他国の使節団を受け入れる際も、首都ではなく、ギリル要塞《ようさい》を用いることがほとんどだった。マグマの熱に耐《た》えられない者が首都に入ろうものなら「死ぬ」だけだからだ。

フェルノ国の首都が他国に侵略《しんりゃく》されなかったのも、この環境《かんきょう》が要因だと言われている。

だからこそ、ホムラはジルに地下の制御室で魔法具を停止させるよう命じたのだ。

「魔人、誇《ほこ》っていいぜ。首都を乗っ取られたのはお前が初めてだ」

ホムラは大剣を肩に担《かつ》ぎ、油断なくアミルを睨《にら》みつけた。さすがに己の周囲には絶えず冷気を纏《まと》っているせいで、氷の魔人に影響《えいきょう》はあまり見られない。しかし、周囲を覆《おお》っていた氷はすべて溶け去り、ヴェモルティアの王城内の気温は急激に上がっている。

「城ごと溶岩に沈《しず》めるとか……随分《ずいぶん》と投げやりな対策だな」

「ハッ、この城はフェルノ国とイノア国の技術の結晶《けっしょう》だ。両国の始祖王によって生み出された城が溶岩ごときで焼け落ちるわけねぇだろ。そんなんじゃ、不死鳥王の興《おこ》した国だなんて胸張って言えねぇだろうが」

ホムラは大剣の切っ先をアミルへ向ける。

「ここではお得意の氷魔法も威力《いりょく》は半減だ。覚悟《かくご》しろよ」

「舐《な》めるなよ。環境が変わったからと言って、俺の魔力が消えるわけじゃない」

アミルは即座《そくざ》に氷を生成する。

「でも、なかなか興味深い余興だったよ。簡単に死なれては父様が浮かばれないからね」

生み出した氷の刃をホムラへ放つ。ホムラは大剣に炎を纏うことなく、それをあっさり叩き切った。そのまま、アミルへ刃を振り下ろす。

アミルが舌打ちとともにふわりと宙に浮き上がった。

「総員、構え！」

　廊下の陰《かげ》に伏《ふ》せていたイナビが声を上げる。上の階から顔を覗《のぞ》かせたイナビ率いる兵士たちが、杖《つえ》や剣先《けんさき》をアミルへ向けた。

「法撃《ほうげき》開始！」

　イナビの号令とともに、無数の火炎《かえん》球が降り注ぐ。

「くそっ！」

　アミルは即座に氷の壁《かべ》を張った。数発の火炎球を浴びただけでその壁に亀裂《きれつ》が生じる。

「ちっ……」

　焦《あせ》るアミルの背後から、跳躍《ちょうやく》したホムラが強襲《きょうしゅう》した。

「終わりだぁっ！」

「くそっ、消えるのはお前らだっ！」

　アミルの周辺の空気が急激に下がる。それによって虚空《こくう》に生まれた結露《けつろ》が、そのまま氷の刃となってホムラに向かって襲《おそ》い掛かってきた。

　ホムラは己の全身に炎《ほのお》を纏うと大剣を一閃《いっせん》させる。剣の風圧とホムラの炎を受け、氷の刃が霧散《むさん》した。

　アミルはホムラから大きく距離《きょり》を取ると、地上に降り立つ。

「なるほど、あくまで足止めか」

　幼い顔が頭上を見上げる。飛びさえしなければイナビたちが攻撃《こうげき》してくる様子はない。

「言ったろ、一騎討《いっきう》ちだって」

ホムラも着地すると、大剣を構える。

「逃《に》げるのは諦《あきら》めるんだな」

「はぁ？　逃げる？　誰《だれ》に言ってんだか……」

アミルが昏《くら》い笑《え》みとともに右手をホムラに突き出した。魔《ま》法陣《ほうじん》を出現させる。無数の氷の刃が連続で放たれた。

「ちっ……」

迫《せま》り来る氷の刃をホムラは大剣を盾《たて》にすることで受ける。剣身に大きくヒビが入った。

「どうした？　お得意の炎はその程度か？」

アミルが左手を胸に当てた。

「お前たちには負けない。負けられない。散っていった同胞《どうほう》の痛み……その全《すべ》てを以《もっ》て償《つぐな》ってもらう！」

幼い少年の顔に無数の亀裂が走る。その両眼が引き絞《しぼ》られ、鉱石を思わせる深い紺青《こんじょう》の瞳《ひとみ》がぎろりとホムラを睨んだ。バキバキと音を立ててアミルの背から氷の蛇《へび》が四頭、その獰猛《どうもう》な牙《きば》を剝《む》いて顔を出す。漆黒《しっこく》の外套《ローブ》を引きちぎりながら、四頭の蛇たちが大きく口を開いた。四つの魔法陣が虚空に展開される。

「ははっ、これは……っ」

ホムラは己の頬《ほお》が引きつるのを感じた。予想外の状況《じょうきょう》に慌てて大剣を引き寄せ、大きく背後へ跳《と》ぶ。そこへ巨大な氷塊《ひょうかい》が落とされた。空中で無防備なホムラへ、アミルの放つ細かな氷の刃と巨大な氷塊が同時に襲う。

「なんのっ！」

ホムラは全身に炎を纏《まと》い、獅子《しし》の姿に変わる。

咆哮《ほうこう》を上げ、虚空に展開した魔法陣から炎の礫《つぶて》が混じった熱気を放った。正面から氷と炎がぶつかり、それによって生じた衝撃破が地をえぐる。

ホムラはアミルの氷を避《よ》けながら、一気に距離を詰《つ》める。ホムラの鋭《するど》い爪《つめ》がアミルに振《ふ》り下ろされた。

「無駄《むだ》だよ！」

アミルが不敵な笑みを浮《う》かべて言い、彼の背から二頭の蛇が飛び出しホムラの爪を食い止めた。ホムラが纏《まと》った炎が二頭の蛇を溶《と》かしていく。しかし、ホムラにも一瞬の隙《すき》ができた。

「終わりだ！」

アミルの背に残った二頭の蛇がホムラの胴《どう》にかみつく。アミルは両手に魔法陣を展開し、ホムラのがら空きの胴へ氷の刃を叩《たた》きつけた。

「俺は負けねぇっ！」

ホムラの全身から炎が吹《ふ》き荒《あ》れ、己《おのれ》の胴にかみつく二頭の蛇を消し去った。

冷気と熱気がぶつかり合い、激しい爆発《ばくはつ》が周囲の瓦礫《がれき》を吹き飛ばす。

真っ白な靄《もや》が晴れた先に、両者は立っていた。

獣《けもの》の姿から人の姿に戻《もど》ったホムラの腹から背にかけて、アミルの鋭い氷の刃が覗く。

「ホムラ！」

アスカの悲鳴を、遠くで聞いた。

ホムラは彼女の声に即座に意識を現実へ引き戻す。目の前にはホムラの振り下ろした大剣に、左肩《ひだりかた》から腹の半ば以上までを切り裂《さ》かれたアミルの姿があった。

「馬鹿《ばか》……な……」

見開かれた紺青の瞳が驚愕《きょうがく》に染まる。数歩、よろけながらホムラから距離を取り、アミルの両膝《りょうひざ》が地につく。その体から血は流れることなく、全身に走った裂傷《れっしょう》から、ぱらぱらと氷の破《は》片《へん》が地面に散らばっていた。

「隊長！」

「ホムラ！」

獣化《じゅうか》したニビの背にまたがり、アスカはホムラのいる最下層へ降り立った。ニビの背から滑《すべ》り降りると、真っ直《す》ぐホムラのところへ駆《か》け寄る。

その後から、人型に戻ったニビと、上階から飛び降りてきたイナビもアスカに続いた。

「ホムラ！」

「きゅうっ！　きゅうっ！」

「アスカ……無事だったか……」

駆け寄ってきたアスカの姿に、ホムラの表情が緩《ゆる》む。口の端《はし》から絶え間なく血が滴《したた》り落ちている。腹部からの出血がひどく、彼の周囲には血だまりができていた。

「何を無茶《むちゃ》なことしてくれてんですか！　後で俺が副隊長に殺されるんですよ！」

ニビの真っ青な顔が声を荒《あら》げた。言葉とは裏腹に、ニビはホムラの背を腕《うで》で支えた。

ホムラは素直《すなお》じゃない幼馴染《おさななじみ》に、思わず笑みをこぼした。

「そう心配すんなよ……持ち場、離《はな》れんな」

「言ってる場合じゃないでしょっ！　イナビ、回復魔法！」

「もうやってる！　止血が間に合わないんだよ！」

「っ……隊長、焼きますよ？」

ホムラは目を閉じて小さく頷《うなず》いた。

手に炎を宿したニビがすぐさまホムラの背後に回って傷に炎を押し当てる。肉の焼ける音とにおいに、アスカは目に涙《なみだ》をためた。けれど、目はそらさなかった。

「おいおい、何でお前が痛そうに泣いてるんだよ……」

「だって……ホムラ、怪我《けが》……ごめっ……」

限界だったのだろう。

ボロボロと大粒《おおつぶ》の涙を流すアスカに、ホムラは困り顔で彼女の頬に手を伸《の》ばした。

「悪《わり》ぃな、遅《おそ》くなった。無事でよかった……」

アスカは首を横に振ると、自分の頬を撫《な》でるホムラの手を取って強く握《にぎ》りしめた。しばらく、嗚咽《おえつ》を抑《おさ》えることができなかった。

イナビがホムラの傷をどうにか塞《ふさ》いだ頃《ころ》になって、イナビに遅《おく》れて降りてきた兵士たちが地面に座り込んだままのアミルへ剣先を向けて包囲する。

　アミルはうつむいたまま、何やら小さく呟《つぶや》いていた。

「油断はするなよ、相手は魔人だ」

「炎獄《えんごく》の準備を――」

　兵士たちが言いかけたところへ、鋭い風の刃《やいば》が地面を抉《えぐ》った。

　全員が身構え、頭上を仰ぎ見る。

　翼《つばさ》のはためきとともに、真っ白な羽が舞《ま》い落ちてきた。

　そこには背の翼を広げたクルスと、フードを目深《まぶか》に被《かぶ》り、黒い外套《ローブ》をはためかせたアリアが浮《う》かんでいた。

「クルス！」

「クルス……なんで……」

　アスカが息を呑《の》み、ホムラが力なく呟いた。彼は目を見開き、クルスを凝視《ぎょうし》している。

　一方のクルスは、普段《ふだん》と変わらない笑顔でアスカとホムラを見下ろしていた。

「いやはや、さすがに溶岩《ようがん》の上に浮く城は暑いねぇ。気温調整の魔法を使ってもこの暑さ。換《かん》毛《もう》期を迎《むか》えそうだよ」

　無邪気《むじゃき》な顔で言い放ったクルスの横で、アリアがじろりと彼を睨《にら》みつけている。

「はいはい、無駄口《むだぐち》を叩くなってことね。それにしてもすごいね、ホムラ。まさか魔人相手にたった一人で戦って勝つなんて……やっぱり君は強いよ」

アリアに笑いかけた後、クルスは両手を叩き、ホムラへ称賛《しょうさん》を寄越《よこ》す。

ホムラは眉間《みけん》に深いしわを刻んだ。

「お前……なんで魔人と……裏切りやがったか！」

「それは違《ちが》うよ、ホムラ。残念だけれど、僕は最初から魔人側《こちら》だ」

にこやかな笑顔のまま言い放つクルスに、ホムラの表情が苦しそうに歪《ゆが》む。

「最初から、俺たちを騙《だま》してたってわけかよ！」

「あはは、それは言いがかりだなぁ。僕はそもそも君たちの味方だって面と向かって宣言した覚えはないし、色々困っていたところを助けてあげていたら、そっちが勝手に信用したんだろ」

クルスは小首を傾《かし》げておどけている。それが必要以上にホムラの神経を逆撫《さかな》でした。

おそらく、それを見越した上での言動だろう。

「クルス！　お願いだからちゃんとホムラと話し合って！」

アスカは堪《たま》らず声を上げた。

「このままいがみ合っていても、仕方ないじゃない！　魔力の影響《えいきょう》を受け続ければ、誰もが魔獣となって理性を無くしてしまうんでしょ⁉　魔人たちだって、もともとは普通の人間だったって……だったら、それはこの世界に住む全員がどうにかしなきゃいけない問題じゃない！」

「アスカちゃん、それってどういう――」

アスカの言葉に反応したニビが口を挟《はさ》みかける。それをホムラが素早《すばや》く止めた。

「本当に……戦うことしか解決策がないの？　そんなことしたところで、魔獣化は止まらないでしょっ！」

必死にクルスへ訴《うった》えるアスカの背を、ホムラは見つめた。

同時に、座り込んだアミルにも目を向ける。

「そういうことか……」

ホムラがかすれた声で小さくうめいた。

「分かり合える、とでも？　アスカちゃんは純粋《じゅんすい》で素直だなぁ……世の中、綺麗事《きれいごと》だけで済むなら、最初から悲劇なんて生まれないものだよ」

クルスはその顔に笑《え》みを貼《は》り付けたまま、目を鋭く細めた。

「魔人《まじん》は異世界の人間を、アルファトリアの人々が長年生贄《いけにえ》にしてきた結果生まれたもの。自分たちが受ける魔力の影響を少しでも減らしたいがため、彼らは他人を犠牲《ぎせい》にする道を選択《せんたく》した。挙句の果てにはすべての責任を魔王と称《しょう》された王に擦《なす》り付け、フェルノの民《たみ》を始めとしたアルファトリアの民は今も魔獣や魔人たちを虐《しいた》げている。自分たちの代わりに犠牲になった人たちを悪人に仕立て上げ、むごい仕打ちを続けてきた！」

ニビが素早く短剣《たんけん》の鞘《さや》を払《はら》った。

「ニビっ！」

ホムラの制止の声も聞かず、ニビの放った短剣はクルスへ迫《せま》る。ニビの短剣がクルスの鼻先に迫ったところで、見えない壁《かべ》に弾《はじ》かれた。短剣はそのまま、虚《むな》しく地面に落ちる。

ニビが舌打ちし、クルスはそんな彼を冷ややかに見下ろしていた。

「ニビ、手出しすんな」

よろよろと立ち上がったホムラを、アスカは慌《あわ》てて支える。

「けど、隊長っ……」

「命令だ」

振《ふ》り向いたニビを、ホムラは鋭《するど》い眼光で黙《だま》らせる。

ニビは顔を大きく歪めた。ため息とともに、拾い上げた短剣を鞘に戻《もど》す。

ホムラはアスカの肩《かた》を借りながら、クルスを見上げた。

「お前が時々、魔人や魔獣を庇《かば》うようなことを言っていたのは、そういった事情があったからなんだな」

「そうだよ。驚《おどろ》いたかい？」

くすくす笑っていたクルスだったが、その表情が初めて切なそうに曇《くも》った。

「ねぇ、ホムラ。君は僕のことを腐《くさ》れ縁《えん》だと言いつつ、友人のように接してくれた」

嬉《うれ》しかった、とクルスはぼそりと呟いた。彼の唇《くちびる》がぎゅっと引き結ばれる。

「けれどね……君はアルファトリアの、フェルノの民だ。世界が望むなら、君は異世界からやってきた人間を黙って差し出すしかない。そうだろ？」

クルスは無造作に魔《ま》法陣《ほうじん》を展開する。

風が渦巻《うずま》き、アミルを取り囲んでいた兵士たちが吹《ふ》き飛ばされた。

「だから、僕は僕の意思で動く。たとえ君でも、邪魔《じゃま》はさせない。同胞《どうほう》は返してもらうよ」

アリアが腕を振り上げる。すると凝縮《ぎょうしゅく》された空気の刃がアスカたちへ襲《おそ》い掛《か》かった。

「退避《たいひ》！　陣形を整え、防護《ぼうご》壁《へき》を展開しろ！」

慌てる兵士たちへ、イナビが素早く指示を飛ばした。

イナビやニビたちをアリアが牽制《けんせい》している間、クルスはアミルの傍《そば》に着地する。

「アミル、大丈夫《だいじょうぶ》かい？　急いでこの場を離れるよ」

アミルの状態を素早く確認《かくにん》し、クルスは一瞬《いっしゅん》だけ険しい表情になった。しかし、すぐに穏《おだ》やかな笑みで俯《うつむ》いたまま黙っているアミルに話しかける。

「……ていない」

アミルの割れた唇が小さく呟いた。

「アミル……急いで――」

「俺は、負けていない」

ギロッとクルスを睨みつけるや否《いな》や、アミルの周囲に無数の氷柱《つらら》が地面から生えた。

クルスは咄嗟《とっさ》に翼を広げ、上空へ退避する。

「アミル!?　何を……っ！」

兵士たちを退けていたアリアが、驚いた様子でアミルを振り返った。

アミルは全身に冷気を纏《まと》い、ふらりと立ち上がる。アミルの周囲が凍《こお》り付くほど、彼の全身に走った亀裂《きれつ》が広がっていく。

「やめなさい、アミル！　それ以上魔力を扱《あつか》ったら……」

「俺は負けない！　そんなこと、俺は許さない！」

アミルの顔に残忍《ざんにん》な笑みが宿る。

「俺は負けられない！　父様や同胞の無念を晴らすため、このアルファトリアに生きるすべての人々を葬《ほうむ》り去るまではっ！」

アミルを中心に、熱が吸い込まれていく。それに比例して、溶岩の上に浮いているはずの城内が再び凍り始めた。

「これは……マズい！　全員、退避しろ！」

イナビが叫《さけ》んだのと、アミルが凝縮した魔力の波を放ったのは同時だった。

「きゃっ！」

アスカは風圧に似た魔力の衝撃《しょうげき》を受けて大きく吹き飛ばされる。傍にいたホムラが咄嗟にアスカを抱《だ》きかかえ、地面の上を転がった。

「ぐっ……アスカ、平気か？」

「うん、大丈夫……ヒマリっ⁉」

アスカが自分の頭に手をやり、辺りを見回す。すると、イナビの顔に着地したヒマリの姿が目に飛び込んできた。その様子にホッと息をつく。アスカはアミルへ視線を向けた。

アミルは周囲の魔力を己《おのれ》の身体《からだ》に吸収している。彼の全身を光が包み、周囲を凍らせていく。

その氷の範囲《はんい》が広がるにつれ、アスカたちの全身に伸《の》し掛かる力が強まった。

上空に退避していたクルスでさえ、アミルの魔力の波を受けて壁に叩《たた》きつけられた。落下する彼をアリアがすぐさま支え、地上に降り立つ。

「うっ……ありがとう、アリア。アミル、やめるんだ！　これ以上自分の中に魔力を注ぎ込めば、この辺り一帯は――」

「どのみち、こんな状態じゃ長くはもたないっ！　ならば、一人でも多く道連れにしてやる！」

クルスの叫びも空《むな》しく、アミルの身体が青白く光り、稲妻《いなずま》が迸《ほとばし》る。

アミルの憎悪《ぞうお》の瞳《ひとみ》が、ホムラに向いた。

「不死鳥王の遺志など、俺が潰《つぶ》してやる！　父様を裏切り、同胞を死に追いやった憎《にく》き仇《かたき》ども！　すべて消えてなくなれ！」

「アミル！」

アリアの悲鳴もアミルには届かない。彼の身体に纏《まと》う魔力は今にも爆発《ばくはつ》しそうなほど膨《ふく》れ上がっている。光の柱が王城を包み込む。

イナビたちが気休め程度に剣や杖《つえ》を構えて牽制しているが、アミルに近づけずにいた。

「ホムラ……？」

アスカは立ち上がったホムラの背を見上げる。

「アスカ、建物の柱とかに隠《かく》れていろ。危なくなったら、お前の炎《ほのお》を全力でぶつけて、身を守るんだ」

ホムラはアスカにそう指示した。

彼は己の全身に炎を纏う。アミルを見据《みす》えたまま一歩、足を踏《ふ》み出した。

「俺の親父《おやじ》はお前に殺された。恨《うら》みが消えたわけじゃねぇ。だが、俺たちの先祖もまた、お前らの大事な父親と同胞を殺し続けた。その事実を知った以上、俺はその連鎖《れんさ》を断《た》ち切らなきゃならねぇ……」

ホムラは足を引きずるようにしてアミルへ近づいていく。魔力の圧が全身にかかり、アミルの周囲で迸る稲妻を受ける。そのたび、ホムラの体のあちこちに熱傷が刻まれていった。もう、大剣を担《かつ》ぐ力すら残っていないだろうに、そんな覚束《おぼつか》ない足取りでもホムラは止まらなかった。

「ホムラ、やめて！　体がもたないよ！」

アスカの腕《うで》がホムラの背を追うように伸びる。

「近づくなっ！」

アミルが腕を振る。すると、魔力の衝撃波《しょうげきは》が大地を抉《えぐ》った。アスカは伸ばした腕で顔を庇う。

ホムラはしっかりとアミルを見据え、また一歩踏み出した。

「今なら、親父の言っていた意味が分かる気がする」

アミルの歪《ゆが》んだ顔が、ホムラを近づけまいと何やらわめき散らしていた。腕を振り回している様子は、こちらを威《い》嚇《かく》しているというより、怯《おび》えて己から遠ざけようとしているかのようだ。

その仕草が、初めて出会った頃《ころ》のアスカと重なる。

「そりゃ、怖《こえ》ぇよな。見知らぬ土地に放《ほう》り出された挙句、訳もわからねぇまま利用されて、捨てられたんだ。助けてくれた恩人も殺されて、四六時中追い回されりゃなおさらだ」

ホムラの足が凍り付いた地面を踏みしめるたび、彼の纏う炎が氷を解かす。

「お前なんかに、何がわかるっ！　この偽善者《ぎぜんしゃ》がっ、知ったような口を叩くなっ！」

アミルが振り下ろした腕から放たれた氷が、ホムラの腕や肩を切り裂《さ》いた。

傷を負ったホムラの皮膚《ひふ》に、真っ白な霜《しも》がこびりつく。それでもホムラは止まらなかった。

「そうだな。俺は知らなかった。戦場に立って死ぬことは、戦士としての誉《ほま》れだ。だから、戦う術《すべ》を持たない人々の目にこの世界がどう映っていたのか、俺は知ろうともしなかった」

ホムラが背後をちらりと一瞥《いちべつ》した。己を見つめ、唇を噛《か》み締《し》めているアスカの顔があった。

アスカと出会わなければ、気づかなかっただろう。

彼女は必死にこの世界を理解しようと悩《なや》み、泣き、もがいていた。ホムラはアスカのその姿に「弱さ」を克服《こくふく》しようとする「強さ」を見た。

ホムラが逃《に》げていた己の「弱さ」に、アスカが向き合う術を教えてくれた。

「フェルノが真に守るべきは、この世界に在る命だ」

ホムラは纏っていた炎を消した。

「それは魔人も、魔獣《まじゅう》も例外ではない」

「黙れっ、黙れ黙れだまれぇっ！」

アミルの悲鳴が、周囲を氷漬《こおりづ》けにした。

「ホムラっ！」

アスカは叫んだ。恐怖《きょうふ》に身がすくむ。

このままではホムラが死んでしまう。

自分が死んだ時以上に、目の前で傷だらけになりながら死へと近づくホムラを恐《おそ》れた。

「すべてを奪《うば》ったお前らなんか、全部壊《こわ》してやる！」

アミルの突《つ》き出した手から無数の氷が放たれる。

ホムラは避《よ》けようとしない。炎を纏うことすらしようとしなかった。

「いやっ！　ホムラ！」

戸惑《とまど》いはなかった。

アスカは両手に炎を宿す。揺《ゆ》らめく黄金が、巨大《きょだい》な鳥の姿へと変じた。


「私の大切な人を傷つけないでっ！」


アスカは叫びと同時に、ありったけの魔力を込めて炎を放った。アスカの放った炎の鳥は、ホムラを守るように包み込む。黄金の炎が、アミルの生み出した氷を一瞬にして吹《ふ》き消した。

「これは……」

黄金の炎を見つめるクルスが目を見開いた。

激しく燃え上がる黄金の炎を纏《まと》ったまま、ホムラは叫んだ。

「もう誰《だれ》も犠《ぎ》牲《せい》にさせやしねぇよ。世界がそれを望むって言うんなら、そんなの俺がぶっ壊して変えてやる！」

ホムラを覆《おお》う黄金の炎の中から、一振《ひとふ》りの戦斧《せんぷ》が姿を現した。

「あれは……王器アレイディア」

誰かの呟《つぶや》きがアスカの耳に届いた。

紅の宝石を埋《う》め込まれた黄金の戦斧は徐々《じょじょ》にその形を崩《くず》していく。

細かな光の粒子《りゅうし》が、ホムラの両腕を覆っていった。

「武器はいらねぇ。目の前にいるのは、守るべき命だ。そうだろ？　不死鳥王よ」

アスカの炎が弾《はじ》けた。ホムラの両腕を覆っていた光も霧散《むさん》する。

ホムラの両腕を黄金の籠手《ガントレット》が覆っていた。

紅の宝珠《ほうじゅ》がホムラの一族の紋章《もんしょう》を映し出す。兵士たちの間に、どよめきが広がった。

「アレイディアよ、この身を王の器《うつわ》と認めてくれるならば……力を貸してくれ」

ホムラは拳《こぶし》を握《にぎ》りしめると、未《いま》だに膨大《ぼうだい》な魔力を吸収するアミルへ躊躇《ちゅうちょ》なく突っ込んだ。彼の両腕からアスカと同じ黄金の炎が噴《ふ》き出す。

「これで、終わりだ！」

ホムラの伸ばした手がアミルの胴《どう》へと吸い込まれていく。

眩《まばゆ》い閃光《せんこう》が辺りを包んだ。

やがて光が集束し、静寂《せいじゃく》がヴェモルティア王城を支配した。

「信じられない……」

ぽつりと呟いたのはアリアだった。

己《おのれ》の口元を片手で覆い、小刻みに体を震《ふる》わせている。

アリアの視線の先には、ホムラが立っていた。

アミルの姿はなく、代わって柔《やわ》らかな光の玉がホムラの目の前に浮《う》いていた。その光はやがて、ホムラの腕の中に落ちる。そこには、すやすやと寝息《ねいき》を立てている赤子の姿があった。

その場にいた誰もが一瞬《いっしゅん》、状況《じょうきょう》を理解できずに呆《ほう》けていた。

「魔人が……肉体を再構築するなんて」

呆然《ぼうぜん》と呟かれたアリアの言葉に、ひゅっとクルスが口笛を吹いた。

「やっぱり、不死鳥の力は本物だったってわけか」

刹那《せつな》、クルスとアリアが同時に上空へ飛び上がる。

今まで二人が立っていた場所が崩れ、一人の青年が殺気立った目を頭上へ巡《めぐ》らせた。

「ジルさん！」

「副隊長！」

アスカとニビが同時に声を上げた。

ジルがゆっくりと体を起こし、姿勢を正す。

目の前で地面にクレーターを生み出した人物とは思えないほど優雅《ゆうが》な所作だった。

「イナビさんからの通信で駆《か》け付けました。遅《おそ》くなり、申し訳ありません」

ジルは拳を軽く鳴らすと、クルスを睨《にら》みつける。

「もちろん、お覚悟《かくご》はできていらっしゃいますね？　クルス殿《どの》」

「あははは……うん、君に殺されるのだけは勘弁《かんべん》かな」

クルスは困った顔で笑っている。

己に向けられるもう一つの視線に気づき、クルスはホムラに顔を向けた。

「クルス――」

「またね、ホムラ」

クルスはそっとホムラに笑いかけた。

「アスカちゃんを泣かせたらダメだよ」

「逃がしませんよ」

ジルの冷たい声が言い放つ。ジルが大きく跳躍《ちょうやく》し、クルスに向けて腕を振《ふ》りかぶった。

アリアの風がクルスと己を包み込む。ジルの腕がクルスの頭部を割る寸前、二人の姿がその場から掻《か》き消えた。

「ちっ、転移魔法ですか」

ジルは地面に着地すると舌打ちした。

「ホムラ！」

アスカは駆け出した。ジルを始め、ニビとイナビもホムラの傍《そば》へ走り寄る。

「ホムラさま、ご無事ですか？」

ジルはホムラの怪我《けが》の具合を確認《かくにん》している。傷は多いが、致命傷《ちめいしょう》はなさそうだ。ジルはホッと安堵《あんど》の吐息《といき》をもらす。彼の視線が、ホムラが抱《かか》えている赤子に向いた。

「あの、ホムラさま……その赤子は――」

腕《うで》の中で赤子がくしゃみをした。

ホムラは素早《すばや》く上着を脱《ぬ》ぐと、赤子をそれで包んだ。

「フェルノを滅《ほろ》ぼそうとした氷の魔人は死んだ」

もの言いたげな部下たちを一瞥し、ホムラは断言した。

不安げに見上げてくるアスカに、ホムラはそっと微笑《ほほえ》みかける。

「新しい命をフェルノは決して傷つけない」

「ホムラ……ありがとう！」

アスカは笑顔《えがお》とともに、ホムラの腕にそっと手を添《そ》えた。アスカがホムラの腕を覆う黄金の籠手《ガントレット》に触《ふ》れた途端《とたん》、埋め込まれた紅玉《ルビー》に見慣れない紋章が浮かび上がった。ホムラの籠手《ガントレット》が輝《かがや》き、やがて黄金の炎《ほのお》を纏った。

「アスカの炎《ちから》は、あたたかいな」

ホムラの表情が和《やわ》らぎ、その穏《おだ》やかな双眸《そうぼう》がアスカに注がれる。

「包み込まれるようで、すげぇ安心する」

ホムラは己の両腕を覆う籠手《ガントレット》を示し、戸惑ったまま首を傾《かし》げているアスカに言った。

「王器アレイディアが武器でない姿になったってことは、俺の出した答えを認めてくれたってことだろう。それが、不死鳥王が俺に求める『遺志』なんだろうな」

アスカが触れたホムラの籠手《ガントレット》に、見たこともない魔《ま》法陣《ほうじん》が二人を包むように展開する。

「ホムラさま！」

「アスカちゃん！」

「きゅうっ！」

ジルとニビとヒマリが声を上げる。

アスカはホムラの腕を強く摑《つか》んで身を強張《こわば》らせた。

「大丈夫《だいじょうぶ》だ、アスカ。この炎《ほのお》は俺たちを傷つけることはない」

ホムラはアスカを抱《だ》き寄せると軽く肩《かた》を叩《たた》いた。アスカとホムラを包む炎は周囲へ広がり、やがて蛍《ほたる》のように無数の光の粒《つぶ》となって飛んでいった。

光の粒が触れたところから、氷が溶《と》けて消えていく。

「すげぇ……氷が……氷が溶けていくぞ！」

「あたたかい……もう、寒くないわ！」

その場に居合わせた兵士たちが口々に叫《さけ》んでいた。

ハッと我《われ》に返ったジルが、左耳に装着した耳飾《みみかざ》りに触れる。

「各隊、状況報告。何が起きていますか？」

ジルの表情が驚愕《きょうがく》に固まっている。

「副隊長、一体、何が起きているんですか？」

ヒマリを抱えたイナビがジルに問いかける。ヒマリはイナビの腕の中で、しきりに前足を伸《の》ばして舞《ま》い落ちてくる光を追っていた。

ジルは己を凝視《ぎょうし》するアスカたちに向き直る。

「各地より報告がございます。フェルノ国を長年覆っていた雪雲が晴れ、大地が目視可能になったそうです。地面が、見えるそうです」

「嘘《うそ》でしょっ!? あんなに分厚い氷が!?」

ジルの言葉に、ニビがすぐさま信じられないと叫んだ。

「……俺、外見てきます！」

「きゅっ！　きゅっ！」

「ちょっ、イナビっ！　俺も行く！」

駆け出したイナビを追って、ニビもこの場を後にする。彼らの部下たちも、一様に城の外か、高い場所へと駆け上がっていった。その場に残ったのは、アスカとホムラ、ジルの三人と、ホムラが腕に抱《だ》いている赤子だけとなった。

「お祝い申し上げます、ホムラさま。新たなフェルノ国の王の誕生に祝福を」

ジルの目がホムラに向けられ、彼はその場に跪《ひざまず》いた。

「俺一人の功績じゃねぇよ。お前たちを含《ふく》めたフェルノの民《たみ》が、俺に力を貸してくれた。そして、アスカ。俺はお前に救われたんだ」

ホムラの手が、アスカの手を摑む。彼の視線を受け、アスカは何だか面映《おもはゆ》い心地《ここち》になった。

「ホムラ……私は何もしてないよ」

「アスカの炎が、俺を守ってくれただろ？　アスカの炎を通して、不死鳥王が力を貸してくれたんだ。だから、俺は王器アレイディアに王として認められた」

ホムラの言葉に頷《うなず》いたジルが、アスカに目を向ける。

「フェルノ国すべての民を代表し、心からの感謝を申し上げます。アスカさん……いえ、アスカさま。あなたの導きによりフェルノは危機より脱《だっ》しました。感謝してもしきれません」

ジルが深々と頭を下げる。そんな彼の言動に、アスカは大いに慌《あわ》てた。

「ジ、ジルさん！　頭上げてください！　私は別に、ただ、必死で……」

「ははは、謙遜《けんそん》すんなって！　第一、魔人を相手に逃《に》げ出さなかっただけ、相当すげぇことなんだぞ！」

狼狽《うろた》えるアスカの様子がおかしかったのか、ホムラが声を上げて笑いだした。ホムラの笑い声に驚《おどろ》いたのか、眠《ねむ》っていた赤子が目を覚ました。すぐに顔を歪《ゆが》めてぐずり出す。

「おおうっ!?　ア、アスカ！　こういう場合どうすんだ!?」

「えぇっ!?　ま、まずはあやしてあげたら？」

「どうやって!?」

面食《めんく》らったホムラがアスカに助けを求め、アスカはホムラから赤子を受け取って宥《なだ》めた。しかし、赤子は火がついたように泣き叫んでいる。ホムラが必死に変な顔をしてあやそうとするが、それはむしろ逆効果で、赤子の泣き声はさらに激しいものとなった。

赤子を相手に、必死で泣き止《や》ませようとする二人を眺《なが》めていたジルは思わず噴《ふ》き出した。

「ようやく、フェルノの民にも笑顔が戻《もど》りますね」

こうして、十年近く雪に閉《と》ざされたフェルノ国は新しい王の誕生とともに冬の時代を終えたのであった。

遮《さえぎ》るもののない、十年ぶりの空を見上げた。

青く、どこまでも広がる空をのんきに白い綿雲が横切っていく。

大地には若葉が茂《しげ》り、色とりどりの花が咲《さ》き誇《ほこ》っていた。絶えず溶岩《ようがん》が流れる周辺には、フェルノ国でしか見ることのできない鉱石花《こうせきばな》が、受けた陽光を反射してきらきらと輝いている。

再び、この景色をフェルノ国で見ることができるとは、正直思わなかった。

大地を覆《おお》う新芽の絨毯《じゅうたん》を踏《ふ》みしめながら、クルスは込み上げてくる笑みに口元を綻《ほころ》ばせる。

「一時はあのまま、雪と氷に閉ざされてしまうと思ったんだけどなぁ……」

呟《つぶや》きながら、フェルノ国の首都——ヴェモルティアのある方角を振り返った。

氷の魔人によって、フェルノ国は外界との繋《つな》がりを断《た》ち切られ、文字通り風前の灯火《ともしび》となっていた。フェルノを襲《おそ》った大雪によって国家間の支援《しえん》は断絶。戦闘《せんとう》力に特化したフェルノと言えど、王を失った国力は衰退《すいたい》の一途《いっと》をたどるばかりだった。

それを瀬戸際《せとぎわ》で食い止めたのは、アスカが不死鳥の力を手にこの世界へ降り立ったことが原因だった。そして彼女の不死鳥の力が、ホムラを王器アレイディアに認めさせるための一助となった。

「サトル、よかったの？」

おずおずとアリアが問いかけてくる。

「何がだい？」

クルスはあえてとぼけた。途端、アリアの表情が大きく歪む。

「アミルのことなら心配いらないよ。ホムラは無力な奴《やつ》をいたぶる趣味《しゅみ》はないし、何より……魔人としての彼はもう死んだんだ。生まれ変わった彼を、ホムラなら大事に守ってくれるさ」

クルスは軽く肩をすくめて呟く。

「不死鳥の力が、魔人にも効果があると知っていたの？」

「あくまで推測の域を出てなかったよ。僕としても、正直……あの結末は予想外だった」

「なら、今すぐフェルノに戻ってアミルと、あのアスカって子を連れてくるべきよ。このままフェルノに残しておくのは危険だわ。いつ、ルチア王に目をつけられるか」

焦《あせ》った様子でまくしたてるアリアは珍《めずら》しい。

よほど、先ほど見た光景にショックを受けたのだろう。

「魔獣《まじゅう》化は世界各地で増え続けている。魔族と貶《おとし》められたかの一族が滅んでからは、その速度が尋常《じんじょう》ではないほどに加速している」

クルスは青空へと視線を投げた。目に眩《まぶ》しい、どこまでも広がる青がまるで海のようにクルスたちや世界を覆い尽《つ》くそうとしている。そのあまりの大きさに、クルスは己《おのれ》の存在が非常に頼《たよ》りなく、小さいもののように感じた。

「アスカちゃんの不死鳥の力は、この世界の最後の希望だ」

クルスは呟きながら、アリアへ視線を戻した。

彼女の真剣《しんけん》な瞳《ひとみ》を見据《みす》えたまま、自分にも言い聞かせるように続ける。

「だから止めるよ、アリア。世界を巻き込んだ、僕らの大変革だ。アスカちゃんの不死鳥の能力、フェルノを始めとした各国を……そして魔人たちすら利用して、魔獣化を止める手段を必ず手に入れるんだ」

「ええ」

アリアはしっかりと頷いた。もう、彼女も迷ってはいなかった。

「そうと決まれば、このままカトレナへ行こう」

クルスは背の翼《つばさ》を広げた。

「ルチア王が動き出す前に」

二人は空へと飛び上がる。

二つの影《かげ》が草原を撫《な》で、やがてダリュナ山脈の方角へと消えていった。

ヴェモルティア王城は盛大な歓声《かんせい》に包まれていた。

新王即位《そくい》の儀《ぎ》が行われている今日は、鉱石花を街中に飾《かざ》り付けている。

青空の下、紅の布地に金糸で描《えが》かれた獅子《しし》の旗が勇ましく翻《ひるがえ》っていた。

一度溶岩に沈《しず》んだ首都ヴェモルティアは、再び火口付近にまで上昇《じょうしょう》し、見上げれば澄《す》み渡《わた》った青空を望むことができた。たったそれだけのことでも、十年間、曇天《どんてん》に閉ざされた寒さの中を耐《た》え続けた国民にとって涙《なみだ》が出るほど嬉《うれ》しいことだった。

ヴェモルティア王城の謁見《えっけん》の間では、新王の戴冠式《たいかんしき》が執《と》り行われていた。

深紅《しんく》の外套《マント》に黄金の王冠を頭に戴《いただ》いたホムラは、カヅチの前で跪く。

カヅチが長杖《ちょうじょう》をホムラの頭上に掲《かか》げた。

「アルファトリアが剣にして盾《たて》、勇敢《ゆうかん》なる血筋をこの身に宿し、始祖王の残し給《たも》う遺志を後世へつなぐ者」

カヅチの朗々とした言葉が、謁見の間に響《ひび》き渡る。

アスカはジルの傍《かたわ》らで、二人の様子を最前列で見守っていた。腕《うで》に抱いたヒマリも大人しく、前足をばたばたさせながらホムラを祝福しているように見えた。

「不死鳥のごとく蘇《よみがえ》り、その命を剣と成して、ここに王の役目を担《にな》う者へ告げる。驕《おご》ることなく、王としての責務を果たせ」

「フェルノ国が王ホムラは、始祖王フェルノのご遺志を全《まっと》うし、このアルファトリアを守るために在り続けよう」

ホムラが宣誓《せんせい》の言葉を口にする。

カヅチが杖を掲げると、眩《まばゆ》い光が辺りを包んだ。

「ここに、フェルノ国の新たな王の誕生を宣言する」

喝采《かっさい》が、謁見の間に轟《とどろ》いた。ホムラが立ち上がると、皆《みな》に軽く手を上げて応《こた》えている。

「新王陛下、万歳《ばんざい》！」

その声に唱和し、万歳の声が王城内に響き渡った。

言い知れぬ高揚感《こうようかん》に、アスカも思わず微笑《ほほえ》んだ。

「ホムラ、おめでとう」

こっそり呟いたアスカだったが、ホムラが物凄《ものすご》い勢いでこちらを見た。思わずドキリと心臓が跳《は》ねる。アスカに視線を向けたホムラが破顔し、その唇《くちびる》が動いた。

——ありがとう。

その言葉を唇から読み取ったアスカは、自分の顔に熱が集まるのを自覚した。思わずうつむくと、腕の中からヒマリが前足をこちらに伸《の》ばしてくる。

「きゅっ！　きゅっ！」

ご機嫌《きげん》なヒマリの様子に、アスカはヒマリの頭をそっと撫でた。

そんなアスカを余所《よそ》に、喝采がより一層大きなものへと変わった。顔を上げれば、主に闘騎隊のメンバーから祝福の言葉を受けているホムラがいた。彼は、始終穏《おだ》やかな表情だった。

アスカはホムラの背を見つめたまま、戴冠式前に行われた会議を思い出す。


ダンッと机を叩《たた》いたのは、青い髪《かみ》の騎士《きし》カイセルだった。

「正気ですか、陛下！」

カイセルは鋭《するど》い目をホムラに向け、吠《ほ》えた。

「件《くだん》の魔人の子を受け入れるなど、皆が納得《なっとく》しません！　氷の魔人は多くの同胞《どうほう》を殺し、その家族は悲しみに暮れているのです！　陛下御自身《ごじしん》も、その気持ちはお分かりになるでしょう！」

口調こそ丁寧《ていねい》だったが、その物言いは苛烈《かれつ》だ。

ホムラが保護した赤子の処遇《しょぐう》を巡《めぐ》り、翼騎隊隊長のカイセルは公開処刑《しょけい》を求めている。

罪を犯《おか》したモノには相応の見せしめを、という彼の口調は頑《かたく》なだ。

そしてそれが彼だけでなく、その場に集《つど》った重鎮《じゅうちん》たちからも一定数の支持を集めているというのが無視できない状況《じょうきょう》だった。

しかし、ホムラは真っ向からカイセルの言葉を否定する。

「氷の魔人は死んだ。死んだ者をどうやってもう一度処刑しろって言うんだ？」

「あの赤子は魔人が蘇った姿です！　奴が成長して再び牙《きば》を剝《む》かんという保証はありません！」

カイセルの言葉に、賛同する皆をホムラが睨《にら》み据《す》えた。

「それは我々《われわれ》にも言えることだろ？」

ホムラの鋭い目がカイセルを射貫《いぬ》く。

「この世界の魔獣は、魔力の影響《えいきょう》を受けて理性を失った人々の成れの果てだ。その事実を隠《かく》し、今まで俺たちの犠牲《ぎせい》として魔人たちが虐《しいた》げられてきた。同じことを、俺たちもする気か？」

「……そんな根拠《こんきょ》のない話を信じろと？　魔人とつるむようなルチアの民《たみ》です。そのような世《よ》迷言《まいごと》など、耳を傾《かたむ》ける価値もありません」

「氷の魔人がこのフェルノに雪を降らせた際に、我々が寒さに耐えられるよう砦《とりで》を覆《おお》う結界術をもたらしてくれた恩人だぞ？　それに、クルスは根拠のない言動はしない」

ホムラの表情が僅《わず》かに曇《くも》る。

「何か事情を抱《かか》えているはずだ。でなきゃ、魔人と手を組んでいるにもかかわらず、俺たちを助けるような行動をするのはおかしい」

こうしましょう、とカヅチが双方《そうほう》の間に割って入った。

「赤子は神殿《しんでん》にて保護いたします。教育や私生活を通して、彼をどうするか判断すればよいでしょう。神官長である私、カヅチが彼の後見を務めます」

カヅチがそう申し出れば、カイセルもそれ以上追及《ついきゅう》することはできなかった。

どこか悔《くや》しそうに、彼は口を噤《つぐ》む。

「ホムラさま……クルスの言葉を気にされているのはわかりますが、魔力が原因であると断定するのは早計ではありませんか？」

ジルの問いかけに、ホムラは目を閉じた。

会議場が、静寂《せいじゃく》に満ちる。

「クルスはルチアに身を置いていた。それでも、荒唐無稽《こうとうむけい》な話と笑えるのか？」

ホムラの指摘《してき》に、皆が硬《かた》い表情で押し黙《だま》った。

アスカも先日読んだ本の内容を思い起こす。

ルチア王はこの世の真理をすでに知る者として、「最も偉大《いだい》なる知恵者《ちえしゃ》」と呼ばれている。だからこそ、ルチア王の下に集うのは、知識やこの世界の真理を探究する者たちばかりであり、その言動は常にアルファトリアの真実とされた。

ルチアに身を置くということは、ルチア王の知識と技術を間近に見聞きし、それだけの見識を持つということだ。そんなルチアの民は各国から煙《けむ》たがられると同時に、その国政に対して無視できないほどの発言力を有していた。

実際、フェルノが氷に覆われていた間も、クルスが結界術以外にもフェルノへもたらした技術の恩恵《おんけい》は計り知れない。魔人と戦争をしている間も、部外者でありながらクルスがフェルノに滞在《たいざい》できた理由がこれだ。

「フェルノはアルファトリアの盾であり剣。だが、ただ魔人や魔獣《まじゅう》を討伐《とうばつ》するだけじゃ、この世界に迫《せま》る脅威《きょうい》を消し去ることができないとわかったんだ。俺たちがやってきたことが根本的な解決にならないと言うなら、手段を改めるべきだろ」

ホムラは皆の顔を見回す。

「そこで俺は魔獣や魔人対策の一環《いっかん》として、魔力抑制《よくせい》政策をフェルノ国の取り組みとして正式に打ち出そうと思う」

ホムラの言葉に、集まった人々は困惑《こんわく》顔で互《たが》いの顔を見合わせている。

「しかし、そのようなことをいきなり仰《おお》せになりましても……」

「第一、その話が本当ならば魔力でもって発展を遂《と》げてきた我々の生活はどうなるのです」

「仮に我が国が賛同したとして、他国も同様に頷《うなず》くとは考えられません。最悪の場合、アルファトリアの民すべてを敵に回すことになりかねません」

口々に消極的なことばかり言い合う人々に、アスカは唇を引き結んで耐える。そうでもしないと、「ふざけるな」の一言が口から飛び出してしまいそうだった。

アスカがグッと身を強張《こわば》らせた、次の瞬間《しゅんかん》だった。

「ふざけんなよ！」

ホムラの怒声《どせい》が会議場に響いた。アスカも目を丸くしてホムラに振《ふ》り向く。

「自分たちが魔人や魔獣になる可能性があるってわかっていて、何もしないってのは本当に民のためか？　始祖王の遺志を忘れたか！　民の集う場所こそ国！　その民が失われるということは、すなわち国の滅亡《めつぼう》！　フェルノはいかなる逆境にも臆《おく》することなく、常に前線にて民を守る盾となり、民の行く末を示す剣《つるぎ》となれ！　今こそ、フェルノが規範《きはん》を示すときではないのか？」

ホムラのつり上がった目が、はっきりと断言した。

「今ここで逃《に》げれば、また国を失う。思い出せよ、この十年間……この首都を、先王の命を奪《うば》われた屈辱《くつじょく》を。己《おのれ》の力が及《およ》ばず、ただ手をこまねいていた悔しさを」

ホムラのこの言葉には、誰《だれ》も反論しなかった。ホムラ自身がつい昨日まで抱《いだ》いていた感情だからこそ、彼はあえて言葉にしたのだろう。

ホムラは誰よりもその重圧に苦しんでいた。だからこそ、その言葉には重みがあった。

「原因があるなら、それを取り除く。そうすれば俺たちの治世も平穏《へいおん》に一歩近づくはずだ」

「道は……険しいことでしょう」

カヅチが静かに頷き、カイセルもそっとこぼす。

「新王陛下におかれましては、政策を進める上で厳粛《げんしゅく》な審議《しんぎ》の下、慎重《しんちょう》な決断と実行を要請《ようせい》します。世界を巻き込むようなことをなさろうとしているのですから、失敗なぞ許されません」

「おう、わかってる」

つんっとそっぽを向くカイセルに、ホムラは苦笑《くしょう》した。

「ま、喫緊《きっきん》の課題としては、まず首都再興だな」

ホムラがアスカへ顔を向けてくる。

「アスカ、このフェルノ国を覆う氷をすべて消し去ってくれたこと、国を代表して改めて礼を言いたい。ありがとう」

「へっ、いえ……トンデモナイデス」

まさかこのタイミングで話を振られるとは思っておらず、アスカは体を緊張《きんちょう》させて硬い返事をした。ホムラがおかしそうに笑うので、アスカは恥《は》ずかしさのあまり顔をうつむかせる。

「俺がこうして王として即位《そくい》できたのも、アスカの力添《ちからぞ》えがあってのこと。俺はアスカをフェルノ国の仲間として迎《むか》え入れる。皆《みな》もそのつもりで接するように」

「仰せのままに」

皆が一斉《いっせい》に頭を下げた。そんな状況に慌《あわ》てたのは、当の本人であるアスカのみだった。

「アスカ、お前の目から見ておかしいと思うことは気がねなく意見してほしい」

ホムラが真剣な表情でアスカを見つめる。

「外から来た人間でなければ、俺たちの常識の何がおかしいのか、あるいは何が間違《まちが》っているのかを判断するのは難しいだろう。率直《そっちょく》に、疑問に思ったことや不快に思ったことは必ず言葉にしてくれ」

そこで初めて、ホムラが悪戯《いたずら》っぽく笑った。

さっきみたいに、な。

声にこそしなかったが、彼の唇《くちびる》がそう動いた。

「ど……努力します」

アスカはぎこちない笑顔《えがお》で頷いた。

見透《みす》かされていたことに、どこか気恥ずかしさすら感じる。とはいえ、不快ではなかった。

（ああ、私はホムラには敵《かな》わないな）

「きゅっ！」

ヒマリの声に、アスカは現実に引き戻《もど》された。

顔を上げれば、こちらを覗《のぞ》き込んでくるホムラの顔がドアップで映し出される。

「うわぁあっ!?　ホムラ、どうしたの！　というか、近い！」

「いや、さっきから散々呼んでんだが？」

身を仰《の》け反らせて驚《おどろ》くアスカに、ホムラは呆《あき》れ顔を向ける。彼は素《す》早《ばや》く周囲を見回した。

「な、後処理が終わったら、今度一緒《いっしょ》に街へ行こうぜ」

周囲の目を気にしつつ、そんなことをアスカに耳打ちしてくる。

「私は全然かまわないけれど……」

思わずジルを見てしまった。彼は離《はな》れた場所でお偉《えら》いさんと何やら話している。こちらの視線に気づき、にっこりと微笑《ほほえ》んできた。

「アスカにヴェモルティアのいいところ、案内してぇんだよ。なっ、ダメか？」

ホムラは満面に笑みを浮《う》かべた。思わず、アスカの方が照れてしまったくらいだ。

その笑顔と発言は、反則だ。

「うん、楽しみにしてる。落ち着いたら、絶対一緒に行くから」

アスカは照れ隠しからホムラの背を押した。

確かこの後、ホムラは城のバルコニーからフェルノ国民に向けた挨拶《あいさつ》があったはずだ。

「おっと、それと……勝負は俺の勝ちだな」

そう言って、ホムラが無造作にアスカの手からヒマリを捕《つか》まえた。そのまま己の肩《かた》に乗せる。

「あ」

「きゅうきゅう」

ヒマリは不思議そうに鼻をひくつかせると、ホムラの被《かぶ》っている王冠《おうかん》へ前足を伸《の》ばした。

「ヒマリは預かるぜ。約束、忘れんなよ」

ホムラはアスカの顎《あご》を指先で掬《すく》い上げると、耳元で囁《ささや》いた。アスカを見下ろすホムラの顔は真剣そのものだ。アスカの視線を受け、ホムラが表情を緩《ゆる》める。

ホムラの柔《やわ》らかい笑顔を前に、アスカの頬《ほお》にも自然と熱が集まった。

「んじゃ、挨拶行ってくる。逃げんじゃねぇぞ。あ、いや……逃げても追いかけるけどな」

アスカの表情を見たホムラは満足そうに笑うと、そのままバルコニーの方へ歩いていく。

彼が肩に乗せているヒマリを見て、イナビが素《す》っ頓狂《とんきょう》な声を上げた。

たぶん、挨拶があるからヒマリを置いていくよう止めに入っているのだろう。

イナビだけでなく、ニビまで慌てた様子でバルコニーに向かうホムラを追いかけていた。

アスカはと言うと、先程《さきほど》のホムラの仕草に顔を真っ赤にさせたまま固まっていた。

「あんなこと言われたら……変に意識しちゃうじゃない。ホムラのばかぁ……」

さらにホムラとの勝負の内容を思い出し、アスカは両手で顔を覆《おお》う。

「一体、何を言ってくるつもりなの……？」

ホムラの手が空くまで、アスカは頭を悩《なや》ませる羽目になった。

終章——約束

「ベレお爺《じい》さん、荷物受け取りに来ました！」

アスカはお店のベルをカランカランと鳴らし、石材が積まれた店内に足を踏《ふ》み入れた。

ベレはカウンターから顔を覗かせ、アスカに軽く手を振る。

「おお、嬢《じょう》ちゃんか。少し待ってろ、すぐ取ってくる」

「はい！」

「きゅっ！」

アスカの頭の上で、ヒマリも一声鳴いて返事をした。

がさごそと店の奥を探していたベレが、壺《つぼ》を手に戻ってきた。

「ほれ、封玉《ふうぎょく》じゃ。これに炎《ほのお》を封じ込めて使用する。攻撃《こうげき》に使うもよし。防御《ぼうぎょ》に使うもよし。灯《あか》りにも打ってつけじゃ」

「ありがとう、ホムラたちに必ず手《て》渡《わた》すね」

アスカは壺を軽く抱《かか》えてみる。ずっしりと重い。もしかしたら注文した分よりも多いかもしれない。アスカの視線を受けても、ベレは特に表情を変えなかった。

アスカとしてもあえて口にしないで、礼だけ述べて壺を腰《こし》の宝珠《ほうじゅ》の中へ収納する。

この魔法具《まほうぐ》のおかげで本当に買い物が楽になったものだ。

「ひょろい学者先生から連絡《れんらく》は来たか？」

ベレの問いかけに、アスカは微妙《びみょう》な顔になる。

今回の一件でのクルスのことは、一般《いっぱん》人には特に知らされていない。

余計な混乱を避《さ》けるためだ。とはいえ、クルスがルチアに身を置いていたことは彼と会話したことのある人間なら誰もが承知している。

たいていは「どうせまたふらりとどっかへ旅立ったのだろう」という認識《にんしき》だった。

ひとまず余計なことは言わず、アスカはそのまま首を横に振《ふ》った。

「まぁ、そうじゃろうな。どうせヤツのことだ。あちこちを気ままに飛び回っておるだろ。空がこんなにも晴れ渡ったからのぅ」

ベレもまた例にもれず、特に疑問に思う様子はなかった。

「うん……また会えるといいな！」

アスカも笑顔で言った。自分の正直な気持ちも交えた言葉だった。

ベレと話していると、店のベルが鳴った。振り返ると、ホムラが顔を覗かせている。

「あれ、ホムラ!?」

「獅子坊《ししぼう》……お前、まさか……」

驚くアスカの背後で、ベレが呆れ顔になる。

「いや、仕事をほっぽって出てきたわけじゃねぇよ」

ホムラが心外だと呟《つぶや》き、ベレとアスカに説明する。

「首都近郊《きんこう》の視察だよ。ここ数日、まともに執務《しつむ》室から出られなかったからな。ジルも気を利《き》かせてくれたんだ」

ホムラが軽く伸びをすると、彼の腕《うで》やら肩やらがバキバキと硬《かた》そうな音を立てた。

体がなまる、とホムラはげっそりしている。

「んで、アスカがちょうど爺さんとこにいるっつうから寄ったんだ。街を案内する約束だったしな！」

「ああ、そうかいそうかい。ほれ、用事がないならさっさと出ていけ。こっちは商売してんだ」

ベレが面倒《めんどう》そうにシッシッと手でホムラを追い払《はら》う。

その仕草に、アスカは思わず笑い出す。

これがベレなりの気遣《きづか》いなのだと知るまでに、時間はかからなかった。その言動が、アスカの死んだ祖父にあまりに似ていたからだ。

「それじゃあ、またね。ベレお爺さん」

「そう毎回来んでよろしい」

最後まで憎《にく》まれ口を叩《たた》くベレに見送られ、アスカはホムラと一緒に店を出る。

「気を悪くすんなよ、あれで結構喜んでんだ」

「うん、知ってる！」

店を出るなり、ホムラは呟いた。そんな彼に、アスカもすかさず頷《うなず》く。

ヒマリがホムラの腕に飛び移る。肩上に登って来るヒマリが落ちないよう、ホムラがさりげなく手で支えてあげていた。

「さて、まだ案内してないところはあったか？　王城内や街中は、ボルヴやニビが一通り案内したって聞いたぞ？」

悩むホムラの傍《かたわ》らで、道行く人々が彼の頭の上によじ登っているヒマリを見てギョッとしていた。ホムラの火鼠嫌《ひねずみぎら》いは結構有名だったようで、そんな一人と一匹《ぴき》が一緒にいる様には未《いま》だ見返す人々がいるほどだ。

そんなホムラも、ヒマリ以外の火鼠の子とは相変わらずのようだと、アスカはヒノから聞いていたりする。

「ねぇ、ホムラ。私、行きたいところがあるの」

「おっ、いいぜ。どこ行きたいんだ？」

アスカはそっとホムラの腕を掴《つか》んだ。決意を込めた視線で、彼を見上げる。

「私が最初にホムラと出会った場所」

「……わかった」

ホムラは何も聞かずに承諾《しょうだく》してくれた。

街を出ると、ホムラが即座《そくざ》に獅子の姿へ変じる。彼の背にアスカとヒマリはまたがった。

「しっかり掴《つか》まってろよ」

「うん！」

「きゅっ！」

アスカとヒマリの返事にホムラが走り出す。以前よりも速度を落として走ってくれているおかげで、アスカは振り落とされることなくカルガス火山帯を縦断していく。

絶えず火口から溢《あふ》れる溶岩《ようがん》を越《こ》え、灰色や白い煙《けむり》でけぶる視界の中を進んでいく。硫黄《いおう》のにおいが鼻につき、ヒマリが大はしゃぎしていた。目を丸くしたアスカに、ホムラが足を止めぬまま火鼠は硫黄が大の好物だと教えてくれた。

カルガス火山帯を抜《ぬ》けると、ギリル要塞《ようさい》があっという間に背後へ流れていく。

やがて、アスカの鼻孔《びこう》に青葉のかおる空気が飛び込んできた。

「わぁっ……！」

アスカが思わず声を上げる。目の前に広がる青々とした草原に、何故《なぜ》だか鼻の奥がつんっとした。懐《なつ》かしい緑の香《かお》りと、風に吹《ふ》かれて波打つ草原の波をアスカはじっと見つめる。

「……この辺りだったか？」

要塞都市ガレルとの距離《きょり》を思い出しながら、ホムラは足を止めた。彼が屈《かが》んだところでアスカはヒマリを抱えて草の上へ降り立つ。ホムラも即座に人の姿に戻《もど》った。

アスカは向《むこ》う脛《ずね》をくすぐる草を踏みしめながら周囲を見回す。

どこまでも遮蔽《しゃへい》物のない、だだっ広い草原が目の前に広がっていた。

以前は雪に覆われていたアミューガ平原はすっかり草花が生《お》い茂《しげ》り、小動物らしきものが駆《か》け抜けていく場所へと様変わりしていた。

「きゅう、きゅっ！」

緑の草が珍《めずら》しいのか、アスカの肩の上からヒマリが前足をしきりに伸《の》ばしている。

「……アスカ、お前が望むなら必ず見つける」

ふいに、ホムラの硬い声がアスカの背に投げられた。

振り返れば、ホムラの真っ直《す》ぐな目がアスカを見据《みす》えていた。

「元の世界に帰りたいなら、その方法を必ず見つけ出す。たぶん、時間はかかるとは思うが、それでもできる限りのことはするつもりだ」

ホムラの気遣いに、アスカはそっと微笑《ほほえ》んだ。

「ありがとう、ホムラ」

でも、ここへ来たのはそういう意味じゃない。

そうアスカが告げれば、ホムラはかなり驚《おどろ》いた表情をした。

アスカはホムラから視線を外し、広大な平原を見渡す。

両手を胸の前で合わせた。そっと目を閉じる。

「私はここに、生きていくことを誓《ちか》いに来たの」

元の世界に帰れるかどうかも、わからない。この世界は魔法が飛び交《か》って、アスカの生まれ育った場所の常識がさっぱり通用しない場所だ。不安だって消えない。

それでも、せっかく繋《つな》いだ命だ。

「おじいちゃん……私、案外この世界のこと、嫌《きら》いじゃないよ」

アスカが呟き、振り返った先にはどこか嬉《うれ》しそうに笑っているホムラがいた。

「ありがとう。アスカがこの世界のことも好きになってくれるよう、俺も頑張《がんば》らねぇとな」

ホムラの屈託《くったく》ない笑顔《えがお》に、アスカも照れ臭《くさ》くなって笑った。

「ねぇ、ホムラ。ガレルに行こう！　復興した街の様子、この目で確かめたいの」

「おうっ、わかった。確かイナビたちが担当してたな。進捗《しんちょく》状況《じょうきょう》でも見に行くか」

ホムラは再び獅子の姿になった。

二人と一匹は広大なアミューガ平原を横切り、要塞都市ガレルを目指す。

炎《ほのお》の獅子の姿はあっという間に緑の海の先へと消えた。

あとがき

子どもの頃《ころ》、不思議に思っていたことがあります。

「どうして、人間は宇宙にも海の中にも行けるのに、溶岩《ようがん》の中には入れないんだろう？」

普通《ふつう》に考えれば、耐熱《たいねつ》技術の限界や、溶岩の中に入ったところで生産性がないといった事情も頭では理解しています。それでも、一度でいいから溶岩の中の世界を垣間《かいま》見《み》て惑星《わくせい》の内部をくまなく覗《のぞ》いてみたい、そんなことを夢想する紅咲《くれさき》いつかでございます。

人間は長い年月を経《へ》て、「火」を理解してきました。

全世界に必ず「火」に関する神話が語《かた》り継《つ》がれているように、「火」の歴史は人類史を振《ふ》り返《かえ》る中で、重要な要素を担《にな》ってきたと言っていいでしょう。

中でも日本は有数の火山大国です。その恩恵《おんけい》も脅威《きょうい》もよく見知っています。温泉などの火の恩恵を日々受けつつ、それにもかかわらず、ひとたび噴火《ふんか》や山火事が起きればその被害《ひがい》は甚大《じんだい》で、幼い頃の私は身近にありながらも最も攻略《こうりゃく》が難しい存在として「火」を認識《にんしき》していたのかもしれません。

今作品のテーマである「異世界転生」の物語を考えていた時も、私が最初に思《おも》い浮《う》かべたものは、やはり「火」でした。

そこから「不死鳥」を主題にした物語を執筆《しっぴつ》するのに、時間はかかりませんでした。

炎《ほのお》に身を焼かれて死に、灰の中から新たな命として生まれ変わる。

異世界転生のテーマにこれほど即《そく》した象徴《しょうちょう》はないと思ったのです。

こうして『アルファトリアの不死鳥』は《第2回異世界転生・転移マンガ原作コンテスト》で佳作をいただき書籍《しょせき》化される運びとなりました。異世界アルファトリアを舞台《ぶたい》にした物語を読者の皆《みな》さんにお届けできたことをとても嬉《うれ》しく思います。

書籍化に向けてご尽力《じんりょく》いただきました白浜《しらはま》様、美しい挿絵《さしえ》で世界に彩《いろど》りを添《そ》えてくださった羽公《はこ》様、そして本書を手にとってくださった読者の皆《みな》さんに心から感謝いたします。

アスカやホムラを通して、火山の炎に負けない熱い世界を自由に駆《か》け回って楽しんでいただけたら幸いです。

二〇二一年二月

紅咲いつか

「アルファトリアの不死鳥 異世界の乙女は炎の獅子王を導く」の感想をお寄せください。
おたよりのあて先
〒102-8177 東京都千代田区富士見2-13-3
株式会社KADOKAWA 角川ビーンズ文庫編集部気付
「紅咲いつか」先生・「羽公」先生
また、編集部へのご意見ご希望は、同じ住所で「ビーンズ文庫編集部」
までお寄せください。

アルファトリアの不死鳥《ふしちよう》

異世界《いせかい》の乙女《おとめ》は炎《ほのお》の獅子王《ししおう》を導《みちび》く

紅咲《くれさき》いつか

角川ビーンズ文庫 22662

令和3年5月1日 初版発行

発行者――――青柳昌行
発　行――――株式会社KADOKAWA
〒102-8177 東京都千代田区富士見2-13-3
電話 0570-002-301（ナビダイヤル）
印刷所――――株式会社暁印刷
製本所――――株式会社ビルディング・ブックセンター
装幀者――――micro fish

本書の無断複製（コピー、スキャン、デジタル化等）並びに無断複製物の譲渡および配信は、著作権法上での例外を除き禁じられています。また、本書を代行業者等の第三者に依頼して複製する行為は、たとえ個人や家庭内での利用であっても一切認められておりません。

●お問い合わせ
https://www.kadokawa.co.jp/（「お問い合わせ」へお進みください）
※内容によっては、お答えできない場合があります。
※サポートは日本国内のみとさせていただきます。
※Japanese text only

ISBN978-4-04-111301-1 C0193 定価はカバーに表示してあります。 ◇◇◇

©Itsuka Kuresaki 2021 Printed in Japan

シリーズ好評発売中！

裏サンデー女子部 × KADOKAWA女子ノベル部 × pixiv
第１回異世界転生・転移マンガ原作コンテスト〈優秀賞〉受賞作！

神様に救世主のひとりとして異世界へ送られたツキナ。
世界を救うのは他の若い救世主にお任せして、
私はブックカフェを開いて趣味に生きます！
けれど客として訪れた騎士団長・イルとの出会いで
穏やかな生活に波乱が!?

●角川ビーンズ文庫●

魔法が絶対の王国で魔力のない姫に転生したレイア。ところが、伝説の聖女と同じ浄化の力があるとわかり、憧れの勇者・カズヤと世界を救うことに！　異世界からきた者同士、感動の初対面になると思いきや、カズヤは何故か冷たくて……？

●角川ビーンズ文庫●

~冴えない
推しキャラを
最強にします~
「職業事務」の異世界転職!
Shokugyou jimu no isekai tenshoku!
ヴァルドロイ
最強化計画!
私の最推しは、
ゲームの途中で仲間入りする
半端キャラ扱いでした!?
ゆちば
ill 藤松《ふじまつ》 盟《めい》
好評
発売中!
裏サンデー女子部 × KADOKAWA女子ノベル部 × pixiv
第1回異世界転生・転移マンガ原作
コンテスト〈優秀賞〉受賞作!
嫌な上司に追い詰められ退職したしいな。隣人の栗栖おばあちゃんに紹介された転職先は、RPG≪ユグドラシル・サーガ≫の世界!? 培った事務スキルを駆使して、最推しキャラ・ヴァルドロイを最強にしてみせます!
●角川ビーンズ文庫●

遠い異国に嫁いだ日、王女フェリシアに前世の記憶が蘇る。
この世界は乙女ゲームで、王太子は異世界から来る聖女と
恋仲になり邪魔者は処刑！　破滅回避のため城を出るも、
王太子は甘い言葉でフェリシアを離さず!?

●角川ビーンズ文庫●

角川ビーンズ小説大賞
原稿募集中!
君の"物語"がここから始まる!
角川ビーンズ小説大賞がパワーアップ!
https://beans.kadokawa.co.jp
詳細は公式サイトでチェック!!!
【一般部門】&【WEBテーマ部門】
賞金 大賞100万円
優秀賞30万円
他副賞
締切 3月31日
発表 9月発表(予定)
イラスト/紫 真依